倒産仕掛人

杉田 望

Sugita Nozomu

目次

プロローグ

東京・大手町の堀端に面して名門総合商社日東商事の本社ビルはあった。築三十年は経《た》つが威風堂々として、堅牢な構えは、そこを訪ねるものを萎縮させるに十分な設《しつら》えだ。その十六階南側に食品部門を統括する常務執行役員の執務室があった。

部屋の主は島田道信といった。

長身に長髪。見た目には、柔和《にゅうわ》な印象を与える。真っ白なワイシャツがよく似合っている。腕にはスイス製の、いまどき珍しい手巻き時計。スーツはいつもダーク。印象は地味だが、なかなかの洒落《しゃれ》者だ。

執務室はチーク材で色調が統一され、執務机の前には来客用のソファが置かれ、書棚には食品関係や、会社買収などの商法上の専門書がそろえられている。

島田は一日中執務室にこもり、調査資料に目を通しながら、書類を作成していた。執行役員である島田が一日中執務室にこもるなど珍しいことだ。秘書には人を近づけぬよう言いつけてある。それは部下にも明かすことの出来ぬ特別な仕事だからだ。

島田はベビーブーマーの世代である。大学を卒業した年、日東商事は二百三十人もの新卒社員を採用した。かつてない大量採用だった。島田はその一人として入社した。

このうち本社に残っているのはごくわずかだ。二百三十人のうち、執行役員入りしたのはたったの三人だ。私大の出身としては珍しいケースである。

家庭人としては、良き夫であり、子煩悩《こぼんのう》な父親ということになっている。つまり世間では温厚実直な常識人だ。だが実際は家庭を顧《かえり》みぬ仕事一筋の人間というのが島田の素顔だ。

すなわちビジネスマンとしての島田は別な顔を持つ。日東商事では二度の海外勤務を含め、食品部門一筋だった。辣腕《らつわん》振りは商売相手から恐れられた。私学出の島田が執行役員に登用されたのは、その辣腕振りを評価されてのことだ。社内でのあだ名は鬼軍曹。それでも部下に慕われるのは彼の人柄のせいであろうか。

夕方の五時半になっていた。島田は大きくノビをした。歳のせいか、集中力が持続しない。目が疲れ、涙目だ。

島田は窓辺に立ち、暮れゆく皇居の杜《もり》に見入る。疲れた目が和らぐ。秋の夕暮れは早い。夕日が落ち、皇居の杜は夕闇に包まれようとしていた。堀端の柳が色づいていた。いつも見慣れた光景なのに皇居の夕暮れがこんなに美しいと感じたのは初めてだ。

（もう一踏ん張り……）

机にもどり、ディスプレーに浮かぶ文書を点検してみた。いくつか修正の必要があることに気づく。老眼鏡をかけ、再び文章に手を入れた。

日東商事に入って三十余年の歳月が流れた。

（これが最後の戦いになるのか……）

弱気になる自分がいる。

（いや……）

と、島田は首を振る。自らを叱咤《しった》し、気持ちを奮い立たせる。そうすると、戦闘意欲がめらめらと燃え上がってくる。島田は執行役員で終わるつもりはない。頂点を極めるのは無理にしても、代表権を持つ副社長のポストを手にしたいと思う。代表権を持てば、さらに大きな仕事が出来るからだ。

それにしてもヤツらは、実に巧妙な仕組みを作った。その実体が見えてきたとき、正直感嘆したものだ。競い合ったのは菓子業界老舗、興国食品の経営権だ。

四年もの間、ヤツはだまし続けた。不良債権を転がすためだ。総額は三百九十五億だ。ヤツらは満足のいく取り分を回収した。その分、日東商事は巨額な出費を強いられた。誰かがボロ儲けをすれば、誰かが大損を強いられる、それがビジネスの世界だ。不覚にも、ババを引かされたのは、なんと島田道信自身だ。やり手と自負する男にしてはずいぶんなめられたものだ。

倍返し――。

そうさせてもらうつもりだ。まあ、あの巨大銀行からすれば、へでもない金額かもしれない。しかし、金額の多寡《たか》ではない、ルール破りをした奴らには徹底的に仕返す。島田のやり方であり、この世界に生きる男たちのルールだ。しかし、単なる仕返しに終わらせるつもりはなかった。

島田はルールに厳格な男だ。ただし彼の言うルールなるもの、それを知るには少し解説が必要かもしれない。法律論でいえば適法だが、彼がやることはだましもあれば、脅しもあり、やられたら倍返しの、違法と適法のぎりぎりのニッチを、うまくやってのけるのが彼のやり方なのである。

パソコンで書き上げた書類をもう一度読み返してみる。完璧といっていいだろう。あとは弁護士の印鑑をもらうだけだ。どこからどう見ても適法――。大きくうなずく。明日内容証明付きでヤツに送る。

ヤツは目を剝《む》いて驚くに違いない。それを想像するだけで愉快だ。しかし、腹いせで相手を貶《おとし》めたり、不毛なバトルを演じるつもりはない。島田はあくまでもビジネスマンなのだ。それにビジネスの世界に一方的な勝利などあり得ない。怨みを残してはならないのである。

しかし、この紙爆弾は猛烈な威力を持っている。相手の弱点と急所を見事に突いているからだ。つまり、ヤツを跪《ひざまず》かせ、日東商事は優位に立ち、日東商事の意のままにビジネス上の提携関係を築くことができる。これで立場は逆転する。ヤツは百二十億のクレジットラインの設定に同意するはずだ。

百二十億あれば、当面資金繰りに苦労することはない。百八十五億で買い取った会社は有利子負債が限りなくゼロに近くなるのだから経営は楽なものだ。

破綻状態の興国食品。この企業が持つ技術とブランドは大変な価値を持つ。しかし、いまは腐臭を放ち、誰もが再建は不可能だと見捨てている。その興国食品を二年以内に東証二部に上場させ、そこでたんまり上場益を稼ぐつもりだ。つまりあぶく銭が入ってくる仕掛けだ。勝負を決めるのは頭脳だ。知恵のないヤツは敗北者だ。

頭を使えば、不良債権ビジネスは儲かる商売なのである。業界では、その手の仕事人を破産仕掛け人――と呼ぶ。褒められるような仕事とは思わないが、これは立派なビジネスである、島田はそう信じている。そう考えたとき、ふっと一人の男の顔が浮かんだ。

西村恒夫――。

生い立ちも生き方も、島田とは好対照の男だ。職人の気概を持ち、菓子作り一筋に生きてきた、まことに無欲な男だ。島田がむきになるのはこの男のせいかもしれない、そんな風に思うようになったのは近ごろのことだ。

(今日は早く帰れそうだ)

島田は受話器に手をのばした。呼び出し音が鳴り続けている。久しぶりに妻小夜子と外食でも、と考えての電話だった。しかし、小夜子は留守にしているようだ。今夜も遅くなるのだろうか。置いてきぼりにされたような気分になった。受話器を置き、島田はボンヤリと考えた。

ビジネスで得られるものとはなにか――。カネ、出世、名誉などなどだ。一方、支払う代償も小さくはない。家庭を犠牲にしての、カネ、出世、名誉であるからだ。サラリーマンはやがて引退を迫られるときがくる。社長、副社長といえども、引退すればただの人だ。子供たちが巣立ち、老後は妻と二人だけの生活だ。自分は小夜子を大事にしてきたと思っている。しかし、小夜子は近ごろ自分の世界を持つようになっている。小夜子はなにを考えているのか。小夜子の気持ちが自分とは別な方向を向いているることを知ったのは、つい最近のことだ。

「さあて……」

文書をプリントアウトしてみた。どこかにミスはないか、些細なミスも、一点の遺《い》漏《ろう》も許されないのだ。もう一度島田は文書を丁寧に点検してみる。遺漏はなかった。

ことは四年前に始まった。

この四年の間に腐臭の漂う物件に、欲望をぎらつかせていろんな男たちが群がり、去っていった。それぞれの顔を思い出すことが出来る。腐臭を放ってはいたが、破産仕掛け人にはまぎれもなく宝の山だ。

腐臭を放つ宝の山に近づき小銭を稼ぎ、さっさと姿を消した者もいれば、欲をかきすぎて路上生活に落ちた者もある。しぶとく待ち続け、辛抱に辛抱し、最後に残った者が勝利者というわけだ。

いや、辛抱だけで勝ち残れるわけでもなかった。知恵と度胸。先行きを正確に見通す確かな目。めぐりくるチャンスを幸運に変える手腕。運も勝因のひとつだ。それらのいずれも手にした者が最後に勝利者になるのだ。

「おれはついている……」

と、島田道信は思っている。

島田道信には大きな野望があった。世界はやがて食料争奪戦に突入する。脆弱《ぜいじゃく》なことには、その食料の過半を日本は輸入に頼っている。石油も大事だ。鉄鉱石も大事だ。しかし、もっと大事なのは食料だ。自給できるのは米だけだ。小麦にしても大豆にしても、過半は外国産品だ。食料の供給を断たれれば飢え死にする。

食料不足に陥《おちい》ること、それがいかに残酷なことか子供のころ母親から幾度もきかされた。戦争中都会では実際に餓死者が出たという。寒さは我慢できるが、飢えは辛い。飢えは耐えられない。あたかも自分が体験したことのように脳裏に焼き付いている。それが食料にこだわる理由かもしれぬ。

食品業界も戦国時代に入っている。確かに興国食品は有力企業だが、過去のブランドだけでは生き残れない。早晩、業界再編の荒波に飲み込まれる。その場合どうするか、島田は次の手を考えている。

先週、山下製パンの山下康夫会長と会ったのは、そのためだ。山下会長は興国食品の企業価値を知っている。山下は立志伝中の人物であり、興国食品の創業者木村庄助と似たような経歴の持ち主だ。

「惜しいですな、興国食品が市場から消えるのは……。引き受けましょう」

あのとき、山下会長は男気を見せた。

山下製パンは製パン業界ではトップの座を占める有力メーカーだが、しかし、製パンだけでは生き残れないのは、スナック菓子だけでは生きられない興国食品と同じだ。両者が補い合えば、ここに有力な食品メーカーが誕生する。そのことを見越して山下会長は、引き受けようと言ったのだ。もちろん、両社の合併を主導する日東商事にも大きな利益をもたらす。

すなわち安定した供給先を持つこと、それが彼が描く戦略だ。それは各社とも同じことなのだ。商社間で供給先確保をめぐり激しく争われているのはそのためだ。

そこに巨大な金融資本がからんでくる。抜け目のない厄介な連中ではあるが、銀行を手玉にとることなど、島田に言わせれば造作《ぞうさ》もないことだ。

彼にはこの競争を勝ち抜く目算がある。まずは興国食品だ。売上高は百八十億。手頃な相手だ。次のステップも計算済みだ。すなわち山下製パンとの合併を実現することだ。

「西村さんは元気かな」

「立派に社長を務めています」

「そりゃいい」

山下会長は西村恒夫の手腕を高く評価しており、合併には乗り気だ。山下もまた、西村のような男が好きなのだ。創業経営者の決断は早い。実現すれば、年商五百億の食品メーカーが誕生する。

山下会長との秘密の会談。同業者も知らぬことだ。もちろん、銀行にも内緒だ。山下製パンとの合併をなすには、まず破産した興国食品を再生することだ。それにはコストの安い資金が必要だ。その資金を引き出す腹づもりだ。

島田は容赦のない男だ。狙った獲物はどんな手段を使っても必ず落とす。ましてや今度の場合は相手が仕掛けてきた戦争だ。三十余年の商社マン人生の面目にかけても、絶対に勝利を逃してはならぬのである。自信はあった。その手はずは整った。

「破産仕掛け人……」

闘う相手からはそう呼ばれている。巨大金融資本と結託《けったく》した闇の世界の連中だ。連中にはビジネス上の仁義などないに等しい。彼はしてやられた。結構じゃないか――。

島田は自分に言い聞かせるのだった。

あれから四年か——。

島田は椅子に背中を預けながら、あのときのことを思い浮かべた。いま、あの光景を鮮明に思い出すことが出来た。

第一章　得意絶頂の御曹子

1

大きな歓声が上がった。グリーンにツーオンさせた。木村義正はギャラリーに向かって得意のガッツポーズで応えた。

「プロ並みだな」

ギャラリーの間から感想がもれた。

確かにプロ並みの腕だった。昼食を終えたあと、再び招待客といっしょにコースに出た木村義正は最初から飛ばし続け、スコアは女子プロの中沢恭子と並び、大きく他を引き離している。

木村義正は南房総カントリークラブのオーナーでもある。今日は木村義正の興国食品社長就任を祝ってのコンペだ。招待客は総勢四十三人。招待客のなかには有名企業の社長や会長、テレビなどでおなじみの芸能人の顔がある。六つのグループに分かれてのコンペは午前八時に始まり、戦いに勝ち残った者が二組に分かれ、午後は優勝者を決める戦いとなる。後発グループには取引銀行や取引商社の重役たちの顔もあった。

後発グループのなかに自民党元幹事長の政策秘書高橋正三の姿があった。ゴルフ場開発のため、許認可や利権の獲得で、高橋秘書があれこれ動いたことを知っているのは招待客のなかでもごく一部だ。

木村のあとにクラブを握った野村克男はみじめなスコアだ。野村は興国食品の顧問《こもん》弁護士で、見るからに貧相な男だ。なれない手つきで五番アイアンを握り、彼方《かなた》のグリーン上を見つめている。ラフからの打ち上げに失敗し、グリーンに上げられるかどうか、額に汗をにじませ狙いを定めている。

その姿を見て、木村は舌打ちをした。

（ど下手が……）

心の内で罵《ののし》る。

木村は学生時代にプロの道を――と、本気で考えたこともある男だ。プロの道を断念したのは父木村庄助が興した事業を引き継ぐためだと本人は話している。

だが、女子プロの中沢恭子に比べても小柄だ。グリップする手は子供のようだ。プロの道を歩むには体軀《たいく》が劣る。殊勝にも事業を継ぐためだったなどというのは生来の負けず嫌いからだ。だが、ゴルフ好きは本物だ。好きが高じ、ついに自前のグラウンドを持つようになった。念願のゴルフ場をつくり、そのオーナーになった。今日はそのグリーンでの社長就任のめでたいお披露目《ひろめ》なのである。

「あなた……」

と、木村の妻佐和子が夫を呼んだのは午前中のプレイが終わり、クラブハウスでゲストと昼食をとっているときだった。

「うん……」

と振り向いてはみせたが、気のない返事をした。どれほどスコアをのばせるか、スコアのことで頭がいっぱいであり、妻の話など耳に届くはずもなく、上の空だった。考えているのは新しく覚えたドライブの振り方である。まだ確かな手応えはない、しかし、お披露目のグリーンで是非とも招待客の度肝《どぎも》を抜くプレイを、と考えている。

従業員約四百人、年商百八十億の社長にしては気楽なもので、木村の関心のすべてはゴルフにあった。商売そっちのけでゴルフにうつつを抜かすのは責任のある社長のポストに就《つ》いてからも同じだった。

佐和子もゴルフ好きで、夫婦して週に四日はグリーンを踏んでいる。夫婦はゴルフ三昧の人もうらやむ生活をしている。今日の彼女は後発グループのホステスだ。後発グループも、にぎにぎしいメンバーをそろえている。今日は夫の晴れの舞台だ。有頂天の夫と少しだけ違って、彼女は現実的だ。その分だけ彼女は招待客に対する気遣《きづか》いを忘れてはいなかった。

「少しはお客にも気をつかってよ……」

あのとき彼女は言いたかったのだ。しかし彼女の夫は能天気だ。午後に入っても、木村は、社長就任を祝ってくれる招待客のことなど眼中にないプレイをしている。ただ、それはゴルフに限ったことではない、いつもそうなのだ。身勝手さは生来のもので、木村は気配りの出来ぬわがままな男なのである。

もたつきながらも野村がボールをグリーン近くによせると、次の出番は中沢プロだ。また歓声が上がった。中沢プロが見事なスイングを披露し、木村と同じくツーオンを果たしたからだった。女子プロのなかで常に上位にランクされる彼女は、間違いなくプロゴルフ界のアイドルなのだ。昨年も興国食品がスポンサーをつとめるトーナメントで見事優勝した。体軀はがっしりしているが、おしげもなくさらす脚線は見事だ。いまのところ木村とイーブンのスコアだ。

やはり彼女はプロであり、この有名プロといっしょにプレイするのは、ゴルフ愛好家には名誉なのである。今日の招待リストのいの一番に彼女の名前がある。彼女のまわりには人垣が出来ていて、ギャラリーはあれこれ寸評を加えている。ギャラリーの関心はセミプロ級の腕を持つ木村義正を圧し、彼女が優勝するかどうかにある。やや遅れ気味のスタートだったが、それでも途中からスコアを並べたのはさすがにプロだ。

五人で組む先発グループには、木村と弁護士の野村、女子プロの中沢、東亜銀行の副頭取稲沢美喜夫、それにもう一人いて、日東商事の常務島田道信だ。稲沢が尺取り虫のようなプレイをするのに対し、島田は豪快だ。その分だけ波があり、午前中は好調だったのに午後のスコアは散々である。

　風も凪《な》いでいる。コンディションは最高だ。

　島田道信はこれで四打のボールを、ジッと見つめながら考えた。島田は興国食品の担当常務である。砂糖に小麦粉など、興国食品で必要とする原材料のすべてを納入しているのが日東商事だ。島田は抜け目なく招かれた客たちの品定めをしている。

　確かに華麗な顔ぶれだ。午前のプレイを終えると帰ってしまったが、経済同友会の代表幹事を務める有名財界人も姿を見せていたし、有力政治家の秘書も招かれていた。地元の有力者もかけつけていた。もちろん、食品業界の重鎮《じゅうちん》たちもいる。

　ボールが気持ち良く大空に舞い上がっていく。グリーンを飛び越え、ラフに墜《お》ちた。力で打つゴルフはコントロールが悪い。目標を外してしまったのである。しかし、気持ちのいい飛びかたをした。島田は頭をかきながらキャディにクラブを返した。

　松林の近くから三打目のボールを打つ稲沢の姿が見えた。尺取り虫プレイの稲沢は手がたくグリーンに上げた。面白みのないプレイだが、着実である。野村克男がグリーンに上げたのは六打目だった。

　ようやく全員がグリーンにそろった。勾配《こうばい》の複雑な読みにくいグリーンだ。ピンホールの旗が房総の海から吹き上げてくる潮風にかすかに揺れている。

「たいしたものですな、御曹子は……」

島田は稲沢に声をかけた。

東亜銀行は関西に基盤を持つ都市銀行である。法人営業を統括する稲沢は、みみっちいプレイはするけれど、さすが大銀行の副頭取だけあり、申し分のない貫禄だ。今日は真っ赤なポロシャツで決めている。東亜銀行は日東商事のメインバンクにある関係から二人は旧知の仲だ。

「確かに、プロ並みですな。社長就任のお披露目をこういうところでやる、その値打ちは十分にありますな」

稲沢は皮肉のこもる言い方をした。今日は木曜日だ。社長就任のお披露目をウィークデーにゴルフ場でやるとは常識はずれというべきで、興国食品の大口債権者としては皮肉のひとつも言いたいところだろう。東亜銀行が興国食品と御曹子木村社長をどのように評価しているか、心の内がわかるような気がした。

木村がパターを引き出し、グリーン上をなぞりながら目算している。四メートル弱の距離だ。慎重な男だ。商売も慎重であって欲しいのだが、その二つの才能を、神は与えてくれない。木村は全神経を集中させ、ホールとの距離を計っている。中沢プロが背後から一言二言声をかけた。難しいグリーンだ。彼女はアドバイスをしたのだ。

しかし木村はアドバイスを無視し、パターを握って軽くボールにあてた。

急勾配で読みが難しい芝目だ。ボールは曲線を描きながらグリーン上を走り、わずかにホールを外して止まった。見事な読み振りである。あと三十センチほどだ。ボールをホールに押し込むと、拍手が起こった。普通ならパーフェクトというべきなのに、それでも木村は不満のようだった。

（人望に欠けるのは、こういうところなんだなあ……）

島田道信は思った。

先代庄助社長は人格者だった。人望も厚かった。気配りの出来る男だった。戦後まもなく飢餓線上にある子供たちに安くて美味い菓子を作り、栄養をとらせねば、とリヤカーを引いての行商から商売を始めた庄助社長は立志伝中の人物だ。その庄助が病に伏せ、逝《い》ってから、三ヵ月が経った。社長職を息子に譲ったのは、病に倒れる直前のことだった。立志伝中の人物には、必ず作られた伝説が残るものだ。

興国食品が産声を上げたのは、戦後まもなくのことだ。山梨から出てきた庄助自身が妻の助けを借りながらリヤカーを引き、東京の路地裏で子供たちを相手に蒸しパンを売り歩いたというのはこのころの伝説だ。しかし、社史には創業は昭和二十七年で、最初に製造販売したのは英字ビスケットと記されているが、本当のところはリヤカーを引きながらの商売だった。

「子供の笑顔を見るのがなによりの楽しみ」

とはもうひとつの伝説だ。

リヤカーを引き、路地裏での行商から始め、興国食品の基礎を築いたのは、給食用の食パンであったようだ。つまり、小学校などへ給食用パンの売り込みに成功したのが、いずれにしても、この食品メーカーの基礎を創ったことだけは間違いなさそうだ。

以後、興国食品は子供向けのスナック菓子を次々と売り出し、この業界で確実な地位を築き上げるのだった。しかし、庄助の偉さは本業以外には手を出さず、銀行や証券会社の熱心な薦《すす》めにもかかわらず、株式上場で上場益などという浮利を追うようなこともせず、ひたすら堅実に堅実に商売を続けてきたことだ。

「臆病な経営者」

などと、悪口を言う者があるが、今日の興国食品を築いたのは、間違いなく庄助の堅実経営によるものだった。ともかく庄助は石橋をたたくように、用心に用心を重ねながら菓子製造一筋で歩んできた。

しかし、庄助が病に倒れてから、興国食品は変わった。興国食品は派手好みに変身したのである。三十二歳の若さで経営権を握ったのは次男の義正である。体が弱い長男が跡目相続を嫌ったための幸運だった。義正は慶應を出て日東商事に一時身を預けられ、ビジネスを学んだ。島田道信が食品部門で部長を務めていたときのことだ。

「ウチの倅を鍛えて欲しいのです」

　そう言って庄助が頭を下げた。興国食品は大事な客先だ。未上場ではあるが、中小企業としては立派な業績を持つ。大事な客先の御曹司を受け入れることには、もちろん異存はなかった。

　配属されたのが食品営業部だった。

　島田には扱いにくい部下だった。苦労人の子育てには、二通りある。獅子の谷落としの寓話《ぐうわ》にもあるが、先代の場合は残念なことに悪い方だった。自分の子供には、同じような苦労をさせたくないと子供を甘やかした。できることなら苦労などさせない方がいいに決まっている。苦労などして、得るものなどなにもないからだ。

　義正は甘やかされ、わがままに育った。小学校から私学だ。彼の周囲には大勢の取り巻きがいる。取り巻きに飲ませ食わせし、遊び歩くのが大好きだから人好きはする。最いつも口にするのはきれい事だ。しかし、問題が起こるとすぐに逃げの手を打つ。最大の欠点は仕事を二の次に考えることだ。興国食品の社長でありながら義正が最優先させたのは、学生時代以来のゴルフだ。すなわち番頭任せの経営だ。自分は特別の人間。そういう人間だからなんでも許されると思っている。

「鍛えて欲しい……」

　と先代が言ったのは本気かどうか。島田は別室で叱責したことがある。しかし逆恨みをする始末だ。そんな男が経営権を握ったのだから、興国食品がおかしくなるのも当然である。有名人や取り巻きを連れてのゴルフ三昧だ。それでも興国食品が持ちこたえているのは庄助以来の番頭たちが両脇をがっちり固めているからだった。

十六番ホールでそれまで好調だった木村義正が崩れ、中沢プロとスコアが入れ替わった。二人はシーソーを繰り返し、ギャラリーには好プレイに見えた。義正は生来の負けず嫌いだ。形相が変わっていく。そういうところが義正のどうしようもない子供っぽさだ。

中沢は途中で手をゆるめたが、それでも十六番ホールでの三打差は大きい。十七番ホールでボギーをたたきホールインして、二打差まで押しもどした。

こうなると、招待客たちのことなど眼中になくなる。いきり立ち、十八番ホールにのぞんだ。しかし、十八番ホールは荒れた。二打目のボールは池に墜ち、三打目はバンカーで散々苦労させられた。スコアだけでいうならさすがにプロというべきで中沢プロが一位につけ、義正は四打差で二位に終わった。社長就任の晴れの舞台を、自らオーナーにおさまるグラウンドで優勝を飾る、それが義正の目論見であった。その目論見は無惨にも敗北に終わったのである。

最後に稲沢美喜夫がホールインすると大きな拍手が起こった。賞賛の拍手は好プレイを見せてくれた中沢プロと優勝を果たした稲沢に送られた。稲沢は上機嫌だ。ハンディー持ちではあるが、尺取り虫打法が功を奏し、優勝の栄冠を勝ち取った。招待客のなかから優勝者を出し、ゲスト出場の中沢プロがスコアで一位、招待主がスコアで二位というのだから見事な演出といえるだろう。

プレイが終わり、島田は稲沢といっしょにクラブハウスにもどった。不機嫌な義正を避けたかったのである。

「惜しかったですな。しかし、最後のホールが悪かった。惜しかったです」

後ろの方から義正の取り巻きたちの声がする。大声でヨイショしているのは吉田耕助だった。吉田は木村義正の取り巻きの一人で先代の妻ミナに取り入り、木村家の私財形成に一役買っている。

しかし、芳《かんば》しい噂は聞こえてこない。吉田は派手なゴルフウェアを身につけている。歯茎を剝《む》き出し、見るからに悪相でへらへらしているのが気にさわった。太った体にゴルフウェアがいかにも窮屈そうだった。

2

社長就任祝賀パーティーの会場は、クラブハウス近くのホテルに用意されていた。すでに立食形式のパーティーの準備が整っていた。午後七時。招待客はゲストハウスで、シャワーを浴び、バーでくつろいだあと、背広に着替えて、会場に入る。

木村夫婦が会場入り口に立ち、招待客を迎える。会場には東京から呼び寄せたコンパニオンが勢揃いしている。今夜はゴルフコンペに招待された者の他、政治家や財界人など大勢の客が招かれていた。

「ほうー」

と、島田は感嘆の声を上げる。

地味な庄助社長時代には考えられない演出だ。舞台中央横では生バンドがムード音楽を奏でている。会場を仕切るのは、テレビでよく見かけるタレントと称するオワライ芸人だ。タレントの本来の意味は才能なのだが、彼に才能があるとはとても思えない。芸のひとつだになきぞ悲しきの、芸人だ。オワライ芸人の相方をつとめるのはテレビでおなじみの女性アナウンサーだった。彼女の振りまく愛嬌は三流ホステス並だ。その二人が会場を盛り上げようという寸法らしい。

「気張ったものですな……」

島田は西村恒夫に声をかけた。西村は風采《ふうさい》の上がらぬ男で、場違いな場所に迷い込みでもしたかのようで落ち着かぬ様子だ。西村は中卒で興国食品に入ったたたき上げの職人で、先代庄助を助け、ここまで興国食品を大きく育て上げた大番頭だ。

長く製造部門を差配し、いまでも興国食品にはなくてはならぬ人材なのである。しかし、庄助が一線から引いたあと、彼の貢献に報いている風ではなかった。

「お恥ずかしいことです」

と、着慣れぬ背広の襟に手をやりながらすっかり恐縮の体である。西村は作業着がよく似合う男なのである。それほど親しい間柄ではないが、西村は勤勉な日本人の働き振りを思い出させてくれる男だ。

「それにしても派手なことで……」

メインバンク東亜銀行の稲沢副頭取が皮肉な言い方をした。西村が応えた。

「康保堂さんの演出です。今度のことは、康保堂にお願いしたんですよ。精一杯お客様に楽しんでいただきたい、と……」

西村は頭をかきながら、若社長のために弁解するのだった。

島田はすぐに想像がついた。

康保堂とは、興国食品の広告宣伝を一手に仕切る広告業界第二の広告会社だ。興国食品は子供相手の商売だ。テレビなどのマスコミに自社製品を広く広報せしめる必要から広告会社とのつき合いは欠かせない。その広告会社が祝賀パーティーのいっさいを取り仕切っているというわけだ。

会場は混雑している。招待客は五百人ほどだ。島田は稲沢の顔を見た。その顔に大丈夫なのか、という不信の色が浮かんでいた。そして耳元で小さな声で言った。

「分不相応とは、こういうことかな」

稲沢副頭取は辛辣《しんらつ》だ。

「そうですな……」

島田は曖昧《あいまい》にうなずき返した。

興国食品は約四百億円近くの債務を持っている。そのうち七割は東亜銀行が融資したもので、大半は南房総カントリークラブの建設費に投入された。ゴルフ事業はなかなか難しい、稲沢には融資を決定した責任がある。その責任のある立場からすれば有名人を多数招き、社長の見栄でコンペを催し、こんな派手なパーティーを開くなど、冗費に過ぎる、稲沢はそういう顔をしている。

実は、島田道信も同じ感想を持ち、ウェーターが差し出すウイスキーグラスを受け取った。興国食品は年商百八十億。過剰に過ぎる借金だ。それにしては、義正のやることが派手である。島田はウィスキーを一口含み、会場中央の方を見た。そこには二人の同業他社の商社マンが談笑している姿があった。

「ちょっと失礼します」

と稲沢に言い残し、競争相手の二人の商社マンの方に歩みよった。

「ほー。これはこれは……」

賛光商事の柿沢祐一は驚いたという顔をした。

「すばらしいグラウンドだそうですな」

蒲田が訊《き》いた。

「たいしたものですよ」

島田は社交辞令で答えた。

「そうですか。一度はグリーンに上がってみたいものですな……。島田さん、口利きをお願いできませんかね」

マルヨシの食品営業部長の蒲田貞二が挑発的なことを言った。マルヨシは売り上げで業界第四位にランクされる総合商社だが、食品部門では断トツのシェアを誇る。食品のマルヨシと呼ばれる所以だ。その営業を仕切っているのが蒲田だ。しかし、興国食品の扱いだけは別だ。小麦や砂糖など食品材料のほぼ七割を、取り扱っているのが日東商事だ。できれば原料の納入も、と考えるのが商社商売というもので、その商権を虎視眈々と狙うのが、マルヨシと賛光商事というわけだ。

「油断のならぬことだ。しかし、蒲田さん。ならば受けて立ちますよ」

島田はちゃかした。

「いやいや、興国食品は日東商事ががっちり押さえている、殴り込みをかけようなんて、とんでもない、ただデズモンドが設計したコースでプレイしたいだけですよ」

蒲田は引いてみせた。

「会員になればいいじゃないですか」

柿沢が口を挟んだ。

賛光商事は紳士集団といわれた。だが、それは昔の話で、商売のためならなんでもやってのける。互いを戦わせ、漁夫の利を得るというのがいつものやり方だ。柿沢はさりげなく話題を変え、島田に訊いた。

「どうでした、今日は？」

柿沢が訊いたのはスコアのことだ。

「いやあ、散々ですわ。丘陵の難しいコースですな。優勝したのは東銀の稲沢さん。彼は着実なプレイをする」

「ほう。稲沢さんが……。東銀は大枚をつぎ込んでいるから、心配ですわな。なるほど興国食品も配慮が行き届いている、稲沢さんを勝たせるなんて。配慮の優勝ということのようですな――。しかし、会員権の販売はどうなんです」

稲沢が聞いたら目を剝き怒るようなことを柿沢は平然と言ってのけた。要するに、興国食品は八百長をやってまで、メインバンクの副頭取に花を持たせ、優勝させたのではないか、と言っているのだ。

義正にそんな芸当が出来るのなら、それは褒めてやるべきで、実際のところ招待客など眼中になく自分のスコアにこだわるコンペであったのだ。

「さあ、どうでしょうかな」

島田は頭を振った。

オープンして半年。島田も、南房総カントリーは、会員集めに苦労しているという話は聞いていた。金利もバカになるまい……。

「まあ、次々ヒット商品を出し、本業は健全経営ですわな。しかし、ゴルフ場経営が興国の足を引っ張ることにならなければいいんですがな……。どうなんです？」

蒲田部長が興国食品の弱点を口にした。これまた義正が聞いたら目を剝いて怒るに違いない。彼にとっては、大きな収益が期待できる自慢のゴルフ場であるからだ。もっとも、そう思っているのは本人だけで、実態は、会員は集まらず、前途多難なスタートであるのは誰の目にも明らかだ。

十八ホール、約七千ヤード、パー七十二のコース規模。用地面積百六十八万平米のゴルフ場は、コースを米国人マイヤー・デズモンドが設計し、付設のクラブハウスには三十室ほどの宿泊施設がある。

有名プロゴルファーの設計ということでスポーツ紙などでも派手に取り上げられ、スポーツ評論家らがおおいに持ち上げた、いわゆる有名コースだ。

入会金三千万円、一千五百人を募ることにしており、康保堂に依頼して広告宣伝してきた。もっとも公式には三百人が正式会員ということになっている。オープンを記念し、有名人を大勢招きトーナメントを開催したのをテレビ局が派手に取り上げたのはもちろん康保堂の仕掛けによるものだ。

それにしても大変な投資だ。土地代と建設費を合わせ、二百億弱。興国食品の年商相当分を投入した格好だ。計画には東亜銀行の稲沢副頭取が一枚噛み、必要資金のほとんどを、東亜銀行の融資でまかなった。

ところが、肝心な会員集めが難航している。入会金三千万円とは途方もない金額だ。なにを考えているのか、これじゃあ売れぬも当然である。バブル期ですら、こんな高値で販売するのは、それこそ優良コースだけだった。

都心部から車で二時間近く要する。地の利は悪い。有名ゴルファーの設計が売りのコースとはいえ、募集会員一千五百人に対して五百人にも満たないのである。それとても大幅ダンピング販売だ。実際の販売価格は五百万を切っているとの話だ。それとても取引先に無理強いをした法人会員が過半というお寒い限りの実情なのである。

「経営の足を引っ張らなければいいが……」

と、憂慮されるのも当然である。

その経営の弱点を、二人の商社マンがさらりと指摘してみせ、島田の反応をうかがっている。カントリークラブが興国食品のお荷物にならなければいいのだが、と思うのは島田もいっしょである。

「中沢プロはどうでした？」

蒲田が話題を変えた。

「社長とは四打差。最初、飛ばした社長も途中で息切れをして、とくに十八番ホールは大荒れ。散々でしたな」

そう応えながら、コイツらいったいなにが目的なのか、島田はその腹の内を探ろうとしていた。

しかし、木村義正はいま得意の絶頂だ。佐和子と並び招待客を迎える木村義正に耳打ちをする一人の男があった。彼は興国食品で総務部長を務める佐野宗男であった。

「真鍋先生が……」

義正の顔に歓喜の色が浮かんだ。

「はい、ただいま到着されました」

「そう、案内を頼む」

真鍋琢三は、秘書をともない、すぐに姿を見せた。堂々たる体軀の真鍋は満面笑みを浮かべて義正社長の手を握る。

「社長就任、おめでとう」

まずは祝辞を送る。

真鍋は現職の国務大臣であり、自民党派閥武藤派の重鎮として知られる。元幹事長の武藤隆俊を総理に押し上げるため、派内では武藤の政策秘書高橋正三とともに、派閥の金庫番を担っている男だ。真鍋はマメな男で、こうしたパーティーにちょこちょこ顔を出す。もちろん、政治献金が狙いだ。

真鍋とは慶應の同窓会で出会ったのが縁だと、義正は周囲に説明している。しかし、二人の関係を取り持ったのは、吉田耕助だ。吉田の薦めで二百万ほどの政治献金をしたのがつき合いの始まりだった。

吉田耕助——。

生業は宝石商というのだが、得体の知れぬ男だ。しかし、商売柄か非常に顔の広い男で、財界や政界、霞が関の役人たちにも人的ネットワークを持っているとの触れ込みで、泳ぎ回っている。まあ、いってみればブローカーだ。いま、吉田は創業者夫人ミナに取り入り、興国食品の経営に少しは口出しできる立場にある。

もっともつき合いとはいっても一方的なもので、製菓会社からすれば、政治家に頼みごとをしなければならぬような問題を抱えてはいない。たとえ、そうした問題が起こったとしても、すべては高橋正三が取りはからってくれる。南房総カントリークラブの建設にあたってでも彼がすべてを口利きしてくれたものだ。その高橋を引き合わせたのも、これまた吉田耕助であった。

「わざわざおいでいただき恐縮です」

「いやなあに、義正君の社長就任。顔も出さぬようでは義理を欠くというものだ。世話になっているんでな」

「遠いところ本当に恐縮です」

夫婦ともども頭を垂れるのであった。

「のちほど、先生にご挨拶《あいさつ》をいただきたく存じます。よろしくお願いします」

そう言ったのは、総務部長の佐野宗男だった。その佐野に真鍋は鷹揚にうなずき返すのだった。佐野は如才のない男で、興国食品の裏方を一手に引き受けている。まだ、四十八ではあるが、社内のランク付けでは、創業以来の番頭、西村を飛び越し、事実上のナンバーツウなのである。佐野が真鍋国務大臣を会場中央へと先導していく。

その姿をめざとく見つけた女子アナが真鍋大臣の来場を告げ、会場にいる人びとに拍手を促《うなが》すのであった。真鍋は会場の人びとに軽く会釈《えしゃく》をしながら愛想を振りまいていた。その姿を認め、柿沢が言った。

「政治とは無縁と思っていたが……。むしりとられまっせ、大金を」

そう言うと、柿沢は小さく笑った。柿沢の物言いは、どこかシニカルで人を小馬鹿にしたようなところがある。蒲田が含み笑いをしている。

庄助の時代は政治とは無縁だった。庄助はこうした冗費を嫌った。庄助は一円二円と小さく積み上げて、これほどの所帯を作り上げたのであった。

会場の片隅で高橋正三が、吉田耕助と難しげな話をしている。吉田は押し出しの立派な、見た目には紳士面だ。だが、笑うと歯茎が剝き出しとなり、ゲスな素顔がのぞく。話をしているのは、もっぱら吉田の方である。しかし、中央舞台で一人芝居を演じるオワライに気をとられていて、二人の様子など誰も気に留めていなかった。マルヨシの蒲田だけは違っている。じっくり観察していた。

会場の照明が落とされ、中央演壇にスポットライトがあてられた。女子アナが祝賀パーティーの始まりを告げた。波を打つように大きな拍手がわき上がり、会場の拍手に促され、義正夫婦が演壇に登場した。なにやら大スターの登場という演出だ。

「お待たせいたしました」

と司会のオワライが改めて自己紹介するとともに、新社長のゴルフ場での奮戦振りを思いっ切りヨイショした。爆笑と拍手が渦巻くなか、夫婦は会場の招待客に向かって幾度も幾度も頭を下げるのであった。

まず最初に登壇し、祝辞を述べたのは、言うまでもなく真鍋大臣だ。義正社長を気恥ずかしいほどに褒めちぎり、ほんの少しだけ政界の裏話を披瀝し、場内をおおいにわかせるところなどさすがに錬磨の政治家だ。

真鍋大臣は続けた。

「義正君にはおおいに期待しておるのであります。どうぞ、今夕ご出席のみなさまにおかれましては、引き続きご支援のほど、義正君になりかわりお願いする次第です」

　そこで真鍋大臣は話をしめ、壇上隅に立つ木村夫婦と握手を交わし降壇した。幾人かの来賓《らいひん》の挨拶を受けたあと、乾杯の音頭をとったのはコンペで優勝を収めた東銀副頭取の稲沢美喜夫だった。どうも挨拶は冗長に過ぎたらしく、会場の客たちを飽きさせている。

　その挨拶の間も、会場の片隅にあって吉田と高橋の難しい話は続いていた。その二人の間に立ち、マルヨシの蒲田が二人に話しかけた。どうやら旧知のようで、二人はすぐに蒲田を話の仲間に入れた。そこにまた重要人物が二人、話の仲間に加わった。弁護士の野村克男と興国食品の佐野総務部長だ。なにやら込み入った話をしている。

「はて……」

　その光景を島田は訝《いぶか》しげに見守るのであった。気がつくと、賛光商事の柿沢部長は、日本産業新聞編集委員の飯塚毅と談笑を交わしていた。柿沢も会場の片隅の光景にときおり油断のない視線を送っていた。

3

東亜銀行副頭取の執務室――。忙中閑ありといったところか、その日、稲沢美喜夫副頭取は執務室でくつろいでいた。時計を見ると、十分ほどの空き時間が生じている。分刻みでスケジュールが組まれる多忙な日常の稲沢にしては珍しいことだ。稲沢は指を折って数えながら考えてみる。

社長就任パーティーから早くも四年が経っていた。小泉内閣の誕生で経済環境はがらりと変わった。橋本内閣が退陣後、政治も激しく動き、同じ派閥の小渕恵三が内閣を組織した。しかし、小渕は不運な人物で任期半ばで病に倒れ、ついに帰らぬ人になってしまった。その後の森喜朗も、内閣支持率を急落させ、政争を繰り返したあと、退陣を余儀《よぎ》なくされ、その後釜の総理の椅子に座ったのが小泉純一郎だ。

小泉は実に運のいい男だ。総理になるためカネを集めたわけでもない、党内融和に動いたわけでもない。しかし、彼一流の政治手法が評価され、アッと言う間に総理の椅子を射止めたのである。しかも彼は所属する政党をぶち壊す！　と、言って自民党総裁の椅子を手中に収めたのだ。

小泉内閣が掲げるのは、構造改革と不良債権の後始末である。変人と呼ばれ、本人も変人を自称する小泉純一郎という男の政治手法は確かに変わっている。しかし、よくよく観察すれば、小泉は独自の政策を掲げているわけではない。要するに、米国が要求する政策課題を忠実に実行しているだけだ。彼の異様さは、ただひたすら米国に忠実にあらんとする異様さなのだ。

その片割れが竹中平蔵という学者あがりの政治家だ。その小泉が異常人気というのは不思議なことだ。マスコミは小泉の政治手法をよく吟味もせず、小泉の掲げる政策を支持した。小泉人気を煽るのは、その意味でマスコミだ。

稲沢美喜夫は東亜銀行本店の副頭取室にあって新聞に目を通していた。今朝も、左派系と呼ばれる大新聞は、小泉内閣構造改革を、中途半端で、やる気があるのか、と社説で批判を加えている。小泉にすればありがたい応援歌ということだろう――。社説を読み、稲沢はそんな感想を持った。

稲沢は小泉政権の政策意図をよく理解している数少ない銀行家だ。マスコミがなにをターゲットにし、銀行批判を繰り返しているかも稲沢は承知している。

不良債権――。マスコミが口をそろえて批判する問題だ。銀行業界にとっては、不良債権は頭の痛い問題だ。不良債権を一気に解決すると豪語するのが小泉内閣であり、大学教授から閣僚に起用された竹中平蔵という男は名うての強硬論者だ。不良債権処理は、国策に格上げされようとしている。

しかし……。

と、稲沢は思うのである。

不良債権とは、政策転換によって生じた問題なのである。すなわち、銀行会計の基準が変わったことによって生じたのだ。もちろん不良債権隠しも、不良債権飛ばしも、銀行はやっている。しかし、公正を期して言うならば不良債権の八割以上は、会計基準の変更によって生じた不良債権だ。銀行家ならばたいていは知っている。しかし、それを大声で口に出すことは出来ない。

銀行法が改正され、巨大な権限が与えられた金融庁はいよいよ動き出した。世論やマスコミは彼らの味方だ。不良債権処理は誰もが支持する正論だ。ともかく支持率八割を超える小泉政権に異論を唱えようものなら、たちまち抵抗勢力の烙印を押される。

しかも稲沢副頭取は頭の痛い問題を抱えていた。ゴルフ場開発にかかる融資案件の許諾を求める稟議書に私印を押したのは稲沢自身だ。しかも融資適否の疑義を金融庁が伝えてきている。

もうひとつ急がなければならない事情がある。いま東亜銀行は中部銀行との間で合併交渉を進めている。交渉は胸突き八丁というところで、まもなく新聞発表の予定である。合併に際して問題になるのは、不良債権の残高だ。多く不良債権を抱えていれば、その分だけ交渉は不利になる。大詰めの段階を迎えて不良債権の洗い直しが始まっているのだった。

興国食品向け融資、すなわち南房総カントリークラブ向け融資は、これまでは通常案件として扱われてきた。年間十五億を超える経常利益を上げるなど、本業が順調であったからだ。これからそうはいかなくなる。というのも、金融庁の検査マニュアルが改訂されて債権は個別の融資案件ごとに評価されることになったからだ。

当然、合併にあたっても債権評価は金融庁マニュアルに準拠することになっている。その評価基準でいえば、興国食品本体が要注意先案件の扱いとなり、融資に決定を下した稲沢自身の責任を問われることになり、合併以後、いまのポストを維持できるかどうか、いや取締役のポストすら失い、他に転出を余儀《よぎ》なくされるかもしれない。東亜銀行の立場からすれば考えざるを得ない深刻な事態なのである。

三つ目の理由。

雪跡という言葉を、稲沢は思い浮かべていた。大事をなすときは、そういう形跡があってはならぬ。跡が残ると、必ず禍《わざわい》が生じるという意味だ。形跡はすべて消し去らねばならぬのである。興国食品向け融資を、急ぎ回収せねばならぬ個人的な理由だ。しかし、不良債権回収は時間との競争だ。

(それまで興国食品は持つか……)

稲沢は不安になる。

木村義正はいかにも危なげだ。はっきり言えば、経営者としては不適格だ。社長が経営にほとんど関心を示さない、実際に資金繰りをしているのは総務部長の佐野宗男だ。その佐野も危なげだ。怪しげな人間とのつき合いが多すぎる。なにをやっているのかわからないところがある。

興国食品にとっての、唯一の救いは西村恒夫の存在だ。もう彼も六十に手が届く。それでも次々とアイデアを出し、新商品を開発して会社の基盤を支えている。

それにしては不遇である。いまは製造部門の顧問という立場だ。製造現場での信望が厚く、製造現場はいまも西村を中心に動いている。彼は生粋の職人だ。おべんちゃらを言うわけでも、新社長にすりよるわけでもない。社長の義正と肌が合わないのである。それでも律儀《りちぎ》な男で、会社に対する忠誠心だけは人一倍だ。それにもかかわらず会社の扱いは酷いものだ。それでも西村は不平ひとつ口にせず、黙々と製造の現場を守っている男だ。

（西村がいる限りは……）

と考え、稲沢は不安をうち消した。

新聞を机の上に置き、稲沢はパソコンの画面からスケジュールを引き出してみる。その日、日本産業新聞から取材を受けることになっている。広報室も同席する。広報室が作った取材相手の経歴を読んでみた。経済と産業畑を歩み、現在は編集委員のポストにある。編集委員というのはどういう職務なのか、よくわからないが、たぶん、合併問題につき質問をしてくるものと見当をつけていた。否定も肯定もしないというのが、いまのところの対外的なスタンスだ。

頭取たちの動きも活発になっているから隠しおおせるものではないが、ぎりぎりまで発表を見合わせているのは、市場対策でもあるのだ。合併は評価される。市場から評価されれば、株価は急騰する。合併を前にして、できるだけ高値に株価を維持するのは経営トップの責務でもある。

　時計を見る。インタビューの約束は午後二時である。背広をはおり、姿見で衣服を整える。どこから見ても、大銀行の立派な身なりの紳士だ。稲沢はインターホンで秘書を呼んだ。すぐに秘書が現れた。

「インタビューは二時だったよな」

「はい、役員応接室を用意してあります。広報室長も同席すると連絡を受けています」

「そう」

　役員応接室は役員フロアにあった。

　秘書がドアを開け、稲沢を招き入れる。すでに客は応接室にいた。ちょうど、広報室長と談笑しているところだった。

「お待たせしました。稲沢です」

　そう言って稲沢は名刺を渡す。見たような顔ではあるが明確に思い出すことが出来ず、とりあえず初対面の挨拶を交わした。名刺には日本産業新聞編集委員飯塚毅とある。新聞記者には珍しく高価な背広を着込み、出で立ちは遊び人風である。

「今日は銀行業界の再編の話を、きかせて欲しいとのことです」

広報室長が取材の趣旨を説明する。金融担当の記者ならたいていは知っている。どこかで会ったようにも思うが、しかし、思い出せない。産業部の記者もときに取材にやってくる。新聞社も担当記者を次々かえる。その一人なのだろうと、そう稲沢は思った。

「ところで……」

と、前置きをして、飯塚はいくつかの質問をした。当たり障りのない、一般的な質問だった。稲沢は質問に答えた。

「第一勧銀、興銀、富士銀行の三行合併以来、金融業界の再編が進んでいます。これからは規模の時代です。資金量が勝負どころとなりますからな」

「お宅はいかがです」

「ええ、いろいろと考えてはいます。しかし私どもの基盤が関西にあるため、その分名古屋以東は弱いというマスコミのみなさんの指摘もございます。まだお話が出来るような状態にありませんが、一般論として申し上げればその対策は必要であると考えているのは事実です。それにご当局も金融再編には熱心でありますのでな……」

「見合いの相手は決まったかどうか、具体的にはいかがでしょう」

「婿探しか嫁探しか、表現は難しい。ウチが嫁か婿か——もっとも、いまは男女同権で嫁も婿もないそうですが、良縁であれば、もちろん、話は進めたいと思いますよ」

稲沢は質問をはぐらかした。

「なるほど……」

飯塚は歴戦の記者であろう。そこで質問を変えてきた。

「先ほど、副頭取は金融庁も熱心に再編に動いていると言われた。今度のことは金融庁のサポートを受けて動き出した――と、そう受け止めてもよろしいのですな」

「全知全能の金融庁といえども、そこまでは干渉しないでしょうな、実際、指示も干渉も受けていません。合併問題はあくまでも民間自身が決めること、そういう立場だと思います。仮にですよ、金融庁は業界再編を支持するとすれば、それはあくまでも金融業界のあるべき姿を、マクロ的に提示しているに過ぎないと思います。その意味に限定していえば、当局はご熱心であるといえますな」

飯塚はメモもとらずに、質問を繰り返している。たいていの記者はテープを回し熱心にメモをとるものだ。目の前にいる記者はそれらのいっさいをやらない。悠然と足を組み上げ、金融業の一般的な問題を訊いている。不思議な記者だ。

前半の質問は合併再編問題に集中した。しかし、途中から質問の矛先を変えてきた。不良債権問題である。これもよく聞かれる問題である。不良債権問題は銀行が抱える宿痾《しゅくあ》なのである。実際、銀行は不良債権に悩まされ続け、その解決のために、この五年もの間悩まされてきたのだった。

しかし、飯塚は業界再編問題でも、不良債権問題でも、あまり突っ込んだ質問はしてこなかった。当たり障りのない、一般的というのか、そういう質問の仕方である。駆け出しの記者じゃあるまい、要領の得ない質問だ。そう考えるのは間違いだと知るのは、次の質問が出たときだった。

「ここは禁煙ですか」

「いいえ……」

広報室長が灰皿を用意した。

そこで飯塚は深々とタバコを吸い、また質問の矛先を変えた。

「南房総カントリークラブの件です」

そう言われて、稲沢は初めて取材の意図を理解した。合併問題も不良債権問題もつけたしみたいなもので、取材の目的はそこにあったのだ――と。

稲沢は少し緊張した。南房総カントリークラブが抱える問題のなにを知り、なにを知りたいのか――。広報室長も戸惑いの色を浮かべている。事前の打ち合わせでは、質問項目に載《の》っていなかったからだ。大企業の広報室と大新聞との間には、こうした事前の打ち合わせがあるものだ。いわば大企業とマスコミとの談合というわけだ。広報室長は困ったという顔で稲沢の顔を見た。

「そのカントリークラブがどうしました」

稲沢はとぼけた。

「会員の間から、預託金の返還請求が出ているようですな……」

「返還請求が？」

「そうです。どうやら経営不振のようなのですな。東銀は確か、興国食品を通じて融資をしていましたね」

「ええ、興国食品は私どもがメインバンクを務めさせていただいております。しかし、銀行の性格からして、どなたさまにも、個別案件についてはコメントしないことにしておるんです。ご理解願いたい」

飯塚はうっすらと口元に笑いを浮かべ、首を振った。しかし、不思議なことに、飯塚はそれ以上、なにも質問しなかった。

「お約束の時間です」

と、広報室長が手帳を閉じた。

取材は午後二時から三時までの一時間という約束だった。稲沢は飯塚をエレベータホールまで見送った。エレベータが上がってくるまで少し間があった。そのわずかな間に飯塚は小さな声で訊いた。

「木村社長の就任コンペでしたか、あのグラウンドで優勝されたそうですね。そのときの副賞はなんでしたか」

「えっ」

と訊き返したとき、エレベータのドアが開いた。飯塚は深々と頭を下げ、エレベータに消えていった。稲沢は思い出した。あのけばけばしいゴルフコンペのことを。しかし、それを飯塚はなぜ知っているのか。

「どうなっているのか……」

稲沢は執務室にもどると、すぐに電話をした。相手は日東商事の常務島田道信だ。島田は出かけているようだ。折り返しの返事を欲しいと相手の秘書に伝え、電話を切った。

(こんなとき、ややこしい南房総問題が噴出しては困る……)

稲沢は苛立った。核心に迫る質問だ。どういうことか——稲沢は考える。疑うべきは情報の流出だ。稲沢は腕を組み思念した。

4

その同じ時刻。東京・恵比寿の興国食品本社では緊急の役員会議が開かれていた。木村義正社長以下、母親のミナ、妻の佐和子、佐和子の伯父の佐々木勉、兄の木村正幸、総務部長の佐野宗男、経理部門を任されている佐伯庄一、製造部門二名と営業から一名の取締役それに弁護士の野村克男などの面々である。監査役を兼務する野村は、唯一の部外者というわけだ。

以上のメンバーは先代以来の子飼いの取締役で、ほとんど発言らしい発言をしない。本来なら西村恒夫も同席すべきなのだが、いまは製造部門の顧問に格下げされ取締役会出席の権利は失っている。

「それでは会議を始めます」

木村義正が会議開始を宣言する。出席者は緊張した面もちだ。義正は事態をどう収拾すれば良いか、まったく腹案というものを持たず会議にのぞんでいる。それどころか、彼の関心は、中沢プロたちとの久しぶりのコンペのことでいっぱいだ、家族も取締役も、義正をそう見ていた。

そこまで見下されている。しかし、義正のために弁明すれば、義正も打開のために懸命に動いていた。取引先の日東商事に対し、資金援助を求めたのだった。しかし、色好い返事がもらえなかったのだ。

ゴルフ会員権の返還請求が出ている。ザッと計算し、約十三億七千万円。契約書には契約を解除したとき、三週間以内に返還すると書いてある。いまの興国食品にはまったくゆとりがなかった。返還に応じることが出来なければ事件化する。名門製菓メーカーの経営危機が噴出する。わずか十三億円。もちろんメインバンクの東亜銀行にも融資を要請した。返事はつれなかった。それどころか、既融資について早期返還を求めてきた。

（打つ手なし……）

義正は議案なるものを説明し、母親の方を見た。取締役会などといっても、家族会議みたいなものだ。会議を取り仕切っているのは先代の妻ミナだ。兄の正幸は経営に関してはまったく関心を持たず、理大を出たものの、もっぱら趣味のチョウチョウ集め以外、俗事にはまったく関心のない男だ。退屈しているのか、指先でせわしくテーブルをたたいている。

「正幸――」

母親が長男をたしなめるのも、家族会議の風である。先ほどから結論の出ない議論を繰り返している。議題はただひとつ。南房総カントリークラブが会員から集めた預託金の返還をどうするか、その資金手当てについてであった。いまメインバンクの東銀からの融資は途絶えている。貸し渋りというヤツだ。

「佐伯部長」

議長の義正に促され、経理部長の佐伯が現状を報告する。佐伯の報告は契約書の内容をくどくど説明するものだった。要領を得ない佐伯に苛立ち、ミナが詰問した。

「請求額はどれほど？」

ミナが経理部長の佐伯に訊いた。

「十三億七千万円ほどです」

東銀からの融資がつまってきているものだから、資金のゆとりはない。その金額は月間売り上げのほぼ七割だ。中小企業の興国食品には大金である。しかも冬のボーナス時期を控えて、の資金手当ても必要だ。

ミナはまた訊いた。

「まったく見通しがつかないのね……」

ミナは今年七十八だ。戦地から復員したばかりの庄助と所帯を持ったのは、戦後まもない昭和二十二年のことだ。進駐軍の倉庫から外部に流出した小麦粉を使って、製パン業を始めたのは、所帯を持った翌年のことである。おりから食料不足の時代だ。これが大当たりをして、小金を貯めた。その手持ちの資金で興国食品の前身、木村製菓を興したのは昭和二十五年。株式会社興国食品が誕生するのは昭和二十七年だ。

木村製菓時代、リヤカーを引き、夫といっしょにサッカリンをまぶしたコッペパンや蒸しパンを売り歩いたというのは本当の話だ。彼女には商売の才覚があった。

小学校に給食用パンを売り込むアイデアを思いついたのは彼女自身だ。そして英字ビスケットを販売した。物のない時代だ。これが大当たりをして、板橋に本格的な工場を作ったのは昭和三十五年だった。中卒の工員を大量に雇うようになるのも、この前後のことである。後に製造部門の責任者となる西村は最初の中卒社員だ。

　西村は勉強熱心な工夫の男だった。その西村が次々とヒット商品を生み出したのだ。飲み込みが早く先代は西村をかわいがった。しかし、ミナとは折り合いが悪かった。折り合いが悪くなったのは、ミナが薦めた縁談を断ったからだ。他に結婚を約束した女性がいるというのが理由だ。

「どこの馬の骨ともわからぬ男に……恩知らずにもほどがある」

　ミナは小学校もろくに出ていない女だが、気位だけは滅法高い。お節介な女だ。勝手に縁談を進め、それを断ったからといって、怒るのは筋違いというものだが、彼女はメンツを潰されたと西村を罵った。人生のすべてを捧げ、四十年余りも勤め上げられたのは、先代庄助がかばってくれたこともあるが、西村自身が努力の人で、興国食品にはなくてはならない人間だったからだ。

　先代庄助が生きている時代は良かった。木村家との関係が決定的となったのは、社長に就任した義正に意見をしたからだった。西村は先代から、義正をよろしく頼むと言われていた。律儀な男で、先代の遺言を忠実に果たそうとした。他意はなかった。それを義正は経営介入と受け止め、西村を遠ざけたのだった。製造の現場にあれこれ口出しをする佐和子との相性も悪かった。西村は木村親子に嫌われてしまった。

　ミナの性格は、圭角なところなど次男の義正に受け継がれている。ただ違っているのは、彼が商売に熱心でないことだ。息子義正の関心は、もっぱらゴルフである。先週もスポーツ紙に登場して得意のスイングを披瀝し、若手経済人ではナンバーワンのゴルファーなどと持ち上げられ得意然としている。それとても康保堂の裏工作があってのことだが。

それでもかわいい息子だ。ともかく甘やかして育ててきた。慶應に入れたほどだから、まずまず勉強は出来た。しかし、経営の勉強はほとんどしなかった。それでも彼女は義正を猫かわいがりした。

そういう母親に長男正幸は拗《す》ねた態度で接したが、義正は違っている。マザコンというべきか、彼は母親ベッタリだった。その分だけ、余計にかわいく思えるのは、母親としての人情というもので、会社経営も母親に相談して決めるのを常としていた。

「興国のオオヨド」

というのが彼女の社内でのあだ名だ。秀吉の側室として権勢をふるった淀殿をもじったものだろう。商法上はただの取締役なのだが、彼女が実際の経営者なのである。

先ほどから議論を繰り返してきているのだが、彼女も知恵があるわけではない。まして大銀行を相手に交渉をするほどの力も持ち合わせていない。興国食品の不幸は、オオヨドが、会社組織の法的な意味のなんたるかを知らず、興国食品を自分の個人財産と考えて経営していることだ。

私的財産の私的運用に過ぎぬ。それが彼女の興国食品に対する基本的な認識なのである。それが許されるのは、資本金一億五千万円のほぼ全部を一族で握っているからだ。もとより彼女には株式を上場するなんていう考えはなかった。他人さまが興国食品の経営に口出しするなど、考えてもみたくなかった。それは先代の夫庄助も同じだった。同じ考えを彼女は墨守《ぼくしゅ》している。

ゴルフ会員権についても、ミナは同じ考えでいる。つまり預かり金は、すべて会社の財産なのであり、十分に遊んだ彼らに、なぜ返済しなければならないのか、と言い出す始末だ。弁護士の野村克男が説明に苦労したのもそのためだった。

「なにを言っているのよ、会員はちゃんとプレイが出来る権利があるじゃないの。会員権は値上がりもしていることだし、なにが不満だというのよ」

などと、わけのわからぬことを言う。周囲が困惑させられるのは、彼女が、本気でそう思っているからだ。

会社経営が順調なときは、その考え方が桎梏《しっこく》になることはない。しかし、今度の場合は異なる。預託金は一種の借金だ。定款《ていかん》で返還を約束しているのだから、会員には当然なことに、債権者としての権利が生じる。だいたい、不特定多数から多額のカネを集めることが社会的行為なのであり、預かったカネを私的財産と混同し、それを私的に流用するのは許されぬのである。ミナはしっかりソロバン勘定の出来る女なのだが、公私の区別がつかぬのである。

「あそこは危ないらしい……」

　昨年夏ごろから、不穏な噂が出始めた。不穏な噂が会員権の評価を下げ、いまでは往時の三分の一の評価に下がった。プレイヤーも激減し、閑古鳥《かんこどり》が鳴いている。いや、ゴルフ会員権の評価額が急落しているのは、なにも南房総カントリークラブだけではないのだが、噂が噂を呼び、預託金の返還を求める会員は六割に達する。南房総カントリークラブは資金繰りに窮して、管理もままならぬ状態にあるのだから会員が不安を募らせ、預託金の返還を求めるのも当然だ。計算すると返済請求額は十三億七千万にも達する、と佐伯部長は言うのである。

「これまでカントリーにいくらつぎ込んできた？　ずいぶんの持ち出し――。その上にまだ出さにゃならんのか」

　またオオヨドは独自の経営哲学を披瀝した。野村弁護士は顔をしかめた。

　時代は変わり、ゴルフ客は激減し、カントリークラブの経営がおかしくなり始めた。トウホウ・トーナメントのスポンサーをつとめ、その舞台となったのが南房総カントリークラブであり、傍目には順調にいっているように見えたかもしれぬ。しかし、内実は火の車。急場をしのげたのは、興国食品を通じて資金繰りを助けてきたからだ。流用したカネはすでに五十億円を超える。

「もはや限界です」

最初に音を上げたのは、経理部長の佐伯庄一だった。佐伯は元銀行員で、途中入社の男である。この中小企業にあっては珍しく国立大学を出ていた。学部は違うが、野村弁護士とはともに有名大学の同窓だ。

南房総カントリークラブに湯水のごとくつぎ込み、気がついてみれば、赤字の穴埋めだけで総額五十億円を超える。もとより、南房総カントリークラブには東銀が第一抵当権を設定している。企業人の立場からみれば、南房総カントリークラブは別法人。担保もなく、なんの保証も得ていない別法人に会社資金をつぎ込めば、それは背任を問われる。しかし、木村一族には、その意識はなかった。その上に銀行に対しては債務保証までしている。

こういうとき、顧問弁護士はコンプライアンスにつき、助言すべきである。ついでながらコンプライアンスとは日本語でいう法令遵守《じゅんしゅ》という狭い意味だけでなく、企業の社会的責務という企業倫理も含まれる。しかし野村はひとことも忠告らしい忠告もせず、会議の行方をただ黙視しているだけだ。

「なんでウチが責任を負わなければならないのよ。五十億も出したんだから、責任は十分にとっているんじゃないの、ね、そうでしょう、野村先生――」

彼女は本気で怒っていた。

十三億七千万円。それを立て替えるのが興国食品の責任。そう言われて、彼女は激怒しているのだった。野村弁護士は黙りこくっている。なにをやらせても愚図《ぐず》だ。この愚図がよく、まあ、司法試験を通ったものだ。あきれるばかりである。

外見は確かに、そうだ。ゴルフをやらせればスコアは百を超え、肝心な法律相談にも答えはいつも曖昧だ。それに風采もさっぱり上がらぬ。しかし、それは皮相の観察にすぎない。野村弁護士は油断の出来ぬ策士《さくし》なのである。

もちろん野村弁護士には、腹案が用意してある。その腹案は総務部長の佐野にも大学同窓の佐伯にも伝えてある。伝えていないのは、木村一族に対してだけである。その秘密を風采の上がらぬ顔に包み隠し、野村は面目がないという風な顔をしてうつむいたままだ。

「義正君……」

そこで佐和子の伯父、佐々木が初めて口を開いた。珍しいことだ。佐々木は一族の内では、唯一の常識人である。彼にはサラリーマンの経験があり、世間というものを知っている。義正は義理の伯父の顔を見た。

「傷が広がらないうちに、ゴルフ場は処分すべきじゃないのかね。これを契機に本業に専念すべきだと思う」

それは誰もわかっていたが、誰も口に出せぬことだった。義正の顔がたちまち険しくなった。身体が震えている。

「なにを言い出すかと思えば、ゴルフ場をたたき売れ、だと。冗談じゃない。あそこは名門ゴルフ場だ。しかも、ウチの広告塔だ。それは絶対に出来ん……」

義正は激しい語調で言った。

佐々木はそれ以上、なにも言わなかった。気まずい雰囲気となった。沈黙を破り、佐野総務部長が、オオヨドに言った。

「奥様――」

佐野は、そう言ったきり、ためらいの色を浮かべ口をつぐんだ。ボールペンを手にもじもじする佐野部長を、ミナが促す。

「話してごらんなさい」

総務部長は取締役会では序列ナンバースリーということになっている。しかし、義正が議長席に座るのは当然としても、中央の席を固めるのは、ミナと佐和子などすべてが木村一族である。佐野部長は末席から数えて四番目の椅子である。

「是非、ご検討を願いたいことがあります」

佐野が続けた。

取締役会は空回りしている。絶妙のタイミングというべきだ。もちろん、事前に野村弁護士から耳打ちされての、発言だ。それを自分のアイデアのように話す佐野総務部長。佐野はミナのお気に入りの幹部の一人である。そのお気に入りが発言をし始めた。

「こういうことです」

その内容に出席者の誰もが驚いた。だが話を聞いているうち、それは急場をしのぐには、ひとつのアイデアのように思えてくるのだった。義正は乗り気のようだ。膝を乗り出した。しかし、佐々木は憮然《ぶぜん》として腕組みをしていた。

第二章　取締役たちの密謀

1

はて、どういうことなのか。日東商事常務の島田道信は、東亜銀行の稲沢副頭取からの伝言を見ていぶかった。

「大至急でお目にかかりたい」

と携帯に電話を入れてきたのだ。秘書にも伝言を残していた。東銀は日東商事のメインバンクだ。しかし、商社と銀行の関係は変わった。昔は資金繰りを銀行に依存していたが、いまは市場から直接資金を調達するようになっている。

直接金融が増えている現在では、昔ほどの支配力はない。そうはいっても、転換社債やCP（コマーシャルペーパー）では、都市銀行が最大の顧客だ。その意味では、やはりメインバンクなのだ。

その銀行の副頭取が至急に会いたいと言ってきているのだから他の用事をキャンセルしても、優先せねばならぬのが、常務執行役員たるものの務めだ。

とはいえ、今日の今夜というのも、ずいぶんと急《せ》かせた話である。秘書にスケジュールの調整を頼み、ともかく指定された料亭へと急いだ。一、二度、顔を出した店だが、あいにく運転手もよく覚えていない。

「変わったな……」

改めて、街の風景を見た。赤坂界隈は新しいビルが次々と出来ていて、風景を一変させている。久しぶりの赤坂に戸惑いながらもようやくそれらしい料亭を見つけ、運転手に車をとめさせた。

そこは高級料亭として知られる。金融不況が続くいまでも、銀行の幹部は、こうした料亭を使っているのだ。料亭は確かに密議を交わすには、よく出来た場所だ。

他の客と鉢合わせする心配もない、新聞記者の襲撃に遭遇することもない。風呂に入り芸妓に背中を流させ、芸妓と擬似恋愛を楽しめる。サンクチュアリの仲間内では社交クラブであり、肝胆相照らす裸のつき合いだ。それでいて機密は完全に保てる。そんな理由から財界人や政治家たちがバブルが弾けたあともひいきにしているのだった。

料亭というのは、明治以降、政治家や財界人、高級官僚、昭和の一時期の軍人らに利用されてきた。その歴史からしても、格好の密談の場所だった。ときには歴史を変える場面でも使われた。料亭は料亭で立ち居振る舞いや格式にこだわり、料亭の持つ機能に磨きをかけてきた。機密を保つという機能はいまも健在だ。

銀行と商社の関係からいえば、商社が先にきて、銀行側を待つのが通例だ。時計を見ると約束の五分前だった。女将の挨拶に応えて座敷に入ると、稲沢美喜夫が新聞に目を通しながらビールを飲んでいた。

「やあ、呼び立てしてすまないことです」

「遅れてしまいました」

先にきている稲沢の姿を見て、島田は恐縮の体で畳に両手をついた。

「勝手に先にきただけだ」

詫びる島田に鷹揚に応じてみせた。

島田はいま一度恐縮の体で低頭する。二人は顔見知りだ。それも古い知り合いだ。しかし、島田にすれば、稲沢は十年もの先輩にあたり、しかもメインバンクの副頭取だ。ビジネスマン同士にあっては、十年の開きは親子ほどの開きに相当する。島田には遺漏があってはならぬ相手だ。

「小泉はなにをやるつもりなのかね、困ったことだ……」

稲沢は世間話をした。新聞を読んでの感想である。

夕刊の一面は小泉内閣の構造改革なるものを大きく伝えている。新聞の見出しを示しながら、稲沢は困ったことだと、同じ言葉を繰り返し、頭を振った。

　そこに女将が現れ、挨拶をした。まだ三十代の半ばか。細面のなかなかの美形で、着物のよく似合う女だ。ひとしきり世間話をしたあと女将が下がると、稲沢は一瞬呼吸を整え、切り出した。

「興国食品のことだが、ね……」

「………」

　島田を呼び出したのは、興国食品の経営の内実を聞くためだった。東亜銀行は興国食品のメインバンクだ。その立場から詳細な経営資料を取り寄せることが出来る。しかし、数字を見るだけでは不十分。経営の実態とはつまるところ人間である。経営者一族と取締役たちの人間関係、従業員の志気などを知る必要がある。

　それに将来の展望を、経営者一族がどのように描いているのか、どんな経営哲学を持っているのか――などだ。

「島田君は日常のつき合いがある。それで率直な意見を聞きたいのだよ」

　前菜が終わり、刺身の盛り合わせを仲居が運んできた。小太りの仲居は手際よく料理を並べる。さすが一流の料亭。料理は豪勢なもので、季節の野菜が使われ、刺身は芸術品のような作りだった。

　どう答えれば良いか、島田は困った。興国食品は大事な客先だ。しかも長いつき合いである。確かに不安の残る相手だ。問題の多い取引先であるのもわかっている。大赤字の南房総カントリークラブを抱え、経営が行き詰まり、資金繰りに窮しているのも、よく承知している。つい先日も当座の資金繰りの要請を受けたばかりだ。それには含みのある言い方で断ったが、大事な客先だ。しかし、稲沢の質問の意図が計りかねるのだった。興国食品のことは他人に訊かずとも熟知しているはずだからだ。

「なにか問題でも……」

島田は逆に質問をした。

「いや、頭を痛めている問題があるんだ」

稲沢はビールを片手に、しばらく考え込んでいた。どう切り出せば良いか、考えあぐねているという風だった。

「これはここだけの話だ。そのつもりで聞いて欲しい……」

そこで稲沢は興国食品に対する銀行の立場なるものを話した。その話から読みとれるのは興国食品はすでに要注意先の債権区分となっていることだ。債権回収を急がなければならぬ相手だ。つまり、稲沢は興国食品の処分を考えているのだ。稲沢はなにごとにも慎重な男だ。しかし、今夜の稲沢は違った。いきなり本題を切り出した。

「それで島田君の率直な意見を聞かせてもらいたいのだよ……」

一応は相談する形を取っている。

「どういうことです?」

島田は逆に訊き返した。

「これ以上、あそこには融資は出来ない」

予想はされた。

「つまり処分するということですか」

「そう……」

稲沢は刺身を小皿にとりわけながら、小さくうなずいた。融資をストップすれば経営はたちまち破綻をきたす。銀行のことだから、破綻させる前に資金回収するはずだ。

そう言ったきり稲沢は虚空をにらんだ。稲沢の腹の内も読めた。中部銀行との合併を前に不良債権を一掃する、それが東亜銀行の腹づもりなのだろう。興国食品の処分だ。

「できるだけ早くだ……」

東亜の立場をわからぬわけではない。実は日東商事にも困った取引相手なのだ。支払いが滞り、なんとかせねば、というのは日東商事も同じことだ。しかし、銀行とは少し違った立場にある。

「本体の経営は順調です。単体で見れば、今期も十五億ほどの利益を出せる見通しですし、昨年、発売した新商品『ラップキッド』も大ヒットと聞いています。ただ……」

そこで島田は言葉を止めた。その先を続けるのが、ためらわれたのだった。

「ただ？」

稲沢が先を促した。

「問題があるとすれば南房総カントリークラブでしょうな。いま会員の間から預託金の返還を求められている。総額で十三億七千万円と聞いています。肩代わりの打診を受けたのですが、本業の支援ならともかく、ゴルフクラブですから、私どもが肩代わりするには問題があり、実はお断り申し上げたのです」

島田は実情を正直に話した。

「なるほど……」

島田は南房総カントリークラブが建設された経緯をよくわかっている。すなわち稲沢副頭取の立場だ。彼が深く関与した案件だ。問題がこじれれば、責任問題が出てくる可能性もある。ましてや、中部銀行との合併話が出ている最中のことだ。

いま稲沢には、それが荷物になっているのだ。総投資額は二百億弱。本体事業を含めれば、東亜銀行だけで二百八十億円に近い融資をしている。取引先からの借り入れを含めれば有利子負債は徐々に増え続け、本体及び連結で見れば、債務総額は四百億円近くに達しようとしている。それでも債務超過と認定されないのは、優良資産を持ち、本体の業績が順調であるからだ。

問題の南房総カントリークラブ——。すなわち、ゴルフ事業が不振なのだ。融資にはもちろん、東亜銀行が第一優先抵当権を設定している。それに融資は興国食品を通じ実行しているから興国食品から債務保証をとるなど、二重三重に担保もとっている。理屈の上では、たとえ、ゴルフ事業が破綻してもなんら心配のない仕組みだ。

しかし、それは理屈の上でのことだ。ゴルフ事業がこければ、たちまち本体興国食品に連鎖するのは避けられない。しかも往時、南房総カントリークラブ向け融資を決定したのは稲沢自身であった。部内には慎重論もあった。慎重論を押さえ込んでの融資だった。もし南房総カントリークラブにもしもの事態が起これば、責任問題が浮上する。

そうした細々とした事情を、島田はよく知っている。要するに、稲沢副頭取はいま困った立場にあるのである。

（しかし……）

と島田は思った。興国食品の債権区分を要注意先に変更したということは、切り捨てを意味する。しかし——と、思うのは、稲沢の立場でそれが出来るかどうかだ。人には言えぬしがらみがあるからだ。

ただ処分——と言っても、やり方はいろいろある。ゴルフ事業を売却し、本体から切り離し処分するのも、そのひとつだ。そうすれば本業自体は救済できる。島田は、そういう意味のことを言った。

「できることなら、そうしたい。だが、問題は本業だ。本体は大丈夫なんだね、島田君の立場から見ても……」

「はあ、それは確かです。しかし、条件があります。西村さんを現場に復帰させることですな。そうしないと、立て直しは無理かもしれないですな」

「西村さん、というと？」

「専務を務めた西村恒夫さんです。先代庄助社長を助けた大番頭ですよ」

「なるほど、あの西村さんか……。彼はいまどんなポジションでしたか？」

「製造部門付けの顧問です。まあ、体よくおっぱらわれたのですな」

西村の影響力はまだ製造の現場には残っている。現場の工員たちから、いまでもオヤジさん、オヤジさんと慕われている。彼は現場では神様なのだ。専務職を外され、いまは顧問の立場だが、しかし、木村一族との関係から見て、完全に興国食品を離れるのも、時間の問題であろう。

西村はもういい歳だ。やがて引退しなければならないときがくる。西村が現場を去れば、どうなるか。本体はガタガタだ。だからこそ、本業を再建するとすれば、いま西村を現場に復帰させるべきだと島田は思っている。その意味で本業の製菓業についても、先行きに不安があった。

「同感ですな。まあ、本業があってのゴルフ事業ですからな、その逆はない。本業にもしものことがあればすべてお終いです」

二人の意見は一致した。

「ところで……」

と稲沢は話題を転換した。

「どれぐらいの値がつきますかな……」

「なにが、です？」

稲沢は微妙なことを口にした。もちろんその意味はわかっていた。それでいながら稲沢が言ったことの、再確認を求めた。本当に微妙な話だ。ゴルフ事業は確かにお荷物だ。しかし、本業は間違いなく金の卵を産む鶏。これからも金を産み続ける。別な角度からいえば、買いの債権だ。銀行なら買いを考えても当然なビジネスだ。

「興国食品の値段ですよ。百八十億の売り上げを持ち、十五億の経常利益を毎年生み出している……。売りに出せば、買い手がつくのは間違いない」

「ああ、確かに買い手はつくでしょう」

東銀の魂胆は明確だ。

「いくらの値が付くか、コンサルに査定させてみましょうか。前提はもちろんゴルフ事業をきれいに売却整理した上での話ですがね」

「コンサルにですか……」

島田は思わず訊き返した。

要するに資産を評価させ、興国食品を売り飛ばし、急ぎ債権回収を図ろうという魂《こん》胆《たん》でいるのだ。それが稲沢が下した結論なのだろう。稲沢には、急がなければならない事情があるのだ。

「上場でも考えておられるのか——と」

島田は真意を計るため、わざとポイントを外した訊き方をした。ここのあたりは駆け引きだ。稲沢もそれがわかった上で、島田の質問に答えるのだった。

「なるほど、それも一案かもしれん」

稲沢はとぼけた。

政治家は寓話にことよせ、真意を語り、相手の腹を探るものだ。ビジネスマンも同じことだ。架空の演算をやりながら、腹の内を探り、折り合いを見計らい、損得勘定をするものだ。島田はひとつの架空の計算を、稲沢副頭取の前でしてみせた。

資本金は一億五千万円。まあ、木村一族が発行済み株式の九割を持っている。商権や資産価値を査定すると、実勢価格は額面の五十倍。その計算でいけば、実質資本は六十五億から七十億円の勘定になる。売り上げから配当を逆算すると、二割は可能。東証二部なら十分に基準を満たす数字だ……。

それが島田の計算結果だ。

「そんな計算になりますかな……」

稲沢も乗ってきた。二人は勝手な計算を始めた。ゼロ金利の時代だ。もっとも高めに設定されている国債ですらも、零コンマ以下の数字。そんな時代に二割の配当が期待できるなら、悪くない投資だ。

もっとも、机上の計算に過ぎぬのは二人はよくわかっている。二人は虚構《きょこう》の計算を続ける。その計算を続けながら、本意はどこにあるのか、腹の探り合いだ。

「二割の配当は可能ですな」

島田は計算結果だけを言った。二人の虚構の計算は続く。

「現状は資本不足。増資が必要だ。資産に見合う資本金を準備する必要があるな。上場益に加えて新株発行――。これで借金はチャラに出来るかもしれない」

「なるほど、そうとも言える。しかし、それは本業が順調――というのが前提。興国食品には、借金がある。資本金とのバランスからいえば債務超過だ。そんな企業の株式が上場できますかな……」

稲沢は銀行員らしいネガティブな理屈を言った。

「確かに、そうです。しかし、借金の大半はゴルフ場から生じたものでしょう。南房総が約二百億。それに茨城にゴルフ場を持っている。合わせて三百億弱。本体の借金はせいぜい五、六十億……。実質資本に木村家の個人資産を加えれば、本業単体では、二十億から三十億ほど差し引きプラスになる。ゴルフ事業を処分すれば、計算上では大きな含み益が出ますよ……」

架空の計算とはいえ、実態に近い計算結果だ。ゴルフ事業を切り離し、製菓本業を再建するというのは現実的な処方だ。それは稲沢にもわかっているはずだ。

じっくり時間をかけ処分するなら、悪い話ではないが、ともかく東亜銀行は処分を急ぐ事情がある。それは金融庁から圧力があるからで、上場まで視野に入れた再建策など、いまは考えるゆとりはない。稲沢の本意は興国食品を売却処分し、一刻も早く手を引くことだ。それが稲沢の本音であるのは、島田にもよくわかっている。

「君のところに、その気があるのなら、相談してみようじゃないか」

稲沢は本音を口にした。要するに興国食品を買い取るつもりがあるのか、その気があるならどの程度まで出せるのか、それを婉曲《えんきょく》に打診しているのだ。

さすがに大銀行で育った人間だ。本音と寓意のすれすれを口にしながら、最後は本音で迫ってきた。島田はどうすべきか迷った。興国食品は魅力的な企業だ。一肌脱ぎ、再建に協力することもやぶさかではないが……。

2

木村義正は珍しく本社社長執務室にあって一人考えごとをしていた。秘書がいれたミルクティはとっくに冷めている。一口含んで、立ち上がった。先ほどから部屋の中を歩いている。

「返還は法律上の義務ですからな……。返還要求に応えざるを得ないのです」

それが出来ないから相談したのに、法律顧問の野村克男はにべもない。高い顧問料を払っているのは、こうしたとき役立ってくれるものと、期待しているからだ。しかし、まったく役立たずだ。通り一遍の法律論を繰り返すだけだ。野村弁護士を紹介した吉田耕助を恨みたい気持ちだ。

ヤツときたら、債務履行が出来なければ、ゴルフ場が競売にかけられるなどと脅しをかける。冗談じゃない、あそこには、義正の人生がかかっているのだ。

義正にとっては南房総カントリークラブを手放すなど、あってはならぬことだ。しかし、建設費用の返済を迫られている上に、今度は預託金の返還請求の騒ぎが起こっている。これまで建設費用の返済は興国食品に肩代わりさせてきた。それも経理部長の佐伯に言わせれば、限界だという。本業自体がおかしくなってしまうというのが理由だ。

「バカヤロウ、それを解決するのが、経理部長の仕事だろう！　役立たず」

怒声を上げたが、出来ないものは出来ないのです、の一点張りだ。その能無し経理部長に代わり、佐野総務部長がひとつのアイデアを出した。佐野の提案に義正は腕組みをして考え込んだ。決してまっとうな方策といえないが、しかし、いまは緊急事態だ。

「ひとつのアイデアに違いない……」

最初は否定的に考えたが、いま義正はその気になっている。佐野総務部長が提案したアイデアは、確かに急場をしのぐには、ひとつの方策だ。しかし、母親のミナが反対した。理由は単純だ。

「それじゃタコの足食いじゃないの……」

確かにタコの足食いだ。

興国食品はいま経理システムの更新時期を迎え、システムの再構築の必要に迫られていた。今度のシステム更新では、経理システムに加え、いわゆる商品管理が目的のポスシステムの導入が検討されている。両方を合わせれば、投資額は三十億円に達する。これにより商品管理を徹底しようというわけだ。支払いはリース方式とすることも併せて検討されている。

コンピュータ業界は競争の激しい世界である。いま選定をめぐり、競わせている。機器とソフトウェア込みで三十億円。値切れば三割のコストダウンも可能だという。興国食品にとっては大きな魅力だ。不況のこの時期のことだ。ソフトハウス三社が、ウチに仕事をいただけないか——と、売り込んできている。そのうちの一社が資産形成に協力が出来ます、と言ってきている。あのとき、佐野部長はそう言った。

「どういうことなの、それ……」

あのときミナは訊いた。

「こういうことのようです。奥様」

そこで説明したのは、なるほど、すばらしい錬金術だった。

「どこかな、その話を持ってきたのは？」

義正は興味を示した。

「千秋ソフトウェアの社長です」

やり方は簡単である。

まず、千秋ソフトウェアとシステム開発の契約を結ぶ。同時に千秋ソフトウェアを通じて、リース契約を結ぶ。まあ、値切り交渉すればリース費用を含め五年契約で総額二十五億円が相場だ。そこに六億円ほどを上乗せする。つまり総額三十一億円の契約を結ぶわけだ。その上乗せ分を、千秋ソフトウェアはダミー会社を作り、そこに毎年一億円払い続けるというものだった。その資金を、ゴルフ事業に迂回《うかい》させるという仕組みだ。

単純きわまりない仕組みだ。つまり一種の裏リベートの形をとるのだが、千秋ソフトウェア側は現金で支払うというから、安全確実で証拠も残らないし、受け取ったカネはヤミからヤミに処理できるというわけである。

「まあ、どこでもやっている節税対策です」

と、佐野は最後にしめた。

しかし、明らかな脱法行為である。これを興国食品の立場から見れば、興国食品に損害を与えるのだから、商法上の背任となる。脱税と背任横領だ。いずれにしても脱法行為には違いないのである。脱法行為を取締役会で堂々と議論するところに、この企業の異様さというのか特殊性がある。

しかし、ミナは異論を唱えた。

「バカを言いなさい」

彼女には経営者としての常識はある。

それは結局、興国食品が受け取るべきものを迂回させるだけのことで、木村家には一銭の得にもならないという理屈だ。右のポケットも左のポケットも、実は、同じ自分の財布ではないか、相場が二十五億円というのなら、むしろ契約総額を二十億円まで値引きさせて、それからリベートを出させるべきだというのが彼女の考えだ。ずいぶん、ムシのいい考えだ。相手の千秋ソフトウェアにもリスクが発生する。脱法行為を手伝うリスクだ。その分だけ割高になるのも当然だが、そう考えないのがミナの思考方法なのである。ずいぶん、欲の皮がつっぱったもので、なかなか、世間には通りにくい考えなのだが、オオヨドと呼ばれるミナを前にしては、誰も抗弁する術を知らない、それが興国食品の経営実態だった。

結局、せっかくのアイデアもペンディングとなってしまった。さりとて、新たなアイデアが思い浮かぶはずもない。しかも事態は差し迫っている。それで先ほどから考え込んでいるのだった。

「はて、どうすべきか……」

義正は考えあぐねた。父庄助の言葉を思い出していた。

「いいか、義正。これは遺言だと思って聞いておけ……」

金持ちのまわりには多くの人間が集まってくる。しかし、連中には魂胆がある。簡単にいえば、カネが欲しいのだ。あれこれ、話を持ち込んでくる。いいか、信用をしてはならんぞ。たとえ、どんないい話でも、乗っちゃダメだ。いい話には必ず裏がある。連中はカネが目当てなのだ。

人を信用するな――。

ひとことで言えば、それが遺言だった。それは一代で財をなした男の、長い人生のなかで得た教訓でもあったのだ。いま社長という立場で、父庄助の言葉の意味を吟味《ぎんみ》すれば、なるほど――とうなずける。

確かにいろんな男が周囲にいる。近づいてきている。ゴルフ仲間もいれば、新しいビジネスをいっしょにやらないかなどと持ちかけてくる者もあるし、カンボジアやアフガンの難民支援だとか、いろんな話を持ち込んでくる。

まあ、義正は人を集め、札びらを切り大騒ぎをするのが大好きな男である。ゴルフ仲間だけではない。芸能人、スポーツ選手、政治家、怪しげなブローカー、情報屋などが寄ってくる。誇らしいことだ。気前も良いから義正のまわりには大勢の取り巻きがいる。そこが刻苦奮闘して身代を築いた先代との違いだ。

けれども、連中を一度として信用したことなどなかった。秘密を打ち明け、重要な相談のできる相手ではない。それはゴルフ仲間とても同じだ。遊びは遊びと割り切っている。その意味でいえば、吉田耕助にしても、武藤隆俊の秘書高橋正三にしても同じことだ。それは決して表に出さぬ義正のもうひとつの顔でもあるのだった。

しかし、義正は思うのである。

父庄助が人を信用するな――と言うのは正しい。だが、義正は近ごろ利用できるものならなんでも利用すべきだと思うようになっている。それがやれるかどうかは、経営者の才覚というもので、経営者として人並み以上の苦労もしている、とこの男は思っている。他人は義正をただのゴルフ好きのおぼっちゃまとみなしているのかもしれぬ。周囲がそう見ていることも、義正はわかっていた。他人がどう見ているかなど、この場合、どうでもいいことだった。

それよりもなによりも、いま必要なのはカネの工面だ。預託金の請求総額は約十三億七千万。たとえば、半分でも用意できれば、他の会員に安心感を与えることが出来る。安心を得れば、脱会騒ぎも鎮静する。だからいま必要なのは五億か六億だ。情けないことにそれすらも用意できずにいる。

「リベートか……リベートね」

義正はつぶやく。

リベートという言い方をすると、いくぶん罪の意識が軽減されるから不思議だ。

「どこでもやっていますよ」

と佐野部長が言った。世の中はそんなものだろうとも思う。そう、商習慣と思えばいいだけのことだ。それにリベートを個人として流用するわけでも、自分の懐に入れるわけでもないのだ。いま南房総カントリークラブは困った状態にある、その救済のために使うのだと、義正は自分を納得させる。

（しかし……）

と、義正は思うのだった。

考えるべきだ。

母ミナの言うように高い買い物だ。たぶん三割高にはなる。会社に損をさせるのは確かだ。しかし、ミナが言うように、二十五億円を二十億円に値引きさせ、さらに五億円を上乗せさせ、そこからリベートを出せというのは無茶な要求だ。交渉してみても、せいぜい一億か二億というところだ。そこらあたりが決着のさせどころか……。しかし、その無理を通させるのが、経営者としての才覚であると、義正は勘違いをしている。結論を出すとすぐに受話器を握った。

すぐ佐野宗男総務部長は社長室に姿を見せた。紺の背広に頭髪はきちんと七三で分けていて、やや猫背の姿は、古い屋敷の執事《しつじ》を思わせる風体だ。実直が取《と》り柄《え》で、先代以来そう振る舞うことで、彼は興国食品で信用を得て、いまの地位を築き上げてきたのだ。

「佐野クン――」

佐野は畏《かしこ》まった姿勢で立っている。その姿を見て、義正は思った。近ごろどことなくこぎれいに身繕いをし、ネクタイや着ている背広も垢抜けしている。

「まあ、座ってや」

佐野は膝に手を置き、若社長の言葉を待っている。佐野は五十をすぎた。義正はまだ三十代だ。親子ほどとはいわないが、そんな若い男に顎で使われる。それでも、唯々諾々と従うのは、長く興国食品に勤め、そこで刷り込まれた習性みたいなものだ。

「例の話だ。進めてもらいたい」

「はい」

「ただし条件がある。上限は二十五。そこからリベートを――ということだ。リベートは二割。それが条件だ」

つまり五億円をキックバックさせろと言っているのだ。なんとも無茶な話だ。

「はあ……」

と佐野は考え込んでいる。

「どうした？」

「非常に難しいと思います。三社とも見積もりはだいたい似たようなもので二十五。違いは数千万ですから、それを二十にして二割も上乗せさせるには、どうも」

佐野は弁解がましく言った。

「それをやるのが佐野クンの仕事だろう。出来る出来ないではない。やらせればいい、やらせるのだ。だからこうやって、キミに相談しているんじゃないか」

相談というよりも、一方的な下命だ。佐野は当惑の色を浮かべている。まあ、なんのことはない、先日の取締役会でオオヨドが出した条件を、そのまま言いつけたに過ぎないのである。

話は五分ほどで終わった。

佐野部長が執務室を出ていくと、しばらく考えた。リースのリベートが入ったとしても焼け石に水。南房総カントリークラブの債務を解決するには、そんな程度のものではどうにもならないのだ。

（もっと抜本的なことを……）

と、義正は考えているのである。

ようやく結論を出した。

受話器を握った。電話の相手は、自民党の実力政治家で武藤派を率いる武藤隆俊の政策秘書高橋正三だった。武藤は国会議員会館と派閥事務所の他、都内にいくつかの個人事務所を持っている。

高橋が常駐している赤坂見附の事務所もそのひとつで、事務所には武藤個人の政治団体の看板が掲げられている。その存在を知る者は意外に少ないのだ、と義正は高橋から教えられている。

秘書の秘書は電話中という。高橋のような大物秘書になれば、秘書を抱えているというわけだ。下手な代議士よりも、政治手腕は上回っている。政界では一目も二目も置かれている男だ。だからいつも多忙なのである。しばらく待たされた。

「これはこれは、木村社長。先日は世話になりました……」

中沢プロを加えて、三人でプレイしたのは二週間前のことだ。その、礼をしっかり言うところなど、さすが大物政治家の大秘書だけある。高橋はいつも言葉づかいが丁寧である。だが狡《こす》っ辛《から》い商売人であることに変わりない。

「実はおりいって先生にご相談したいことがございまして……。是非とも至急にお目にかかりたいと思います」

「ほうー。急ぐのですな」

「はい、できれば、至急に、と」

「わかりました。ちょっと待ってください」

手帳をめくる音がする。

秘書の秘書になにごとかを訊いている。どうやらスケジュールの調整をやっているようだ。こうした頼みごとに機敏に応じてくれるのが、義正には頼もしく思えるのだった。

3

「若社長が、その気になりましたよ」

「そりゃあ、良かった」

佐野宗男は小声で吉田耕助に言った。そこは都心部から少し離れた池之端の目立たぬ割烹だった。造りはしもたや風で、そこが割烹であることなど、よほど注意深くなければ見落としてしまう。大銀行の副頭取が利用する料亭ほどではないが、ここもまた謀議を凝らすには格好の場所だ。

吉田耕助が探し出してきた隠れ家だ。吉田は宝石を商っている。上野御徒町や上野桜木町には、数多く宝石商が集まっている。宝石の商いは、彼の本業ということになっているのだが、吉田にはもうひとつ裏の仕事があった。どういう類の仕事か、それを確かめた人間は誰もいない。

仲間内から玉《ぎょく》を仕入れて、小金持ちに売りつけ、大きな商いをしているという触れ込みだ。宝石商としては二流の目利きだが、人に対する取り入り方は天才なのだ。宝石とともに彼が持ち歩くのは儲け話だ。小さな餌を与え、そうやって客の懐深く入り込んでいく……。カネにまつわる人間のやりとりは醜悪だ。人間の弱さが出る。そこにつけいるのだ。しかし、ケチな男で、大言壮語するわりには、話がまとまったという話は聞かない。だが、今度は違う、自分の出番だ、と吉田は仲間を前にして、胸をたたいているそうだが……。

興国食品のオオヨドは、以前から狙いを定めていた上等な獲物だ。彼女は蓄財に励み宝石や金の延べ棒を大量に買い込んでいる。杉並本邸や山梨の別荘、都内二ケ所にマンションを持つ。手持ちの有価証券など、動産不動産を合わせ、木村一族の資産総額は百二十億を超えると言われる。大変な資産家だ。

若奥様と呼ばれる佐和子も大の宝石好きだ。彼女も、蓄財は宝石なのだ。オオヨドほどではないが、大事な顧客だ。

木村一族に取り入ったのも宝石の取引からだ。原価を割って売ったのは、もちろん魂胆あってのことだ。それで吉田は木村一族の信用を得た。

吉田は上野御徒町を根城に動いている。そこに大勢の仲間がいるからだ。なぜ上野界隈に宝石商が集まったのかはよくわからない。ただ昔の宝石商は旅から旅を続けたことと関係がありそうだ。

たぶん、地方の小金持ちを訪ね歩くには地の利が良かったからだという説がある一方で、上野界隈に宝石商が集まったのは戦後の闇市がもともとという説もある。本当のことはわからないが、宝石商は全国に顧客を持っている。小金持ち大金持ちを訪ね、上野駅を拠点に全国各地を旅する。彼の耳元に集まる情報は、それは大変な値打ちを持つ。

まあ、しかし吉田の商売の実体はブローカーである。つまり、宝石商としての顔の広さを生かし、西から東へと儲け話を持ち歩き、小金持ちに耳打ちしては小銭を稼いでいるのだ。すなわち、本業の宝石の商いが副業で、いつの間にか口利きが本業となったわけだ。小悪党である。

そんなわけで吉田は上野や根津界隈によく足を運び、このあたりをよく知っている。隠れ家風の割烹——。

佐野も気に入って、よく使っている。彼は自分の愛人と幾度か食事をした。その建物は戦前のもので、たぶん、有力財界人が妾を囲った屋敷のようだ。事前に頼んでおけば、風呂に入ることも出来、食事が終われば、店の者たちが立ち入ることはない。さすがにお泊まりは敬遠されるが、世間にばれては困る謀議を凝らすにも、愛人との密会を楽しむにも格好の場所だ。

「で、千秋の方は、それで納得しますか。そこが心配です」

この仕掛けの絵を描いたのは、野村弁護士である。そして詳細設計を書いたのが吉田耕助だ。それは途方もない大きな仕掛けだ。その仕掛けは、千秋ソフトウェアと組んでのリース契約で完結というわけだ。

「絶対に乗るさ……。ヤツもこれが忙しいからな」

吉田は指で輪を作って見せた。自信満々だった。その話を聞かされたとき、佐野は半信半疑だった。しかし、吉田は違っている。行動は早かった。たぶん吉田の顧客リストに記載されている一人だろうが、吉田は三日と経たないうちに千秋ソフトウェアの社長千秋忠夫を連れてきた。

千秋ソフトウェアは従業員三十人ほどの小規模ソフトメーカーだ。もちろん、会社は千秋忠夫自身による創業だ。この男も小悪党だった。

「協力させてもらいます」

技術者としては二流だが、裏金作りに協力するのが千秋のもうひとつの商売というわけだ。相談はたちまちまとまった。ただし千秋ソフトウェアが自分でソフトウェア開発をやるのは、その一部に過ぎず、過半を同業者にアウトソーシングしている。仕事をとってきては丸投げするというわけだ。つまりビジネス実態はピンハネ屋だ。

「だからいくぶんコストが高くなるのです」

と千秋は言った。

まあ、普通アウトソーシングはコスト切り下げのためにやるものなのだが、千秋は逆にコストが高くなると平然と言う。

「結構でしょう……」

と吉田耕助は受けた。もとより、吉田にはソフトウェア開発については、なんの権限も知識もない。興国食品と事前の打ち合わせをしているわけでもなかった。しかし、吉田は興国食品の代理人のごとく振る舞い、話を進めた。

「特命発注では怪しまれることになる」

と言ったのも吉田だ。

要するに、他に競争者を用意する必要があるというわけだ。この不況の時代だ。ソフトウェア業界も不況の荒波に襲われ、どこも仕事がなくて困っている。公募をすれば、たちまち競争者は現れる。相場もわかっているから、千秋ソフトウェアは適当な見積書と設計コンセプトを提出するだけで良い。まあデキレースなのだから……。

こうして準備は万端整った。もちろん南房総カントリークラブに会員の一部から預託金の返還請求が出ていることもわかっていた。木村一族には非常に困った事態だった。一族を追いつめていく。その最初の手は打った。反応が出ていた。あとはタイミングを見計らうだけだ。

「たぶん、ミナが反対に回るだろう」

それも計算のうちに入っていた。

「しかし、ね。二十億とは、いかにも辛いですよ」

千秋が泣き言を言った。

「そこんとこをなんとかするのが、アンタの仕事だろうに、そうじゃないのかね、千秋さんよ、ええ？」

「しかし、それじゃあうちの儲けが」

千秋は抵抗した。

手数料が少ないというのだ。この小悪党は狡っ辛い。抵抗する千秋を押し切ったのは吉田だ。いくぶん手間取ったのは、そうした事情があったからだ。

まだ、いくつかの点で千秋ソフトウェア側との交渉は残されているが、木村義正がその気になったのだから、この話はほぼ八割方まとまったとみなしても良い。それで今夜は祝宴をかねた密議というわけだ。

しかし今夜は野村克男の姿はなかった。祝宴の席にいるべき者の姿がないのには、理由がある。野村は他人が見るよりも慎重な男だからだ。陰謀の術策を耳打ちはしたが、野村弁護士は直接手を出すようなことはしない。彼が耳打ちしたのは、あらゆる可能性のひとつに過ぎず、決してそれ自体を薦めたのではなかった。

「そういうやり方もある。まあ、褒められたことじゃないが……」

野村は他人事のように言った。

やるかやらないかは、彼ら次第というわけだ。そこはやはり司法に関わる人間なのであり、だから決して尻尾をつかまれるようなヘマはやらないのだ。しかもじっくりと時間をかけるのが彼の流儀だ。

長いつき合いから、それは吉田にもよくわかっている。野村が登場するのは、まったく別な場面なのである。先生が表に出ちゃダメですなどと、殊勝なことを言うのも、そのためだ。ともかく義正は、その気になった。条件を満たせば、厄介《やっかい》なオオヨドも首を縦に振るはずだ。彼女は守銭奴。他人様に渡すぐらいなら、棺桶にカネを持ち込むなどと抜かす女だ。

たぶん、彼女は蓄財コンサルの吉田耕助に相談するに違いない。そこは慎重な女であるからだ。ともかくカネにまつわることは、慎重この上ないオンナなのだ。予想通りオオヨドが相談を持ちかけてくる。

「ねえ、リースって大丈夫なの。間違いないわよね、吉田君……」

相談を受けたとき、吉田は難しい顔をしてみせた。すべて木村一族のために考えているのだという顔で。

「まあ、大丈夫だと思いますよ。大奥様——」

そのひとことでオオヨドは安心を得る。しかし、そこでの吉田の立ち居振る舞いは、あくまで善意の第三者という役割だ。その出番は来週初めになるはずだ。ミナから至急会いたいと電話がくるのが楽しみだ。

描かれているのは壮大なストーリーだ。吉田はまだその全容を、佐野宗男には話していなかった。もとより、興国食品の内部情報は先に経理部長に送り込んだ佐伯庄一から取れる。しかし、佐伯の役割は限られている。木村一族は決して、身内以外は信用しないからである。その意味で古屋敷の執事のような役割を持つ佐野は準身内の扱いだ。だからこの物語を仕上げるには、どうしても佐野の協力が必要だった。

「ところで、尚ちゃんは元気かね……」

吉田は下卑た笑いを浮かべた。

尚ちゃんとは銀座のクラブに勤めるホステスのことだ。尚子を佐野に引き合わせたのも吉田だった。言うまでもなく因果を含めてのことだが、尚子は佐野に急接近した。尚子はまだ二十八。他方、五十すぎの風采の上がらぬ古屋敷の執事のような陰気な男だ。そんな男に間違っても、若いオンナが惚れるはずもないのだが、佐野は自分もまんざらでもないと勘違いしてしまったのだ。

「私は、オカネじゃないの……」

などと初めてベッドをともにしたとき、幾許《いくばく》かのカネを渡そうとする佐野に、殊勝なことを言う。あなたが好きなだけ——などと言われれば、その気になるのも当然だ。以来、佐野は本気になって尚子に惚れてしまったのだ。

服装に気をつかうようになった。尚子のことを思うと少年のように気持ちが弾む。若くしなやかな肢体。セックスも上手だ。彼女のフェラチオにかかれば、再び挑むことも可能になるのだった。しかし、尚子はカネじゃないのと言いながら、カネのかかるオンナだ。

中小企業のことゆえ、取締役とはいえ安月給には変わりない。総務部長という要職にありながら、年収は八百万にも満たない。長女は大学生。次女は高三だ。いまが一番カネがかかる時期だ。外でオンナを養うなど土台無理な話なのである。その無理な生活を始めてもう三ヵ月近くになる。

自然、ポケットは軽くなる。軽くなればやることはひとつだ。他に収入を求めざるを得ない。が、その才覚も度胸もない。

「ものは考えよう……」

吉田が佐野に悪知恵を与えた。

興国食品は広告宣伝で売り上げをのばしている企業だ。ＣＭの出来不出来が売り上げを大きく左右する。そんなわけで先代が引退して以後、経営は広告代理店依存を高めているのだった。その上に義正社長は、派手好きときている。身分不相応にも、興国食品主催のゴルフトーナメントを始めた。

康保堂とのつき合いが深まるのも、そうした事情からだ。その広告事業を一手に握るのが総務部長の佐野宗男だ。ヤミ世界との接点を持つ吉田耕助は、もちろん、業界第二位の広告代理店とも接点があった。その接点を通じ、吉田はリベートの話を持ちかけた。自分のためにではなく総務部長の佐野宗男のために動いたのだ。少なくともうわべだけはそういう態度をとっている。

広告代理店業も競争の激しい世界だ。顧客を獲得するためにはなんでもやる。それを十分承知の上で、吉田は康保堂の担当者を呼び出し、耳元でひとことつぶやいた。

それだけで十分である。

「なにやら央通が急接近しているという話じゃないですか……」

驚いたのは康保堂の担当者だ。中小企業とはいえ、興国食品は売り上げの二割近くも広告宣伝に使っている会社だ。この不況のおりから少なくない金額だ。央通は世界でも五指に入る巨大広告代理店だ。央通が動けばひとたまりもない。

「なにかいい手はございませんか」

担当者は訊いた。

「佐野部長、だいぶ困っているようです」

吉田は指で輪を作ってみせた。

（カネですな……）

とはさすがに担当者は口にはしなかったけれども、聡く理解した。翌週、担当者は上司と相談の上、佐野部長を飲食に誘った。その帰り際、佐野に茶封筒を渡した。中身を見て佐野は怒った。その中身がなんであるか、わかったからだ。

「特別な意味はありません。ひごろお世話になっているお礼の気持ちですから……。それにどこでも、こういうことはやらさせていただいているのです」

そう言うと担当者は佐野を車の中に押し込み、深々と頭を下げるのだった。佐野は車の中で茶封筒を開いた。現金が百万入っていた。佐野には目を剝くほどの大金だ。

わなわなと身体が震えた。裏切りだ。木村家に対する背信だ。

佐野は、高卒で興国食品に入社し、夜学に通って学卒の資格を得るほどの努力家である。まじめ一筋に勤め上げてきた。人生が台無しになるかもしれぬ。佐野は内ポケットに茶封筒をしまった。結局、誘惑に勝てなかったのである。

考えてみれば、尚子が勤める銀座のクラブにもだいぶ借金をしている。返すあてどない借金だ。それに尚子との逢瀬にもカネがかかるのである。総務部長でありながら、妻から渡される小遣いはたったの五万だ。これじゃ贅沢になれている尚子にかかれば、一晩でなくなる。知り合って三ヵ月。これまでなんとかしのいでこられたのが不思議だった。佐野は本当にせっぱ詰まっていた。

「誰でもやっていることか――」

そう自分に言い聞かせ、佐野は自分を納得させるのだった。

あれから二ヵ月。金額は半分だったが、それをもう一度受け取っている。オンナと遊び歩くには申し分のない金額だ。服装にも気がつかえるようになった。忠実な番頭の大変身というわけだ。それでも、佐野は派手にならぬように気をつかっているつもりだ。

「佐野部長――」

ある日、経理担当の佐伯からおりいって話しておきたいことがあると、呼びとめられた。

「これなんです」

別室で佐伯は経理資料を広げた。それは康保堂からの請求書だった。

「それがなにか……」

「増えているのですよ、請求額が。佐野部長になにか心当たりがあるのでは、と思いましてね……」

佐伯庄一は野村の紹介で入ってきた男である。元銀行員ということで身持ちも堅く、堅物《かたぶつ》の佐野から見ても、数字一辺倒の融通のきかぬ男だ。それが逆に木村一族から信頼を得ることになっているのだ。

(なにを抜かしやがる……)

あのとき、佐野は心の内で毒づいた。

おれは興国食品に入って三十年以上のキャリアを持つのだ、新参者の佐伯ごときにあれこれ言われるのは片腹痛い、どやしつけてやろうかと思った。

「若社長にも相談し、ちょっと康保堂さんにも、ひとこと言っておく必要があるんじゃないか、そういうわけで佐野部長にご相談を申し上げた次第です」

などとぬけぬけと言う。魂胆は明白。これは脅しだと思った。しかし、リベートを受け取っているのがばれれば背任を追及され、会社を追い出される。失業だ。脇の下に冷や汗が流れた。

「ほう。佐野部長。ネクタイのセンスがいいですな。似合っていますよ」

などと追い打ちをかけた。こうなると狙いは明白。やはり脅しだ。康保堂とのただならぬ関係を知った上での脅しだ。しかし、なんのための脅しなのか、佐野にはわからなかった。

「まあ、調べてみる。それはボクの仕事だからね。調べてみる」

そう言うのが精一杯だった。

「そうしてもらえますとありがたいです。よろしくお願いします」

佐伯は深々と頭を下げ、部屋から出ていくのだった。

佐野は改めて請求書を調べてみた。確かに請求額は増えている。しかし、一パーセント以下の増え方だ。それも通期で見れば、前年水準を超えるものではなかった。この数字なら不審をいだかれることはないはずだ。

(あの野郎!)

ひっかけやがった、と思った。

呼びつけて怒鳴り上げてやろうか、怒りでいっぱいになった。しかし、と考え、あのとき、佐野は気を取り直し、冷静にならねばと自分を抑えた。

康保堂もバカじゃない、リベートをはっきりと上乗せするなど、そんな下手をやるはずもなかった。リベートを出す必要が出たとしても、それは下請けのプロダクションに回せばいいだけの話であり、それで十分経費の切りつめは出来る。一パーセント前後の増減というのはよくあることで、それは偶然にしか過ぎないと思う。

いや――と佐野は思う。佐伯は康保堂とのただならぬ関係を知っている、そういう態度だ。そうでなければ、あんな言い方をするはずはあるまい、だが、秘密のやりとりを、佐伯はどうして知ることになったのか、それが不思議だった。

考えてもわからぬ。しかし、それ以後、佐伯はなにも言わなかった。先任の取締役に対する気遣いは元通りだ。気味が悪い。気持ちが落ち着かない。不気味だった。しかしいつしか忘れかけていた。

それからしばらくして吉田から呼び出しを受けた。

「佐伯クンが泣いているよ」

いきなりだ。意味がわからなかった。

「どういうことです？」

「いやね、アンタにからむ話なんだ。彼はきまじめな男だから……」

脇の下から冷や汗が噴き出した。

例の件を吉田にしゃべったのか。そうだとすれば、大変なことになる。なんといっても吉田はオオヨドにかわいがられ、厚い信頼を得ているのだから。もうミナの耳に届いているのか、まだだとしてもミナの耳に入るのは時間の問題であろう。

「ヤツは我慢がならんと言うんだ。気の小さな男だからね、ヤツは……」

佐伯は弁護士の野村の紹介を得て興国食品に入っている。自分の不始末は、野村にも迷惑をかける。それで悩み、泣いているのだと吉田は説明した。もうリベートの件は露見していると見なければならない。もはや隠しおおせようもない——。

あのとき、佐野は思わず土下座をした。

「勘弁してください」

五分もの間沈黙が続いた。

「なんでもやります」

次に出たのが、その言葉だった。

「心配はいらんよ。佐伯は気が小さいだけのことだ。ほんのちょっとしたミスでも許せないと思う、悪い性分だ。困った、アイツには困ったものだ。まあ、なんだろう、そのリベートというやつは、広告業界の常識なんだという。誰でもやっていると聞くが……。ヤツには言い含めておく」

吉田は意外なことを言った。佐野はなにがなんだか、わからなくなった。

「佐野部長……」

吉田は表情を和らげて言った。

「まあまあ、手を上げてくださいな。佐伯にはよく言い聞かせておきますから。あなたは興国食品の大番頭じゃないですか、そんなことは些細なこと。そんなことをされると、ボクの方が困るんです……」

そう言って、土下座をする佐野の手を取るのだった。佐野は感嘆し、泣いた。以来、佐野は吉田に頭が上がらなくなったのである。

今夜は冷える。二人は焼酎に梅干しを溶かしたお湯割りを飲んでいる。静まりかえっている。今夜の吉田は寡黙だった。

「若社長が、その気になってくれたというのなら一歩前進ですな。オオヨドはあの通りのお方。まあ、できるだけオオヨドの希望に添うように、これから千秋ソフトウェアと話し合わなければなりませんな」

「はあ、その通りです。吉田さん……」

吉田は佐野の目をのぞき、言った。

「ところで、佐野部長。興国食品の社長を引き受けてみる気はありませんか」

その言葉に佐野は仰天した。

4

日東商事の島田道信常務が、谷中に西村恒夫の自宅を訪ねたのは、吉田耕助と佐野宗男が谷中近くの池之端の割烹《かっぽう》で密議を凝らした三日後のことだった。

大商社の常務といえども、急用でもなければ社用車などめったに使えぬ時世だ。島田は地下鉄千代田線を千駄木で降り、団子坂下から三崎坂に向かった。緩やかな坂の途中に大円寺という寺があり、そこを左に曲がったあたりに西村の自宅はあると聞いている。

あたりは寺町という印象だ。三崎坂の道筋にはいくつも寺があり、参禅のため訪れた中曾根元首相を右翼が待ち伏せをし、襲撃を企てたという全生庵もあった。各寺は寺内に墓地を抱えていて、その分だけ下町のわりには静かな街である。寺にはこんもりと樹木が繁っている。

三崎坂を左に曲がると棟割り長屋が続く。長屋の軒先には、季節の草花を育てる植木鉢が置かれていて、道行く人を楽しませてくれる。小さな箱庭という印象だ。そんな道をしばらく歩くと、ようやく目的の西村の自宅が見つかった。

二十坪にも満たない小さな家だった。道路に面し直に付けられたドアは、通りの人を気遣いながら開かねばならぬ、それほど質素な造りだ。

　実質、興国食品を育て上げ、百八十億円の会社にしたのは他ならぬ西村恒夫だ。事前に調べたところでは、上物は西村の名義になっているが、土地は借地だった。一生をただ興国食品のためにだけ捧げた人生で得たものは借地の上に立つ二十坪ほどの家だけだ。

「ごめんくださぃ……」

　島田はドアをたたいた。すぐに老女が顔を出した。彼女は西村の細君だろう。いい老け方をしている。彼女も集団就職で興国食品に入った従業員だった。芯の強さを思わせるキリリとした面立ちだ。彼女は島田の顔を見て驚いたという顔をした。背広姿の客などめったにないからだ。

「お父さん、お客様……」

　家の中に向かって呼びかけた。

　言葉に東北の匂いがある。

「あっ、日東商事の、島田常務でしたな」

　突然の来訪を受け、西村はびっくりした顔をしている。それもそうだ。納品する原料のことで幾度か話したことがあるだけの、ビジネスライクな間柄だ。もちろん、いっしょに食事をしたことも、酒席をともにしたこともなかった。西村を幾度か酒席に誘った。あっさり断られた。西村はそういうことが嫌いな質《たち》なのだ。考えてみれば、義正社長の社長披露宴で顔を合わせて以来のことだ。

「今日は？」

と、西村は訝しげに訊いた。

「実は近くにウチの寺がありまして、住職にご挨拶にまいりまして、ついでに寄らせていただいたというわけです。まあ、近くだと聞いておりましたものですから……」

それは嘘である。目的は西村を訪ねることにあったからだ。わざわざ訪ねたとあっては気をつかわせる。方便の嘘だ。小首を傾げてみせたが、西村はあれこれ詮索するような男ではなかった。

「まあ、上がってください。むさ苦しいところですが……」

三和土《たたき》を上がると、式台があって、その先が茶の間兼来客用の居間という造りだった。部屋の中央には炬燵があり、炬燵の前には大型のテレビが置かれている。

「かあさん、お茶……」

西村の細君はお茶を出し奥に下がった。慎ましやかな態度に好感が持てた。同じ苦労人でも、オオヨドとはずいぶんと違うものだ。

「テレビが楽しみでね……」

と言いながら、それでも客を迎えてテレビで芸能番組を見ていては失礼になるという風にテレビのスイッチを切った。

このあたりに住むようになって早くも五十年近くになる。アパートを転々としたが、谷中千駄木界隈から離れたことはない。

「故郷の匂いがするんです」

と、西村は言った。

すぐ近くは上野駅。西村が東京の土を初めて踏んだのも上野駅だった。この界隈には秋田や山形など東北地方の出身者が多いという。できるだけ故郷の近くにとの望郷の思いが彼らにはあるからだ。だからこのあたりが好きなんですよ、西村は言った。

「毎日出勤されているのですか……」

「もう用無しですよ」

西村恒夫は、角刈りにした白い頭をなでて笑った。島田は西村が興国食品でどのような処遇を受けているかは知っていた。製造部門顧問というのが彼の肩書だ。興国食品顧問ではなくて、製造部門顧問というところに木村一族の西村に対する扱い方が透けて見えてくるというものだった。

「まあ、私も歳ですからな。引退させてもらってありがたいことです」

西村は角刈りの白い頭を、またなでて笑った。太い眉に白髪が目立つ。

「現場は大丈夫なんですか……」

「若い連中がようやりますからな。安心していますわ」

西村恒夫は、中学を卒業すると秋田から出てきた。集団就職列車に乗った仲間で、興国食品に入ったのは三人だった。その一人は劣悪な職場環境に耐えられず、半年で辞めていった。そして三年後に一人。結局、残ったのは西村ただ一人だった。

辛抱強い男だ。菓子メーカーの現場は単純作業だ。労働環境は劣悪である。しかも長時間の単純作業の繰り返しだ。しかし、単純作業だから工夫が必要なのである。西村は、そう考えた。この業界にも流行廃り《はやりすた》がある。工夫がなければ、生きていけない世界だ。西村は創意工夫の男だ。原料の調整や温度管理、新しい商品の開発などを、作業が終わってからも続けた。

ちょうど先代庄助が開発した英字ビスケットが子供たちから飽きられた時期だ。次の商品を市場に送り出さねば、興国食品は潰れてしまう、と危機感を持った、そんな時期に開発したのが、一世を風靡したラブキッドというスナック菓子だった。まだ戦争の痛手から、完全に回復していない時代だ。人びとは甘いものに飢えていた。安くて、美味いと評判を呼び、大ヒットとなった。

開発課なるものが社内に出来たのは、以後のことである。しかも日常業務をこなしながらの研究開発だ。専業ではない。予算もつかなかった。試作品が出来たのは、半年後のことだ。しかし、ラブキッドの製造と販売がすぐに、認められたわけではない。

「こんなもの……」

ミナは見向きもしなかった。ミナは工員風情が商品開発など出来るはずもないのだから余計なことをするなと言った。先代は違っていた。試作品を口にして、美味いじゃないかと褒めた。先代は褒め上手でもあった。しかし最後にあと一歩だなあ、と注文もつけた。西村は先代庄助に励まされた。

いくつも試作品を作った。ヒット商品が生まれるのは千にひとつ。来る日も来る日も、アイデアを練り、試作品作りに励んだ。ようやく自信作が出来た。それを先代庄助に見てもらった。味を試し、先代はうなずく。合格点が出たのだ。

「包装をもっと考える必要があるな」

子供菓子は包装が大事だ。

西村も同感だ。先代のアドバイスを受けながら西村は包装の研究を始めた。外国の雑誌を調べたり、森永など大手メーカーの包装を研究するのも忘れなかった。西村にはセンスがあった。それに努力家だ。

もちろん社内には、包装を専門にする社員も部署もあったけれど、なにせ、ミナの視線は冷たい。ミナに遠慮して、誰も協力してくれなかった。

あるとき、先代庄助が訊いた。

「菓子作りが好きなんだな、しかし、どうして、そこまでやる……」

西村は照れながら答えた。

「好きなんです」

その答えに庄助は目を細めた。

中学を卒業すると、菓子メーカーを選んだのは偶然ではなかった。西村には菓子職人としての才能があった。

西村は甘さに飢えた少年時代を送った。カバヤのキャラメルがどれほど食いたいと思ったことか。女二人に男四人の子沢山では、貧乏は当然だ。だから一度として、カバヤのキャラメルが欲しいなどと言ったためしはなかった。チョコレートなるものの存在を知ったのは、中学三年のときだ。お菓子の国の物語などという本を読み、胸を躍らせたものだ。

(見込みのあるヤツだ……)

西村の才能を最初に認めたのが先代の庄助だ。遅くまで会社に残り、研究を続ける西村の姿を見て、いっしょになって新しいお菓子の研究をしたものだ。

後に興国食品のヒット商品となる『ラブキッド』は、そんな過程で生まれた商品だ。その後、『ラブキッド』に続き、『ビミキッド』を生み出したのも西村の研究成果だ。

「親戚の娘を嫁に……」

と先代が言い出したのは、ちょうど西村三十のときだ。相手はミナの姪っ子で、引き合わされたのはホテルのロビーだった。背広を着せられ、窮屈だった。

「ありがたいことですが……」

と断ったのは、四年遅れでやはり集団就職で入社してきた恵子と恋仲になっていたからだった。ミナは激怒した。姪っ子を断られたのを恥をかかされたと受け止めたのだ。いづらい雰囲気になったが、それを引き留めたのは先代である。

「アイツがいなければ、ウチが成り立たんじゃないか」

先代は、ミナを激しく叱った。西村を失えば痛手だった。滅私奉公とでもいうべき西村の働きぶりは、庄助の言う通りだ。さすがのミナも、それ以上はなにも言えなかった。だから祝福されての結婚ではなかった。結婚すると同時に恵子が退職したのは、そんな事情からだ。以後、西村は黙々と働き、興国食品の技術陣を引っ張ってきた。そんな西村を島田は高く買っていた。

東亜銀行の稲沢副頭取から興国食品再建の相談を持ちかけられたとき、最初に思い浮かんだのが西村の顔だった。再建の可否は経営者によって決まる。興国食品にあっては、西村恒夫以外いまいと思う。

西村はぽつねんと座っている。西村は決して饒舌な男ではない。なにをどう話の接ぎ穂をつげば良いものか、考えあぐねているという風である。

「島田常務、見てもらえますかな。いやね、工房みたいなものを作っているんです。

子供たちが出ていったものだから、そのぶん広くなったもんで、工房を作ったんです。見てくださいな」

「よろしいのですか」

「ええ、どうぞ、こちらです」

　茶の間の引き戸を開けると、そこは台所だった。台所の横にもうひとつ部屋があるらしい。六畳ほどの土間だ。ところ狭しといろんなものが置いてある。攪拌機、練り機、加熱装置――などなどだ。そこが新しい菓子作りの実験工房であるのは一目でわかった。

「道楽です」

　と西村ははにかんだ。壁には書棚があってそこには専門書がぎっちりつまっている。横文字の専門書もある。島田は専門書を手にしてみた。赤鉛筆でアンダーラインが引かれてあって、小さな文字で書き込みもある。

「これを読まれた――と」

　西村の勉強ぶりに驚いた。

「なんとか、ね――。まあ中学のとき辞書の引き方だけは教わっていますので。独学ですから、あやふやです」

　書き込みの小さな文字は、抜粋飜訳の跡である。それを読み、島田はほぼ正確であると思った。下手な学卒などよりも、よっぽど勉強をしている男だ。こういう人たちが戦後の日本を支えてきたのだと思うと、島田は胸が熱くなるのだった。

蔵書は、菓子作りの専門書だけではなかった。工場のラインを作るときに勉強したと思われる専門書もある。包装紙のデザインを研究したのであろうか、そんな類の雑誌類も置かれてあった。

「お父さん、そんなところをお見せして」

恵子は恐縮している。

「いやあ、たいしたものです。西村さんの研究ぶりは……。感服しました」

再び茶の間にもどり、島田は西村の顔を正面から見た。

「ああ、こんな時間か……。商社マンっていうのはみなさん酒好きなんでしょうな。飲まなきゃ商売にならないとも聞いたことがある。生憎《あいにく》ワシは生来の下戸《げこ》でしてな、おつき合いできないのが残念です」

西村はそう言って笑う。

笑い顔がいい。実にいい笑い顔をする男だった。笑いに含羞があった。昔の日本人の笑い方だ。

「西村さんはゴルフをやりますか」

「いいえ、まったくの不調法でして……。もっぱらこれです」

そう言って、小麦粉をこねる真似をした。

また口元に笑いが浮かんだ。

「ちょっと出ませんか。かあさん、ちょっと出るぞ」

そう言うなり、西村は素足にサンダルをつっかけ、外に出た。小径を幾筋か曲がり、道幅三間ほどの道路に出た。寿司屋、飲み屋、魚屋、クリーニング店、パン屋、呉服屋、パーマ屋などが軒を並べている。

空が広く感じられた。大空をさえぎる建物がないからだ。下町には古い建物だけでなく大空も残されていた。それが不思議な感覚を呼び起こした。

「ここが夜店通りっていうんです。私らの若いころは縁日で賑わったものですが、いまはこの通りでしてね」

そんなことを言いながら、西村は一軒の駄菓子屋に入った。狭い間口だ。昭和四十年代を思わす店の造り。伸しイカ、酢コンブ、当たりくじ付きのお菓子、玩具類などなど昔懐かしい商品が置いてある。子供たちが商品を物色しているところだった。

「あれ、西村さん……」

西村の顔を見て、声をかけたのは、駄菓子屋のばあさんだ。二人は顔なじみのようで世間話を始めた。

「どうだい、商売の方は？　この間テレビに出ていたそうじゃないか」

「テレビなんていうのはいっときだけよ。来るのは観光客……。なにしろ子供の数が減ったもんでね。この通りですの」

老婆は首を振った。

子供を相手の駄菓子屋は、昭和の下町ならどこにでもあった。下町ブームと重なり、その駄菓子屋が注目されるようになったのは、つい最近のことだが、客は観光客ばかりと、彼女は笑うのである。

島田は商品を手にしてみる。品揃えは駄菓子だけではない。メンコや切り絵やオマケの紙風船。ヨーヨーやベーゴマ。水鉄炮。プラスチック製のお面。どれもこれも懐かしい昭和の臭いがする。

「あそこが私の原点なんですわ」

西村は別れ際に言った。駄菓子屋に案内した西村の思いが理解できた。なるほど、駄菓子屋が西村の菓子作りの原点なのだ。この人なら再建は可能かもしれぬ――。西村の言葉を聞き、島田は思うのだった。

第三章　四つの破産処理シナリオ

木村義正は「政治経済情報研究所」のドアをたたいた。赤坂見附近くの雑居ビルにある一室だ。小さな看板があるだけで、そこが次期総理候補の一人と目される大物代議士武藤隆俊の隠れ事務所であることを知っているのはごくわずかな人間だけだ。

目が真っ赤に充血している。義正は寝ていなかった。興国食品はいま大変な状態に追い込まれているのだ。さすがのゴルフ好きもこの数日はグリーンを踏んでいない。

「高橋先生をお願いします」

ドアの向こうに声をかけた。反応はなかった。見ると、インターホンがある。インターホンを通じ、義正は来意を告げた。すぐにドアが開き、応接室に通された。来客同士が顔を合わせないようにいくつも応接室があり、そこで高橋秘書は頼みごとを聞いているようだ。

中国の画家の手になるものか、南画《なんが》風の大きな掛け軸がかかっていて、テーブルを挟む格好で、長椅子と一人がけの椅子が二脚置かれているだけの簡素な部屋だ。大物政治家に対する陳情は、そこに座らされて、高橋秘書が陳情を受けるというわけだ。

二十分ほど待たされた。高橋はネクタイをゆるめ、ワイシャツの袖をまくり上げ、本当に忙しいという風に入ってきた。

「すまないです。こんな格好で……」

「多忙なところ恐縮です」

「さっそくうかがいましょうか」

高橋は手帳を広げた。自分で処理できるものは自分で処理する、どうしても自分では解決できないものだけを大先生にお願いするというのが、この事務所の仕組みだ。そのより分けを高橋がする。武藤事務所にあっては彼は裏方を取りしきる実力者なのだ。

「お願いしたい件は二つあります。まず簡単な問題から話させていただきます」

「わかりました」

太った身体を揺すり、大物秘書はにこやかに請け合った。義正は続けた。

「ひとつは東亜銀行の件です。是非とも先生のご助力で、借り入れ資金引き揚げを、ご容赦していただくよう、ご尽力を願いたいということです」

「続けてください……」

高橋は促す。義正は経緯を説明した。

「こういうことです」

東亜銀行に対する債務は約二百八十億円に達する。このうちゴルフ場建設に要した資金は百五十億円弱。建設費が膨らみ総工費が二百億円近くに達し、その必要資金のほとんどを東亜銀行が融資した。

「金融庁がうるさいのです。なんとか南房総カントリークラブ向けだけでも、ご返済を願いたい……」

と、法人営業の担当課長が恵比寿本社を訪ねてきたのは、先週末のことだ。

興国食品にすれば、寝耳に水の返済督促だった。興国食品は、東亜銀行に阿佐谷の本邸を担保に差し出し、さらに南房総カントリークラブに対し東亜銀行は、第一抵当権を設定し、その上に興国食品自体が債務保証の一札を入れている。

「それなのに、どうしてです？」

あのとき、義正は懸命に食い下がった。

「当局の考えが変わったのです」

担当課長は説明した。

不良債権処理は国策であり、銀行としては国策である以上、従わざるを得ず、その一環として返済を求めるのだと担当課長は繰り返すのみだ。要するにカントリークラブ向け融資は、不良債権の扱いというのだ。東亜銀行から突然、最後通告を突きつけられたようなものだ。そんなバカな話があってたまるか、とても納得の出来るものではない。義正は反撃に出た。

「しかし、お宅もウチの事情はよくご存じでしょうに。いますぐとおっしゃるのは無理というものです」

身体の震えが止まらない。義正は怒り心頭だった。

「仕方がありません。そうはしたくはないのですが、そうおっしゃるならば、担保権の行使に踏み切らざるを得ません。まことに残念なことです……」

「担保権の行使って、そんなバカな！」

「そうする以外にないですな」

担当課長は冷たく言い放った。

そこで初めて義正は自分と興国食品が置かれている立場というものを知った。担当課長は自分の言いたいことだけ言うと、さっさと引き揚げてしまった。とりつく島もないというのはこのことだ。こういうとき、頼りになるのは社内に誰もいないのを思い知らされる。

「稲沢副頭取に……」

すぐに東銀本店に電話を入れた。しかし、稲沢副頭取は生憎不在という。頭を抱え、義正はすぐに母親に相談した。会社の借金には個人債務保証を強いる。話を聞き、興国食品どころか家屋敷を失うものと知って、母親はショックで寝込んでしまった。

「弁護士の野村先生を――」

野村はすぐに恵比寿本社にすっ飛んできたが、なんの知恵も出せずに、法律問題には馴染まんですな、などと言いながら社長室を歩き回るだけだった。

「そういう次第なのです。高橋先生、どうか助けてください」

興国食品は武藤代議士の政治団体に何千万円も政治献金をしてきた。いつもはスポンサー気取りの義正だが、しかし、今日の態度は少し違っていた。助けてください、とひたすら哀願するのだった。

武藤事務所にすれば、興国食品は大事な後援者だ。しかし、話を聞いているうちに、高橋はこいつバカかと思った。ありていにいえば政治力を使って銀行に圧力をかけてくれということだ。経営者には定見というものが求められる。ましてや、経営危機に際してのことだ。ただ助けてくれと言うだけでは話にならないのだ。再建策を示し、これこれ、こういう事情だから助けて欲しい、というのが経営者というものだ。

出来る相談と出来ぬ相談がある。いや、大切な後援者の頼みごとなら、ときに出来ぬ相談に応じることもある。それが代議士秘書の仕事でもあるが、いまの高橋には、その気がなかった。つまり、興国食品の経営危機を知っていたからだ。その話を聞いたとき、高橋の脳裏に別な思惑が浮かんだ。

興国食品の処分問題に一枚嚙む……。高橋は、どう嚙むかを考えているところだ。高橋は心の内で笑った。しかし、それを態度に表すほど高橋は愚かではない。手帳に書き込む手を休めて訊いた。

「もうひとつっていうのはなんでしょう」

「売却のことです」

ゴルフ場売却の話だ。よほど焦っているのか、ことを順序立てて話すことも出来ず、義正は子供のような話し方をしている。

（こいつはすべてを失うな）

と思いつつ、先を急がせた。実際、高橋は次の来客を待たせていて、急いでいた。

「なにを売却するのですか」

高橋はわかっていて訊いた。

「茨城の興国カントリークラブですよ、高橋先生……」

「なるほど、興国カントリーを売却し、売却代金をもって、東銀に借入金を返済しようというわけですな」

「そうです、その通りです」

木村義正は、額に浮かぶ汗を拭きながら答えた。

興国食品は、南房総カントリークラブの他にもうひとつ茨城にゴルフ場を持っていた。それが興国カントリークラブだ。それらはいずれも木村一族の資産管理会社株式会社キムラが所有する格好をとっている。ゴルフ好きの義正が、ゴルフ場を売却する、それは大変な決断なのだと義正本人は思っている。

（それだけですむ話か……）

　高橋は思った。

「東銀の件はわかりました。まあ、話はしてみますがね、あまり期待しないでください。もうひとつの話。茨城の件ですが、私はなにをすればいいんですか」

「売却先を斡旋《あっせん》していただけないか、ご尽力いただきたいのです」

　高橋は考え込んだ。事態は深刻だ。どういう格好で嚙むかを、考えてみた。しかし、ビジネスライクに応えた。

「なるほど……。わかりました。さっそく動いてみます。しかし、少し時間がかかりそうです。なにしろ物件が物件。しかもこの不況のご時世……。買い手が見つかるかどうか、非常に難しいと思います」

「結構です。しかし、東銀の方は……」

「まあ、ともかく資産の一部を売却し、資金を用意する、その旨、東銀の方に伝えておくべきでしょうな……」

　そう言うと、高橋は立ち上がった。

「まあ、二週間ほど時間をください。それまでに売却先を見つけておきますので。それじゃここで失礼します」

木村義正をドアまで送り、高橋は深々と頭を下げるのであった。

なんとなくしっくりしないものを感じながらも、義正は事務所を出た。運転しながら、帰りの道々考えた。

義正はいまでも茨城のゴルフ場を売ることにはためらいを覚えている。ゴルフは義正の人生そのものなのだ。しかし、妻の伯父佐々木勉から説得された。

「すべてを失うか、それとも外科手術で興国食品本体を救うのか、義正くん。選択肢《せんたくし》は二つにひとつだ。どっちにすべきか、はっきりさせるべきだと思う。うちは重篤患者。延命には切開手術が必要なんだ」

佐々木は木村家の周辺にあって、義正に意見の言える数少ない男だ。大手非鉄金属メーカーに勤務し、そこが倒産したため、興国食品に非常勤監査役として迎えることを薦めたのは妻の佐和子だった。

「まあ、いいんじゃないのかね」

義正は佐和子の言うことならたいていのことは聞く。ミナも反対しなかった。それでいま佐々木は、興国食品の顧問的な役割を果たしている。しかし、義正には、いまや煙たい存在となっている。

ともかく茨城のゴルフ場の売却の話は親族会議で決まった。

「本来なら南房総カントリークラブの方も整理すべきだと思うよ。誰が見ても木村家本業の興国食品は順調。足を引っ張ることになったのは、南房総だからね」

佐々木が言う切開手術には、最初、南房総も含まれていた。しかし、義正は絶対に手放さないと言い張った。

興国食品がスポンサーのゴルフトーナメントは、全国にテレビ放映もされている。なんといっても、あそこはアメリカの有名プロゴルファーのマイヤー・デズモンドの手による設計だ。南房総カントリークラブは命にも等しい財産なのだ。だから南房総に手をつけることなど出来ない相談だ。

「どれほどで売却できますかな……」

あのとき佐々木が訊いた。義正が答えた。

「ザッと計算し、百億円……」

佐々木はあきれた。

義正が勝手な計算をしていたからだ。しかし佐々木はそれ以上、なにも言わなかった。南房総ほどではないにしても、茨城の方も赤字だった。地の利が悪く、客も集まらず、赤字続きのゴルフ場のことだ。せいぜい、半分の五十億というのが、相場というものだ。それを百億円と試算する義正……。

こういうときの人間というのは、物事を自分の都合のいいようにしか考えないものだ。義正は勝手な計算を続けた。南房総の借入金は約二百億円だ。全額返済するのは無理としても、現金で百億を用意できる。これで当座はしのげると判断したのだ。

「大丈夫、問題はないさ……」

義正は自分に言い聞かせた。根拠などなにもない、自分の都合のいい判断をし、義正は妙な自信を持った。

義正は赤坂見附から大手町に車を走らせた。そこに東亜銀行本店があるからだ。雨が降り出していた。渋滞で車が進まぬ。義正は苛立ちを募らせた。

今日はどうしても稲沢副頭取に会わねばならない。アポイントは取らず、急襲する。そして真意を質す。しかし相手は巨大銀行の副頭取だ。スケジュールは分刻みで管理されている。いまの義正には、相手の都合など考えるゆとりはなかった。

義正は次第に腹が立ってくる。このご時世だ。客足が遠のくのも当然。赤字が出るのも仕方ないではないか、赤字で資金が回らないからといって、不良債権扱いにするとは、どういうことなのか。義正は身勝手に考えた。

義正は怒りも露に、東銀本店の前に立った。回転ドアをくぐり、早足で正面受付に向かった。義正は東銀本店の受付に、稲沢副頭取に会いたいと言った。

銀行の大幹部のことだ、急な来客に応じることが出来ぬことぐらいはわかっているはずなのに、それでも面談を強要しようというのは義正の子供っぽさである。

「お約束はいただいておりましょうか」

受付嬢は慇懃《いんぎん》に訊いた。

「いや……」

受付嬢は義正の顔を見た。異様な顔をしている。少なくとも彼女にはそう見えた。身なりはきちんとしているが、目は充血し、顔面蒼白だ。殺気立ち、人殺しでもやりかねない形相だ。危険を感じ取った彼女は足下の緊急用のボタンを押しながら、お待ちください、と受話器を握った。

「稲沢副頭取は生憎出ております」

「逃げているのかね……」

受付嬢にしてみれば予想通りの反応だ。こうしたお客が一日に一人や二人はくる。いずれも銀行から借金をして、厳しい取り立てに腹を立て、抗議のためにやってくる客だ。

こうしたときの対応マニュアルが用意されていて、暴力団系ならどうするか、怒り狂っている中小企業の経営者には、どう対応すべきか——などなど、客の様子如何で、対応が決まっている。彼女の押した足下のボタンは総務部警備室につながっている。最悪のお客のケースだ。警備室ではフロントの様子を監視カメラでモニターしている。

「お待たせしました……」

と立派な体軀の男が現れた。男は一階にある応接室に案内した。まず茶を出し、季節の挨拶をしながら、男はお客の様子をじっくりと観察する。応接室には隠しカメラが用意されていて、応接室でやりとりされる一部始終が録画される。その様子は総務部警備室でモニターされており、脅迫めいた言辞や暴力行為が確認されれば、ただちに警察に通報するという仕組みだ。

最近、警視庁との打ち合わせ会議で、警察側でもモニターできる仕組みを作ってはどうかという提案があったばかりだ。提案の趣旨を警視庁側は犯罪予防と説明した。さすがに銀行側は遠慮した。銀行側にも警察に内緒にしなければならぬ違法行為の事実が山ほどあるからだ。

「興国食品さんには、大変お世話になっております。こういう時節でしょう、副頭取は大変忙しくしておりまして、まことに申しわけないことです」

男はあくまでも低姿勢だ。もともとの職歴をたどれば、警視庁捜査二課のベテラン捜査員だ。彼は学卒だが、スタートは巡査だ。警察社会は国家公務員一種合格者だけが出世できる社会だ。学卒とはいえ、将来は良くても署長どまり、四十を前にして銀行に転職したのは、それが理由だ。

「そういうわけでして、興国食品さんの話をよく承っておくよう、稲沢から申しつかっている次第です」

男は嘘をついた。

「逃げているんじゃないのかね」

「いいえ、とんでもございません。この通りよろしくとの伝言です」

義正は名刺を見た。名刺には法人営業本部参与という肩書だ。参与といえば、重役に次ぐ地位と錯覚される。しかし、それもまた銀行が作った「嘘も方便」というやつだ。その名刺を見て、義正はそれなりの人間が対応しているものと思い込み、銀行の誠意と受け止めた。思いの丈が一気に口をついて出た。

「一応、返済のメドはついた」

高橋に説明したときと同じだ。要領の悪い説明だった。それを一時間近くも繰り返したのだった。それをメモをとりながら、警官上がりの男は辛抱強く聞いた。

「そうですか、それはよろしゅうございましたな。結構なお話です」

男は肝心なことには踏み込まない。彼は判断をする権限を持たされていなかったからだ。ともかく、その場をおさめることだけが彼の役割なのだ。

しかし、話を続けさせた。話をすれば人間というものは気持ちが落ち着き、なにも問題が解決していないのに、あたかも成果が上がったかの錯覚に陥るというのは、心理学のいろはでもある。警官上がりの男はこの定石をよく心得ていた。

義正は二時間近くもしゃべり続けた。銀行の理不尽さを詰《なじ》った。自分と稲沢副頭取がよくゴルフプレイをするなどいかに親しい間柄にあるか、義正はしゃべりにしゃべった。疲れの色がにじんでいる。最後は哀願だ。

目の縁が黒ずみ、話しているうちに息が上がった。この数日よく寝ていないのだから疲れを覚えるのも当然。警官上がりの男は、そこのところもよく観察し、客の方から切り上げるだろうと、見当をつけていた。話は繰り返しになっている。義正は腰を上げた。男はすかさず言った。

「よくわかりました。興国食品さんのご意向は稲沢に伝えておきます。お忙しいところわざわざお運びいただき、まことに恐縮でございました」

男は銀行正面のエントランスまで義正を送り、深々と頭を下げるのであった。男の物腰はあくまでも丁重であった。軽くあしらわれたのだが、それでも義正は満足した。

2

元警察官の男に、うまくあしらわれ、木村義正が東銀本店を辞したとき、その本店役員執務室では、居留守を使った稲沢美喜夫副頭取が日東商事と興国食品の処分問題につき話し合いを持っているところだった。こういう場面で主導権を握るのは銀行だ。

「副頭取……」

稲沢は促され、簡単な挨拶をした。それぞれ自己紹介を終えると、稲沢は部下に命じて今日の会議の趣旨を説明させた。

「それでは……」

と、稲沢の部下が説明を始めた。

役員応接室には日東商事側から島田道信常務の他担当社員二名、ＡＷＣコンサルティングから二名、東銀側から稲沢を含めて三名が出席しての会議だ。今日はコンサルタントも加わっている。その意味を、公正な第三者の判断を仰ぐためだ、と稲沢の部下は説明した。会議はあくまで友好的な雰囲気のなかで進んでいる。しかし、コンサルを会議に参加させた、東銀側の意図は明白だ——。

（所詮はコンサル）

最初、島田常務はたかをくくった。島田は稲沢副頭取の顔を盗み見て自分の考えを変えた。顔に浮かぶ圭角の色を見逃さなかった。

（小細工をしやがる……）

と、島田は気持ちを引き締めた。

今日の三者会議——。要するに、興国食品の処分問題だ。肝心な当事者を抜きにした会議だ。稲沢は難しい顔をして部下の説明を聞いていた。もちろん、木村義正が受付にきていることは知らされていた。しかし、稲沢は眉ひとつ動かさず会議を続けた。

会議の途中にもいくつも電話が入った。そのひとつは自民党大物政治家の秘書高橋正三からだった。電話は会議室の外に出て受けた。

「いろいろありますな」

高橋秘書は最後に皮肉を言った。素っ気ないものでやりとりは一、二分で終わった。彼が伝えたのは、興国食品の御曹子が訪ねてきた事実だけだ。なんとかしてくれとは言わなかった。電話をした事実。それだけで十分なのだ。稲沢もわかっている。しかし、少し含みのある言い方だった。それが気になった。

「一枚噛ませろ……」

という風に聞こえたからだ。

稲沢は携帯をポケットに入れながら、不意に思った。島田が気づきはしないか、稲沢はトイレに入り、姿見で自分の顔を見た。悪事は顔に出るものだ。ここが勝負どころだ。寸分も疑念を感じさせてはならない。顔を洗った。櫛で頭をなでた。表情を引き締め、いつもの柔和な表情にもどした。大銀行副頭取の実直ないつもの風貌が、そこに出来た。

「失礼しました。さあ、再開です」

と、促す。

東銀行員の説明が終わると、今度はＡＷＣコンサルティングの吉川峰男が立ち上がった。吉川は外資系のＡＷＣコンサルティングのチーフ・エコノミストの肩書を持つ男だ。アメリカの大学に留学しＭＢＡの学位を持っている。近ごろはやりの職種であり、下手な大企業の経営者よりも大金を稼ぎ、得意然としている男だ。得意な分野は、不良債権ビジネスだった。

　銀行にはお荷物でも、連中からみれば不良債権は大金を生み出す宝の山なのである。米国から持ち込んだビジネスモデルだ。彼には仲間がある。つまり彼らのネットワークを使って、不良債権を右から左へと売り飛ばし、稼ぎまくるビジネスだ。しかし、名刺には経営コンサルタントとしか書いていない。彼はあくまで善意の公正な第三者を装う必要があるからだ。

　吉川が用意した資料には、詳細な数字が書き込まれている。財務諸表から資産内容まで詳しく記載されている。もちろん、そこには売上高、コスト、収支、将来見通しまで記載されている。非上場企業のデータを、よくまあ、集めたものだと感心する。

「これは一株あたりの収益率です」

　吉川の説明は続く。

　そこに東銀が提供したデータもあるが、それればかりではない、独自にＡＷＣが集めた資料も含まれている。しかし、それらの大半はＡＷＣのアナリストたちが財務諸表などを解析し、いわば作り上げたデータだ。ヒヤリングなどと称し、一部のデータは興信所の手口でかき集めてきた。

データの作り方も結論の出し方も、クライアントの意向に添っている。先に結論ありきなのであり、客観公正などというのは、これまた方便の大嘘だ。

この場合のクライアントは東亜銀行ということになる。一件三千万円だから、決して安くはない、しかし、連中の手にかかれば、ほんの三日ほどで仕上げてしまう。そんな程度のものなのに、いかにもまっとうに見えるのは、アメリカ流儀のプレゼンの手法を使っているからである。中身などはない。それらしく聞こえるのはプレゼン手法のおかげだ。興信所の手口で資料を集め、横文字を多用した香具師《やし》の口上をもって説明するといえば、わかりが早いというものだ。まあ、アナリストとかコンサルタントを名乗ろうが、連中のやり方はいつもいっしょだ。

しかし、日本の多くの大企業は、興信所の手口で集め、横文字を多用しただけの、香具師の口上をもって説明するプレゼンなるものを、ありがたく拝聴するものだ。

そのプレゼン手法を多用しながら、吉川は説明を続ける。そろそろ結論を出さなければならぬ。もちろん、クライアントの意向に添っての結論だ。つまり、東亜銀行の言うがままの結論。

もちろん、アメリカ流儀の分析手法には濃厚な化粧が施されている。けれどもコンサルなど島田は少しも信用していない。企業とは人が作るものであり、企業の生命を左右するのは人間の意志だ。数字をこねくり回し、高等数学や横文字を並べてみても、企業の本質が変わるわけではない、と思っている。

企業経営の実態を知ることとは、つまるところ経営者と従業員の関係を知ることなのである。島田はそう思っている。吉川の報告に欠けているのは興国食品経営陣の分析だ。たとえば西村恒夫のような存在だ。すなわち、企業は人間の集団であることをすっかり忘れた報告だ。

しかし、透明性とか情報公開とか、いろいろ議論されているが、銀行は手っ取り早いやり方をする。つまり、外資系コンサルを使うことだ。彼らは善意の第三者。しかも経営分析のプロである。連中の口を借り、再建計画を語らせること、それが透明性を確保することであり、情報公開であり、公正さを担保するものなのだ。それで利害関係者を説得できると考えている。

今回も同じことだ。島田は興国食品の中身はよく知っている。抱えている問題もよくわかっている。外資系コンサルの説明などいまさら必要ない。

小細工を――と思うのは、稲沢は権謀術数を好む男だからだ。ＡＷＣをコンサルに起用したのは、公正で客観的な立場に立つ第三者の判断――を、求めるためだ、と東銀側は説明した。もちろん、魂胆あってのことだ。三千万円ものコンサル契約を結んだのは、そのためだ。吉川峰男も、東銀側のその意図をよく理解して、処分法の提言をするはずだ。なにが公正なものか、最初からＡＷＣは東銀とグルなのである。しかし、手の内が見えてくる、そう思いながら、島田は話を聞いていた。

「ご覧ください……」

吉川はパソコンを操作し、次の場面をスクリーンに映した。映し出されたのは、興国食品の当期決算見通しだ。もちろん、南房総カントリークラブも連結されている。

「ふー」

と、稲沢副頭取がため息をもらした。

スクリーン上に表示されたデータを見る限り、先行きは真っ暗だ。債務超過に陥っているのは明らかだ。しかし、別な面から見れば、立派な企業といえる。稲沢の嘆息はわざとらしい。業容を必要以上に悪く見せかけようとしているのだ。

東銀側の意図というのは、南房総カントリークラブ向けの融資を、手っ取り早く回収することにある。回収の方法は担保を差し出している興国食品を、まるごと売り飛ばし、弁済させるというものだ。だから値付けは高ければ高いほど良いわけだが、しかし、高すぎても問題が起こる。そこのところの判断が厄介《やっかい》なのである。

つまり、高値で売れるということなら優良企業だ。仮に優良企業ならば、再建が可能じゃないか、という議論が起こる。なぜ銀行は再建に協力しないのか、みすみす〝オタカラ〟を放棄してしまうのか――という批判も惹起《じゃっき》される。

もちろん、銀行自身の手による再建計画など、とうの昔に放棄している。腹は決まっていた。一刻も早くたたき売ることだ。ただ露骨に口には出来ない。そこのところは上手にしのぐ必要がある。

いや、それだけではない。稲沢の腹の内をいえば、南房総カントリークラブに融資承諾を認めたこと自体が問題なのだ。すべて痕跡を消去したいと思っているのだ。この融資は明らかな失敗だと思っているからだ。中部銀行との合併に際し、問題案件を処理しておかねばならぬ——それが東亜銀行副頭取の立場というものだった。

第三者が興国食品を買い取り、再建にあたりたいと希望する者があれば、それはそれで検討する用意はある。そのことを含めて稲沢はいくつかのシナリオを用意していた。そのシナリオを改めて呈示するのがコンサルの役割というわけだ。

吉川は咳払いをし、次の絵図をスクリーン上に映し出した。興国食品再建の処方箋を描く絵図だ。そこには四つのシナリオが描かれていて、シナリオごとに選択すべき優先順位が示されている。

「今日は四つ用意してみました」

と、吉川は言った。

第一は証券化による売却。その条件は本体事業およびゴルフ事業を一体処理するということだ。資産の内訳が明示されていて、その総額は八十億円。他方、本体の事業収益は年間十五億から十六億。新たに投入する資金を百億としても、かなり高い配当が得られる勘定だ。しかし、借入金は四百億円近くに達するから、資産との差し引きで、三百二十億円ほどのマイナスになる。民事再生法を適用して債務を三分の一に圧縮すれば、一体処理が可能かもしれない。

第二のシナリオは分離処理だ。本業には手をつけず、ゴルフ場だけを民事再生法により処理する。ゴルフ場開発に要した資金および預託金がまるまる債務として残る。その総額は二百億円弱。この場合は預託金者も一般の債権者として扱われる。しかし、難しいのは預託金者に対する説得だ。

預託金の総額は約四十億円に上り、このうち法人が六割で、個人預託金者が四割だ。いまのところ預託金返還を求めているのは会員の三分の二。金額に換算すれば十三億七千万円。ゴルフ場の資産評価は二十億円。それにしても、ＡＷＣは低く見積もったものだ。

問題はゴルフ場経営の将来性だ。バブル期のように高値で会員権を売買するビジネスはもはや出来ない。そうすると、ゴルフ場経営から収益を上げる必要がある。しかし顧客は激減している。法人会員が接待ゴルフをやる機会も少なくなっている。ゴルフ場に足を運ぶ若者は少なく、ゴルフといえば熟年層のスポーツになっている。

将来性は暗い。しかし、それでも外資系の金融機関はゴルフ場に着目し、コースを買い集めている。その理由は簡単。なにしろ、この日本では総工費二百億近くもの巨費を投じたゴルフ場がその十分の一で手に入るからだ。そして彼らには経営ノウハウもある。

外資との提携。それによってゴルフ場経営を再建するというのが第二のシナリオの結論である。いや、奴らのことだから、経営再建などにはまったく関心はあるまい。安く買いたたき、値上がりを待ち、転売し、差益を荒稼ぎするのが狙いだ。もちろん、それはどうでもいいことだ。

第三のシナリオは債権放棄だ。要するに興国食品に対していっさいの債務履行の義務を免責し、新しく組織される取締役会に再建を委嘱《いしょく》する。その際の条件は、木村一族は一族が所有する株式のすべてを放棄し経営から全面的に手を引くことだ。もちろん株式は無償で提供するのが前提だ。新しい経営陣は債権者によって組織され、債務は事業収益から返済する。

第四のシナリオは破綻処理である。要するに興国食品および関連企業である二つのゴルフ場を一括して売却清算することだ。売却益から債権者の配当を出し、法人としての興国食品は消滅させる。清算の結果、どれほどの配当が出せるかを、数字で示している。

四つのシナリオ――。それぞれには一長一短がある。銀行、商社――立場が変われば、損得勘定も変わる。利害は錯綜している。債権者の立場によって、どれを選択すべきか、これは微妙だ。東亜銀行の立場は明らかだ。望ましいのは、第一のシナリオ。巧妙な仕掛けだ。そうはさせまい、島田はそう思った。逆に日東商事の立場では、どれを選ぶべきか。島田は吉川の説明を聞きながら考えた。

島田は思った。

望ましいのは第三のシナリオだ。東亜銀行に比べ債権額が少ないからだ。ザッと計算してみて四十億円。そのうち、ゴルフ会員権が一億。短期の貸し付け十五億。手形割引の形での融資が五億。残りのほとんどは原材料納入の未回収金だ。この程度の債権放棄なら出来ない相談ではない。ただし、木村一族が無条件で株式を放棄し、経営から全面撤退するのが条件であるが……。

「以上が検討すべきシナリオです」

そこで吉川の説明は終わった。

「だいぶ、議論が煮詰まってきましたな」

新しく取り寄せたコーヒーを口にしながら稲沢副頭取が島田に言った。表情はにこやかであり、交渉相手を出しぬく別な思惑を胸中に秘めているとは、とても思えない態度である。

「そうですな……」

島田が応じた。

「どうですか、選ぶとすれば？」

「まあ、消去法でいけば、第二と第四のシナリオは問題外ですな。残る二つにも一長一短がある、難しいです」

しかし、島田は第五のシナリオを考えていた。すなわち、別途の破綻処理だ。だが、本音は口にしない。稲沢副頭取は、腕組みをし天井をにらんでいる。虚々実々の駆け引きは深夜まで続きそうな気配であった。

3

阿佐谷の木村本邸では、親戚一同が集まり、対応策が協議されていた。緊急事態とあって親戚のおもだったものが顔をそろえていた。しかし、本来なら野村克男弁護士も顔を見せるべきなのに姿がない。

「どうも信用が出来ない」

と佐々木勉が言い出したからだ。

野村にはいくつか不審な行動がある、会社幹部も信用できない、どうも野村といっしょになりなにごとか悪巧みをしているような気配だ、だから大事なことは身内だけで決めた方がいい、と佐々木が言い出し、それで一族だけの会議になったのである。

集まった誰もがそう思う。佐野にしても子飼いだ。経理担当の佐伯は、野村の紹介で入ってきた男だ。良かれと思い、吉田は一生懸命に興国食品と木村一族のことを考えてくれている。

「まさか……」

「いや、吉田こそ問題かもしれない。後ろで糸を引いているのはヤツかもな」

そう言う佐々木をミナはたしなめた。そのあとで彼女は、ひとこと愚昧《ぐまい》な感想をもらした。しかし、こういうとき、人は疑心暗鬼になるものだ。まあ、野村に不審な行動があるかどうかは別にして、一族だけで話し合いを持つのは必要なことだ。そう決めたのは木村ミナだった。

例によって会議を仕切るのは、木村ミナである。メンバーは興国食品の取締役や監査役とほとんど重なっている。木村一族のなかではやはりミナが当主なのだ。

しかし、ミナは元気がない。というのも下手をすれば、興国食品や関連のゴルフ場だけでなく、家屋敷のいっさいを失うと聞かされたからだ。最初はものすごい勢いで怒った。怒ってはみたが、彼女には巨大銀行を相手に争う知恵が出てくるわけではなかった。しかし、カネは彼女のすべてである。負けてなるものかという気持ちにかけては、人後に落ちない。ミナはそういう気性の女だ。ただ、亭主を失ってからというもの、弱気な面が顔をのぞかせる。珍しく心が揺れているのだった。

阿佐谷の屋敷は二百坪はある。時価換算で二十億円は下るまい。豪邸だ。この屋敷も抵当権が設定されている。いや、山梨の別荘も担保に押さえられている。ミナはなにもかも失う恐怖を味わっているのだ。その恐怖心が彼女のバネになっている。いまの彼女を支えるのは、その恐怖心だ。

「高橋先生にもお願いしました。返事は近くいただけると思う。まあ、残念だが、茨城のゴルフ場は失うことになるかもしれないが高橋先生の方から、東亜銀行に圧力をかけてもらっていますので……」

木村義正はことの次第を説明した。

脳天気な男である。

人間も三十半ばをすぎてみれば、それなりの風格というものが出来るものだ。社長は社長なりの顔が出来、職人は職人の風格が顔ににじみ出てくる。しかし義正にはそれがない。相貌は迫力に欠ける。

それでいながら自信過剰だ。実業家として巨額の富を持ち、なにもしなくても、富も地位も名声も、向こうからやってきて、周囲に人が集まった。しかし、それを自分の力だと錯覚してきた。それらのいずれも義正自身が築いたものではない。そのことに気づかず四十年近くの人生を生きてきた。

大物政治家の大秘書に頼めば、天下の東亜銀行といえども、ひれ伏すに違いないと考える脳天気さだ。しかも義正は欲をかきすぎていた。マイヤー・デズモンドの設計によるゴルフ場は手放すわけにはいかない、その気持ちはいまでも変わらぬ。けれども、まあ、茨城は仕方があるまい、そう判断している。売却益は五十億と踏んでいる。総工費が百億かかったら、その半分で売れると勝手に売値を決めているのだ。

しかし、いまやゴルフ場など厄介もの以外のなにものでもない。一日解決を延ばせば、その分赤字が増える。まあ、投資額の十分の一ほどで売れれば儲けものというべきだ。それはわかっていても、義正は自分の都合の良い方にしか物事を考えない、要するに、中途半端な決断しかしていないのだ。

経営における最悪の態度は、決定を行い得ない態度だ。さらに悪いのは、相矛盾する決定を行うことだ。義正は小なりといえども一国一城の主。その指導的立場にある人物が明確な決定を行う気魄に欠け、決定を遅らせれば企業は間違いなく沈む。義正の説明に一同は唖然としている。

「うん。すると、すべて問題が解決したということになるわけだ……」

取締役会では一度も発言らしい発言をしたことのない、経営にはまったく無関心な兄の蝶蒐集家正幸が感想をもらした。

「バカをおっしゃい……」

さすがに母親は叱った。しかし、正幸の指摘は一面の真実を突いている。逆説的にではあるが、これは弟義正に対する痛烈な皮肉がこもるひとことであったからだった。現実に向き合わず、現実から逃避し、夢想の世界にあるのなら、確かに茨城のゴルフ場は百億円で売れるであろうし、自民党大物代議士の秘書が動けば、東亜銀行はたちまちひれ伏すに違いない。しかし、四百億円近くの債務を抱えてその取り立てにあって、右往左往しているのが現実なのである。

百億を超える資産を持ちながら、現実に動かせる資金は、一族の手持ちの資金を全部集めたとしても、債務の一〇パーセントにも満たないというのが、もうひとつの現実だ。

債務を履行《りこう》できなければ、抵当権が設定されている家屋敷から追い立てを食らう恐れもあった。脳天気な義正であっても、その程度のことはわかっている。

しかし、やったことといえば、武藤代議士の高橋秘書に救済を懇請しただけだ。実際のところ、それ以外になんの手も打っていなかったのである。その意味で、正幸のひとことは痛烈な皮肉である。

しかし、弟はまだ夢想の世界にある。大勢の取り巻きがいた。いつも彼は話題の中心人物で、マスコミに登場し、得意絶頂だったのだ。今になってみればゴルフのプレイに誘っても素直についてくるのは、妻の佐和子だけだった。早くも周囲から人が去り始めているのに、まだ義正は気がついていないのである。そして興国食品の内部でなにが起こっているかも知らずにいる。蝶蒐集家は、そのことを指摘したかったのだ。

義正は家族のなかでは雄弁だ。希望的観測を得々と話す。東亜銀行の副頭取は逃げようとしている。だが、こっちには武藤大先生がついている。そうはさせない、最後にはひれ伏してくるさ。さすれば、借金の返済にもゆとりが出来る。いつまでも不況が続くはずもない、やがてゴルフ場にもお客がもどってくる。必ずもどる——と。

義正の希望的観測——を、聞きながらミナは不意に佐々木の言ったひとことが気になり始めていた。吉田の怪しげな動きについて……。

「どういうことなの……」

ミナは佐々木に訊いた。佐々木も確証があってのことではない。漠然と感じる、そういうなにかを説明するのは難しいものだ。

「私を裏切ったことはない、約束はきっちりと守っている。吉田は木村家のために、働いてくれているのよ……」

「わかっていますよ。しかし……」

と言葉を切る。

ミナの反論に佐々木は応えた。

佐々木は詳しく話した。

佐々木の家は千駄木にある。佐々木は帰宅の途中、よく湯島の馴染みの店に立ち寄るのが習慣だ。家までは徒歩で十七、八分。晴れた夜はたいてい歩く。夜風に吹かれて、歩きながら酔い覚ましをするのが好きなのだ。

偶然だろうか。

ふっと見ると、野村弁護士と吉田耕助が並んで歩いているのを見かけたのだ。池之端あたりだった。吉田はあの野村弁護士にいやにへりくだっている。

「どういうことか……」

と思った。声をかけようとした。二人は歩きながら難しい話をしているようだ。声をかけるのをためらった。それから二週間後、また池之端の近くで二人の姿を見かけた。褒められたことではないが、佐々木はあとをつけた。二人が入っていったのは、しもたや風の割烹だった。驚いたのは、そこに総務部長の佐野宗男が姿を見せたことだ。

（偶然だろうか……）

その割烹は地元でも、そう知られた店ではない。調べてみると、政治家や芸能人が人目を忍び利用する高級割烹だという。あの愚図弁護士野村が通えるような店でも、ブローカー風情の吉田などを相手にする店でもなさそうだ。ましてや薄給の佐野など論外だ。ボンヤリ浮かぶのはスポンサーの存在だ。連中はなにかを企んでいるのは確かだ、佐々木は疑念を膨らませた。

「そういうことがありましてな……」

佐々木は疑念を話した。

「それは考えすぎだよ。たまたまということもあるじゃないか……」

義正はきっぱりと否定する。

「例の千秋の件。よくよく佐野に聞いてみると、陰で動いてくれているのは吉田さんということじゃないか。吉田さんは本当にウチのことを考えてくれている」

吉田は無私で動いてくれるのだ、感謝こそすれ、吉田を疑うなど、了見違いというものだと義正は言うのだった。父親に似て他人を信用することのない義正には珍しく、吉田を信用していた。義正が吉田を信用するにたり得る人間と思うようになったのは、五億円のリベートを約束通り手にすることが可能となったからだ。最初は総務部長佐野の提案と聞かされていた。よくよく聞いてみれば吉田のアイデアというではないか。

五億円――。

それが用意できるという。急場をしのげるじゃないか、ありがたい話だ。預託金の返還を求める会員をなだめることも出来るし、ボーナス期を控えて、資金需要は膨らむばかりのこの時期のこと。義正はもうひとつ欲をかき、前払いを要求した。それが無理な要求であるのは義正にもわかっていた。しかし、吉田はあっさりと引き受けた。

「わかりました、千秋側と交渉してみましょうか。結果はどうなろうと、それはご勘弁いただくとして……」

そう言って、千秋ソフトウェアとの交渉を引き受けたのは吉田耕助だ。ありがたい話ではないかと義正は思う。

「そうでしょう。お母さん……」

と、義正は反問する。この急場をしのぐために奔走してくれた吉田。感謝こそすれ、それを疑うなどとんでもないことだ。

「………」

しかし、ミナは返事をしなかった。佐々木の言ったことが気にかかるのだ。野村と吉田の関係――。なによりも、自分の知らぬところで三人がつるみ、密会を重ねているというのが気に入らなかった。

（あの吉田に限って……）

とも、ミナは思う。

吉田は世間話が好きな男だ。それに世話好きな男でもあった。宝石商というのは、思いのほか世情に通じている。電車の中での出来事や変わりゆく街の風俗のこと、同業者たちのこと、出入りしているお得意のこと、スポーツ選手や芸能人らの人間模様などを、面白おかしく話してもくれる。

ときには遠い世界の政治家どもの話もした。いずれもたわいのない世間話だ。商売で大損をこいた話もする。ミナのために走り使いもやってくれた。そうやって、ミナの無聊《ぶりょう》をなぐさめてくれるのだった。

困ったときには、本当に困ったという顔をする。見かねて少々用立てたこともある。律儀に約束の日に返した。なにに使ったのかと訊けば、仲間から五十万ほどの不渡りをつかまされたという。ミナは笑った。いつも大言壮語する吉田にしては、間の抜けたことだ。嘘のつけない男だと思う。ミナに対しては、隠し事がないという態度だ。

しかし池之端の話は一度としてしたことがなかった。それが気になった。

ましてや、野村弁護士と子飼いともいえる佐野といっしょだったという。秘密がなければ、話してくれてもいいことだ。なぜ、隠しているのか、話せない事情でもあるのか、疑念が胸元を突き抜けていく。だまされているのではないかという不安だ。

息子の義正は吉田を信じている。

五億円が前払いで入るものと思いこんでいるのだ。それを可能にしたのは、吉田耕助であると信じている。それは現実に五億円を手にしてみないことにはわからぬことだ。

（しかし……）

と思い、ミナは入金の日取りを確認している。吉田耕助が教えてくれた取引の相手、千秋忠夫に直接電話をしたのは昨日だ。千秋は明るい声で応えた。

「間違いなく——。一週間後にはご指定の口座に振り込みます」

約束を違えることはあるまい。

それでも不安が募る。

苦境に立たされている興国食品。絶体絶命の淵にあった。そこに救世主のごとく登場した吉田という男。長いつき合いとはいえぬ相手だ。指を折って数えてみれば、五年にも満たないつき合いである。

考えてみれば、素性もよくわかっていなかった。信用していいものかどうか迷いはしたが、つき合ってみると確かに間違いのない男だと思えた。

「実は本業の方がさっぱりなのです……」

と泣きごとを言ったのは、木村家に出入りをするようになって半年後のことだった。哀れに思い、少し値の張ったエメラルドを買った。ミナは人をめったに信用しない女だ。その石を、知り合いの宝石商に鑑定してもらった。

「奥さん、いい買い物をしましたな。相場なら五十万はします」

吉田が間違いのない商売をしていると信じたのは、そのときからだ。以後、五年のつき合いで遺漏はなかった。それどころか、いろいろ相談にも乗ってくれる。いろんな情報を持ってくる。人の紹介もしてくれた。もちろん、宝石を売るのが商売だから、それなりのつき合いもしている。とくにありがたいと思うのは節税のため、あれこれ知恵を出しては蓄財に協力してくれることだ。それは無私の行為だ。しかも、一度として無理強いをしたことはなかった。

「ともかく調べてみる必要がある」

佐々木は話を振り出しにもどした。佐々木は世間というものを知っている。それに常識人だ。常識人の感覚に照らしてみて、怪しげだというのだ。それに反論する義正。一族の会議は延々と続いている。

とくに結論の出るような会議ではない。しかし、非難の目は次第に義正に向けられていく。原因のもともとを考えれば、ことは義正の道楽であるゴルフ場開発から始まったからだ。とはいえ、いまさら非難をしてみても詮無いこともわかっている。

会議の途中で佐々木は野村弁護士が怪しいと繰り返すが、佐々木にも確証があってのことではない。佐々木の言ったことに、義正がむきになり反論する。その二人のやりとりを佐和子がはらはらして見守る。そんな会議が三時間ほど続いた。誰も疲れていた。

ミナもまとめることが出来ずにいた。ミナも歳だ。もう以前のような一族を束ねる力を失っているようだった。

「ともかくいま一度高橋先生にお目にかかり、お願いしてみたいと思う。まあ、個人預託金の方は五億円の一部を充て、法人関係の方はひとまず猶予をいただくということとで佐野に交渉させることにしたい」

義正は最後にしめた。時計を見ると、もう午後の十一時半。社長に就任し、初めて社長らしい仕事をやったと思っているのは本人だけだが、その満足感が全身を包んだ。

「そうね……」

とミナが応えたのを潮目に、親戚一同は木村本邸の大応接間から、それぞれに去っていくのであった。

4

木村家の隠し預金口座に千秋ソフトウェアから五億円が振り込まれたのは、約束の日の午後二時のことだ。果たして約束を守るかどうか、義正には心配だった。義正は気の小さな男だ。

「確かに入金を確認した。ありがとう、ありがとう」

を繰り返した木村義正の電話を受けて、吉田耕助はいよいよ最後の仕上げの準備に入ろうとしていた。

思えば、五年越しの案件だ。急《せ》いては事をし損じるの理《ことわり》通り、吉田はまず木村一族の信頼を得ることから始めた。それが一番の早道だと思ったからだ。この間の投資もバカにならない金額になっている。

急ぎ回収しなければならないのだが、それを、少し待て！　と止めているのは野村弁護士だった。彼には彼なりのやり方があるようだが、それでは悠長すぎて我慢も限界に近づきつつある。

「気になる人間がいる。ここは最後の最後まで辛抱が大事……。いいか、小さな欲を出しては大損をこくことになる」

「誰です、気になる人間っていうのは？」

「非常勤監査役の佐々木だね。アイツだけは油断できないぞ。だから慎重にな……」

今夜も野村弁護士、吉田耕助、佐野宗男総務部長、佐伯庄一経理部長の四人は、上野池之端の割烹に集まり、秘密の会合を持っていた。今日の会合の目的はポスト木村家の経営体制の基本方向を決めることにあった。つまり、木村一族を興国食品から追い出したあとの、経営体制のことだ。

「社長はキミだよ、佐野クン……」

と言われ、佐野は上気した顔を、おしぼりで拭いている。佐野にすれば、考えてもみなかった大出世というわけだ。しかし、佐野は吉田に首根っこを押さえ込まれている。例のリベートを受け取っている証拠をがっちりと握られていたからだ。それにしても、驚いたのは佐伯までが仲間内であったことだ。

（もしかして……）

佐野は不安に思うことがある。尚子が働く銀座のクラブ梓に最初に連れていったのは吉田耕助だ。そこで尚子と出会った。尚子はカネのかかる女だ。勢い手持ち不足に陥る。そこに康保堂がリベートの話を持ちかけた。タイミングが良すぎた。それでも、佐野にはありがたかった。その佐野の秘密を握った佐伯が脅しをかけてきた。困った事態だった。それをおさめたのが吉田耕助だ。

まあ、考えてみれば、実によく出来た話である。もしかして――と疑念を持つのはそこのところだった。しかもいま、吉田は自分を社長に推挙している。その意図が読めないのだ。

ことの経緯を振り返れば吉田を疑いたくもなる。佐野はもともと小心者だ。しかし、ここまできた以上、後戻りが出来ないことも、佐野にはわかっている。いまの佐野は、毒を食らわば皿までの心境だ。

「解任決議をするのは、まあ、早くても来年の夏だな。それまでは隠忍自重《いんにんじちょう》。わかっていると思うけど、先走りはいかん……」

協議は吉田耕助を中心に進む。野村弁護士は決して積極的な発言はしない。法律家としての助言も与えない。黙って話を聞いているだけだ。そんな風だからなにを考えているのかわからない。そこが不気味だ。

興国食品は宝の山だ。その宝の山を手中に収めるには、なお慎重でなければならないのだと吉田はくどくど言った。

四百億円を超える負債を抱えているが、百八十億の売り上げを誇り、毎年十五億も利益を出している宝の山である。一割配当を出せる優良企業――。急いてはことをし損じるというのはその通りだ。

が、それは吉田耕助の本音ではない。喉から手が出るほど、カネが欲しかった。吉田には他人には言えぬ借金があった。それでもそうしないのは、野村から釘を刺されていたからだ。風采の上がらぬ弁護士は、抜け駆けは許さないとも言った。そういうときの野村弁護士は別人のようになる。

「それじゃ、ボクはこのあたりで……」

そう言うと、野村は席を立った。一足早く引き揚げるのは、いつものことだ。誰も気にしなかった。しかし、その夜は一時間ほど早く野村は池之端の割烹を出た。不忍通りに出てタクシーを拾い、運転手に銀座に行くよう言いつけた。

銀座には彼の馴染みのクラブがある。銀座というよりも新橋といった方がいいかもしれない。タクシーは昭和通りから銀座七丁目のホテルの前で止まった。

野村は飲食店が多数入っている雑居ビルのエレベータに乗った。エレベータは七階で止まった。エレベータホールを隔てて、四、五軒のバーやクラブがある。そのうちのひとつのドアを開く。ボーイが待ちかまえていて書類カバンを受け取り、赤絨毯の廊下を進むと、嬌声が起こった。

「先生……」

シナをつくり、野村の手を取ったのはその店のママだ。ママとはいっても、まだ三十を少し過ぎたばかりの女だ。上物といっていいだろう。カナといった。彼女が野村の愛人だ。美形の上に、頭の回転もすこぶる良かった。この店の本当のオーナーは野村自身である。これほどの女が風采の少しも上がらぬ野村と愛人関係にあるのが不思議だ。

贅を凝らした店だ。出店には少なくないカネがかかったはずだ。ザッと見ただけで億の単位は超えている。その全額を野村が出している。もっとも、上がりの一割を配当するという約束ではあるが……。

「今夜は泊まってよ」

と、席に案内しながら、カナは耳元でささやく。わかったと小さくうなずく。他人には聞き取れない話し方だ。もとより、二人が愛人関係にあるのは秘密だ。その二人の姿を、一人の男がジッと見ている。賛光商事の柿沢祐一だ。木村義正の社長就任お披露目パーティーのときは部長職だったが、いまは執行役員の椅子もすぐ目の前にある。柿沢の席にはもう一人の男の姿があった。日本産業新聞編集委員の飯塚毅だ。二人とも野村とグルだ。

「遅くなった。食事は？」

野村が二人の客に近づき訊いた。

「すませている」

応えたのは柿沢だ。

この店は銀座の高級店から、好きなものを取り寄せることが出来る。寿司でもウナギでも、なんでもだ。希望をすれば、一流のフランス料理だってシェフが出向いてくれる。それを奥のテーブルで楽しめるのがオーナーの特権だ。

「すまないが、奥を使わせてもらうよ」

三人は席を移した。

「あらっ、そんな……」

オンナたちが不平の声を上げる。そのオンナたちをなだめ、カナは三人を奥へと案内する。完全に機密を保てる造りだ。カナは水割りを作り、席を外した。

密談のときは、オンナをよせない。

「東銀の方の動きはどうかね……」

野村が飯塚に訊いた。野村の表情はまったくの別人だ。少なくとも、愚図弁護士の風貌ではなかった。

「売却の方向で動いているようですな。稲沢には古傷。中部との合併を前にして、早く処分したいというところだろう」

古傷というのは、言うまでもなく南房総カントリークラブに対する二百億円弱の融資のことだ。稲沢自身が関与し、稲沢自身が融資承諾を与えた案件であるからだ。その経緯は野村も承知している。

「売却ね……。時期はたぶん合併前ということになるだろうな」

言うまでもなく野村が柿沢たちと銀座で会っているのは、吉田たちには内緒だ。野村は興国食品の乗っ取りを策しているだけではなかったのだ。オタカラは美味しくちょうだいすべきだ。美味しくちょうだいするには、それなりの手間暇をかける必要があった。今夜は自分のホームグラウンドに二人の客を呼び寄せて、その密議というわけだ。

「売却ね……」

野村は飯塚が言ったことを繰り返した。それは予想の範囲にある。問題はどこに売却するつもりでいるのか、それに時期も知りたかった。それと金額も……。

「まあ、日東商事かと思う。島田常務が頻繁に接触しているようだから……」

さすがによく調べている。

「日東商事か……」

ウィスキーグラスを片手に、柿沢がつぶやいた。興国食品に原材料を納める全権を握る日東商事は賛光商事のライバルだ。賛光商事は大きなビジョンを描いている。食品業界でシェアナンバーワンになるビジョンだ。そのためにはライバルを蹴落とさなければならぬのである。最終の目標は興国食品を、賛光商事の傘下に組み込むことだ。野村弁護士と手を組む理由はそこにあった。

しかし、野村弁護士とは完全に意見の一致を見ているわけではない。野村がなにを考えているのか、いまひとつよくわからないのである。野村の目的はカネだろう。一匹狼で動き回る野村も、やがて雇われ弁護士を大勢抱えるオーナー弁護士になるのが、近い将来の夢であるに相違ない。都心の一等地に事務所を持ち弁護士を大勢抱えるには、まず先立つものはカネだ。野村弁護士の立場を、柿沢はそう理解していた。

まだ三十代の後半。若いのに、それにしてはたいした野望を持っている。しかし、野村が抱く野望が、その程度のものでないことを、柿沢はまだ知らずにいる。

「日東商事なら十分に考えられる。問題なくすっきりとおさまるからな……」

野村は相づちを打った。

「しかし、いまの状態なら、高い買い物とならざるを得ませんな。木村一族も黙っちゃいません。きっと対抗手段をとるでしょうからな……」

「対抗手段ですか、どんな手です」

興国食品の内部のことなら、なんでも情報を得られる立場にあるのに、野村は空《そら》ッ恍《とぼ》けて訊いた。事実、柿沢には情報を流し続けていたのだから。

「野村先生もお人が悪い。それを考えてくださるのが先生でしょうに……」

「あそこでは、ボクは無能者ですよ。大事な話など入りません。やっているのは法律的な事務手続きだけ……。それが興国食品における僕の立場じゃないですか」

野村は笑った。もちろん、冗談だ。

「これだからな、野村先生は……」

柿沢は飯塚に言った。

「日東商事はどれほどの値段を付けるもんでしょうかな」

野村がそう訊いたのは、そこが肝心な問題であると判断しているからだった。問われた飯塚はちょっと首をかしげた。

新聞記者は顔が広い。あちらこちらに人脈を持っている。思わぬところで、思わぬ人間に遭遇するのも新聞記者だ。しかし、飯塚は無能な記者だ。できの悪い原稿はいつものことだが、彼には別な顔がある。吉田耕助は宝石商を装うブローカーだが、飯塚は新聞記者を装うブローカーだ。取材で得た情報を記事にするより、情報を売り買いする方が得だと考える新聞記者だ。

彼は退職が迫っていた。しかし、独り立ちのジャーナリストとして生きるには、書く原稿がお粗末だ。原稿でメシを食うのには無理がある。それは自分でもわかっているつもりだ。だから野村の仲間内に入ることにしたのだった。他方、野村にすれば使い勝手のいい男だ。情報源としても、また客先を開発していく上でも……。

その飯塚は今日、大変な情報をつかんできたのである。彼は東亜銀行の依頼で受けたＡＷＣコンサルティングのチーフ・エコノミスト吉川峰男とは昵懇《じっこん》である。そこから仕入れてきた情報だった。

「まあ、八十億――でしょうな」

それはＡＷＣが試算した買値の評価だ。もちろん、その情報をどこから仕入れてきたかは口にしなかった。同席の二人も、情報の出所を聞き質すほどバカではない。つまりその金額は東亜銀行が二百八十億の債権を回収する差益のボーダーというわけだ。それは八十億から交渉が始まることを意味する。

「そうすると、日東商事はボーダーに二割は乗せるでしょうな。決着金額は百億前後ですか……」

柿沢が解説的に言う。

入札による競争的条件で買い取るなら、それはあり得る話ではある。賛光商事の腹づもりは、もう少し高めに設定している。是非とも欲しい物件であるからだった。ラブキッドやビミキッドなど興国食品のブランドが欲しいのである。いまでも子供に大人気だ。しかし本音は言わなかった。

「百億では元が取れないですわ。高い買い物になる」

そこで、柿沢は腹の内とは別な数字を挙げた。八十億というのは東銀の期待の金額。実体は、この程度——と、その金額を挙げたことに、飯塚はムッとした。それもそうだ。飯塚がとってきた情報を、無意味と言っているようなものだからだ。

「いや、飯塚さん、そういう意味じゃないんだよ。正確な数字だとしても、買えるか買えないかは別問題。そういう意味では、ウチは無理かな、そういうことだ」

この男たちはビジネスというのを詐術と同じようにとらえている。だまし合い、相手を錯誤に陥らせ、カネの力でひっぱたき、ときに恫喝《どうかつ》し、そしてまとめるのがビジネスであると信じているのだ。その意味で連中は適法ならなんでもやる、いや、脱法行為すら他人に薦め、自らも手を染める。

ともかく柿沢の頭にあるのはシェアのことだけだ。一方、野村弁護士が考えているのは法曹資格をフル活用した金儲けなのである。他方、新聞記者は新聞記者で、若いオンナと再婚し、まもなく定年を迎えるというのに、再婚した相手に子供が出来て、さあこれからが大変だと、食い扶持の心配をしているのであった。

しかし、商談はまとまりつつある。野村が描くシナリオでは、まもなく興国食品で異変が起こるからだ。世間では、そういう行為を乗っ取りと呼ぶ。つまり、吉田耕助を主犯格とする乗っ取り工作の完結だ。それによりひとまず、舞台の一幕はおろされる。

（コイツらと組み、舞台の二幕……）

野村克男は二人の顔を見ながら思うのだった。正念場はこれからだ——と。

第四章　見当違いの人物評価

1

野村克男のシナリオでは、それが始まるのは一年後のことと予想していた。けれどもこういう机上の計画というのは、いつも行き違いが生じるものだ。事態は最悪の状態に入りつつある。二日前、その前兆というべき事態が興国食品を襲ったのである。

「資金繰りのメドがたたない」

悲鳴に近い声を上げ、佐伯経理部長が社長室に駆け込んできた。手形を落とせそうにないというのだ。五億円の裏金など焼け石に水だった。それに本業の方も業績不振だ。春に投入した新商品の売り上げがさっぱりダメなのである。本業までがたつき、社内は浮き足立っている。

佐伯は売り上げ日計表を示し、入金状況を説明しはじめた。先日、経理会議で当月の決済を前月売り上げを以て、当月決済することを決めたばかりだ。

「目標に対し、六割弱です」

佐伯は、そう説明した。義正は苛立ち、訊き返した。

「だから、なんぼ必要なんだ」

「一億五千……」

義正は思わず唇を噛んだ。

たったの一億五千万円。その用意が出来ないというのだ。本業が順調なら問題にならない金額だ。予備費をかき集めても一千万に満たない。もう五億円はあらかた使ってしまった。預託金請求があとを絶たず、その後も支払いは増え続けた。まあ、それで預託金返還騒動はひとまず沈静したが、そのために五億円はほとんど消えてしまった。

義正は東亜銀行渋谷支店に出向いた。衝立で仕切った小部屋に通された。小さな机にパイプ椅子が備えてあるだけの小部屋だ。小一時間ほど待たされた。屈辱で身体が小刻みに震えた。対応するのはいつも担当課長だ。

いまや副頭取どころか、支店長すらも出てきやしない。それでも義正は我慢した。以前の義正なら絶対に考えられない我慢の仕方だ。しかし、屈辱で身体が震えるのは、どうしようもなかった。

木村義正は社長としての責任から、金策にかけずり廻っていた。必要資金全額とはいわない。今日はとりあえず、六千万ほど融資してもらえれば、当座はしのげる、そんな目算から担当課長に面会を求めたのだ。このところの苦労で小さな身体がさらに小さくなった。

「お待たせしました……」

担当課長が現れた。義正とほぼ同世代の男だ。細面でいかにも神経質そうだ。担当課長は、村瀬といった。村瀬は足を高く組み上げ、人を見下す態度だ。

「今日は？」

興国食品の窮状を知りながら、村瀬課長は訊いた。底意地の悪さが、その表情に透けて出ている。我慢をし、義正は懇請した。

「売り上げの目算が狂い……」

義正は説明した。

しかし、村瀬課長はにべもない態度だ。新規の融資などとんでもないことで、それよりも支払いの遅れている既融資の返済を早くしてくれ、と激しく迫った。これまで猶予を与えたのは、興国食品との長いつき合いを考慮してのことで、しかし、もはや役所から不良債権処理をやいのやいのと迫られ、銀行には余裕がなくなっている、と担当課長は言うのだった。

「そういうことですので、ご了解をいただきたいのです」

そう言うと、村瀬課長は立ち上がった。義正は銀行支店を出た。外がいやにまぶしかった。苦労は若いときにしておくものだ、そう言った先代庄助の言葉が思い出される。初めて味わう経営者としての苦労。経営者とはどういうものか、それを知り始めたとき、興国食品は破綻の淵に立たされた。

「オヤジならどうしたか……」

車に乗り込み、自問してみた。ハンドルを握る手の震えが止まらない。義正の目に無念の涙があふれる。手を打つのが遅すぎた。

「クソッ！」

義正は不甲斐なさを呪った。

もちろん、義正は必要な手を打った。副頭取の稲沢美喜夫に面会を求めた。しかし、多忙を理由に姿を現さない。日東商事にも救済を申し入れた。島田常務は、精一杯やってくれた。これ以上の無理は言えない。自民党の大物代議士秘書高橋正三を通じて東亜銀行に対し圧力をかけてみたが、なんの効果もなかった。かえって心証を悪くしただけだ。

それでも高橋には感謝している。というのも茨城のゴルフ場の買い手を見つけてくれると約束したからだ。百億で売却するのはあきらめたが、言い値の六割ほどで交渉をしている。相手の買値は二掛けだ。まだ双方には大きな隔たりがある。仮に四掛けとしても四十億円……。そのカネが入れば、再建は可能になる。しかし、決着には、なお時間を要しそうだ。それまで持ちこたえられるか。

まずは、当座の資金一億五千万を用意することである。そうしなければ、振り出し手形を落とすことが出来ず、不渡りを出すハメに陥るからだ。不渡り手形は事実上の倒産を意味するのである。残り一週間。

五月末。晴れた日だった。その日も朝から金策に走り回り、本社に帰ってみると、応接室で吉田耕助が待っていた。義正はひどく疲れていて不機嫌だった。

「どうしました、だいぶお疲れのようで」

ご機嫌うかがい、そんな調子で吉田は訊いた。吉田は聞き上手だ。つい乗せられ興国食品の抱える苦境を話した。

「そうですか、期日はいつですか」

「二日後です」

「わかりました。たいして御役には立てませんが、五千ほどでしたら用意できます」

思わぬ援軍だった。

いま日東商事とも交渉中だが、東亜銀行のような態度ではない。全額は無理だとしても七、八千なら用意できるかもしれぬ、そんな感触を得ていた。吉田の五千を合わせれば、なんとか当座はしのげる。義正は思わぬ援軍に両手をつき、低頭するのだった。

「お願いします」

「まあまあ、社長さん。お手を上げてくださいな。ただし、担保を入れて欲しいのです。カネのやりとりは、いくら親しい間柄とはいっても、キチンとしておくことが必要かと思いますが、いかがですか……」

もっともな物言いである。しかし、義正ははたと困った。担保などと言われても、興国食品自体を含め、自らの持ち分である家屋敷も抵当権が設定されている。いまさら担保を差し出せと言われても、出すべき担保などなかった。

「と、言われましても……」

「まあ、形式の問題ですから。ほら、大奥様にお買い上げいただいた宝石類があるじゃございませんか。あれで結構です。いっとき預からせていただくだけですから。まあ、お互い堅苦しく考えるのはよしましょうや。身内みたいなものですから……」

この五年の間に吉田が売りつけた宝石類はザッと見て十億近くになる。いずれも蓄財として薦めたもので、そのなかに金の延べ棒もあり、それは木村家の隠し財産の一部となっているのであった。

吉田はたったの五千万を融資することでそれを預かろうという魂胆なのだ。足下を見てずいぶん阿漕《あこぎ》なことを考えたものだが、しかし、いまの義正の立場では、感謝こそすれ疑いを抱くことなど微塵もなかった。

それにしてもなんと阿漕なことよ。最初のエメラルドを除けば、市価の二倍近くの値段で売りつけたものを、今度は市価の一割で引き取ろうという魂胆だ。しかし、あくまで興国食品のために――という態度だ。吉田は内心ほくそ笑んだ。

「あれは母の財産です。さっそく母と相談してみます。ほんの少しだけ時間をいただけますか、吉田さん……」

「もちろんです、社長。で、必要資金五千万は明日、振り込ませていただきます。ついては簡単な契約書を……」

「わかりました。野村先生に作っていただきましょう」

吉田は内心困ったと思った。

「いやいや、そんな堅苦しく考える必要はございません。水くさいじゃないですか。社長のハンコをいただき、一筆書いてもらうだけで結構ですから……」

野村弁護士には知られたくない小遣い稼ぎなのである。とはいえ、契約書を作ることを言い出したのは吉田自身だ。こういうところが吉田のアホさ加減でもある。

「そういうわけにもいきません。なにしろ五千万は大金です。ちょうど、野村先生もおいでになっておられることですし」

受話器を取り、義正は別室で仕事をしている野村弁護士を社長室に呼んだ。野村はすぐに社長室に姿を見せた。

「なにごとです……」

　野村弁護士は怪訝な風を顔に浮かべ、二人の顔を見た。吉田は落ち着かない様子だ。事情を説明したのは義正の方だった。

「わかりました……」

　と、興国食品社内では、愚図と呼ばれる野村弁護士は、所定の書式に則《のっと》り、貸借契約書をたちまち書き上げた。所用で義正が席を外したとき、野村が吉田に低いドスの利いた声で言った。

「バカヤロウ、この大事な時期に、なにを考えていやがるんだ。小遣い稼ぎとは、あきれた野郎だ、まったく……」

　野村の顔に青筋が浮かんでいる。野村は本気で怒っている。すみません、と吉田は体を小さくしている。悪党にもルールがある。糧道を断てば、相手は牙を剝《む》く。だから悪党の野村でも決して糧道を断つことはしない。それは獣道を歩む人間どものルールである。そのルール破りを野村は怒ったのだ。

　義正は十分ほどで社長室にもどった。

「お待たせしてしまいました……」

　と席に着く。

　たぶん、席を外したのは、母親に相談するための電話だったのだろうと、吉田は読んだ。その通りだった。

「どれを担保に出せば良いか、母が聞いておりました。ご指定いただければ、会社の者を阿佐谷の方にとりにいかせます。ご指定ください……」

吉田が野村弁護士の顔を観た。野村は関心はないという風に黙想している。まったく余計なことを——と、毒づきながらも、ミナに売りつけた宝石の品番号を思い出そうとしていた。五、六億の宝石をごっそりいただこうという魂胆でいたのだが、それは出来ずじまいである。クソッと思う。

実をいうと、ミナは義正の電話に難色を示したのだった。五千万の借金に買い取った宝石を担保に出せと言っていることに、彼女は疑問を抱いたのだ。それならば知り合いの宝石商に換金してもらった方が、よほどすっきりした話ではないかと言った。

「おまえから借金を頼んだのかい？」

「いや、吉田さんの善意からだよ。お母さん……」

阿佐谷の本邸で親族会議を開いて以来ミナは、漠然とはしているが、吉田に対する疑念を抱くようになっていた。それは義正もわかっていた。だからわざわざ席を外して、母親に電話をしたのだった。

しかしまだ義正は吉田を信用している。渋るミナに説得の口調になるのは、そのためであった。ミナも結局は折れた。興国食品の実情をよくよくわかっていた。しかし、念を入れることも忘れなかった。

「五千万ね。担保で出せるのは、その範囲ですから、その旨《むね》きちんと吉田さんに言ってちょうだい」

「わかったよ、お母さん……」

吉田はメモを作り始めた。売りつけた宝石には鑑定書が付いている。日本宝石鑑定士協会が発行した鑑定書だ。そこには鑑定番号が振ってある。メモしているのは、その鑑定番号と金額だった。そのメモを見た、野村が言った。

「担保にしちゃ、金額が多いじゃないの、吉田さん……」

「いや、宝石というのはですね、実際に換金しようとすると、時間がかかるし、付け値では売れないいんですよ。だからこういう数字になってしまうんです。まあ、みなさんには理解が難しいとは思いますが、私どもの業界ではそういう決まりなのです」

あまり説得力のない弁解である。その弁解を無視するように、野村は吉田が書きとめた品番号のいくつかを消し、それを契約書に書き込んだ。その有無を言わせぬ態度に、義正はびっくりした。

「こんなところでしょうな」

付け値の三割として計算してみると、六千万と少し。愚図弁護士が初めて見せた能力の片鱗である。融資担当額が担保であるというのが、商法上の決まりであるからだ。

「きついですな、先生」

吉田はぐずっている。儲けは十分の一にも満たない。ぐずるのも当然だ。とはいえ、売りと買いの往復で計算するならば少なく見積もっても、三千万円を超える。それでもぐずる吉田に野村は言った。

「吉田さんよ。アンタの善意から融資をするんだよな。だったら、そんなに欲をかいてどうするんだ」

そのひとことに吉田は沈黙した。

話は野村弁護士の仲介でまとまった。もとより、野村が仲介の労をとったのは、弁護士の倫理からではない。吉田が下手に欲をかき阿漕なことをやれば、追いつめられた木村一族が牙を剝くと判断したからだ。

しかし、義正は、そんな計算をしているとは露《つゆ》知らない。いい顧問弁護士を雇っていると逆に信頼するようになっている。

「ありがとうございました。これから日東商事との打ち合わせがありますので……」

義正は恵比寿の本社から自分の運転する車で日東商事本社のある大手町に向かった。夕刻の二重橋前は渋滞していた。約束の時間は六時である。

「食事でもしながら……」

と誘ったが、島田常務は逆に日東商事本社でやりましょうと言った。

（しかし、人間はわからんものだ）

ハンドルを握りながら、思うのだった。先代の庄助に、あれほどかわいがられた佐野宗男にしても、会社が傾き始めると、勝手な動きをする。忠義面はいまでも変わらないが経理部長の佐伯と、なにやらごそごそごめいているようなのだ。

本来なら総務部長を帯同すべきであったが、今日は機密の大事な話をしなければならない、そんなとき、信用のならぬ部下を連れていくわけにはいかぬ、そう思って一人で訪ねることにしたのだ。

しかし、驚いたのは野村弁護士の態度だった。役立たずの愚図。弁護士を入れ替えようとも思っていた矢先だ。見事だった。まあ吉田は見た通りの男で、悪気はないのであろうけど、狡《こす》っ辛《から》い野郎だ。

義正は毒づいた。出自が卑しいのだ。卑しく生まれた野郎は、終生卑しくしか生きられないのだろう。そんなことを考えているうち義正がハンドルを握るベンツは日東商事本社についていた。車とゴルフは趣味である。だから贅沢な車に乗っているのだ。

守衛に断りを入れると駐車スペースが用意されていた。地下二階に駐車場があった。地下駐車場には顔見知りの担当者が待っていてそのままエレベータに案内した。エレベータは地下駐車場から役員応接室まで直行できるようになっている。なるほど、機密の会談をするとき、人目を避けられる。

「やあ、わざわざお運びいただき、恐縮ですな。さあ、どうぞ……」

島田道信はソファに席を勧める。島田は興国食品が傾き始めてからも、変わらぬ態度をとっている一人だ。人間というのは苦境に立たされたとき、初めて人間というものが見えてくると教えてくれたのは、父親の庄助だったことを思い出し、島田の顔を見ながら、その通りだと思うのだった。自分はこれまで見当違いの人物評価をしてきたのではないかと思うのだった。

苦境に立たされ、少しは大きくなれたかなとも思う。しかし、そう思うのは義正本人だけである。彼にはまだ、ゴルフ場を捨てるつもりはなかった。その執着心は子供のようなのである。そんな考えで父親が作った身代を守れるのか、やはり傍目には、そうとしか映らないのである。

そう思うのは島田も同じだった。たぶんこの男の力量では、興国食品を再建するのは無理だと判断している。いずれにしても、創業家一族は興国食品から手を引いてもらわねばならぬ時期がくる、島田はそう思っているのだが、それはおくびにも出さず、さっそく本題に入った。

「どうですか、少しはメドが立ちましたか」

訊いたのは言うまでもなく資金手当てのメドである。日東商事には一億五千万をまるまる負担をするつもりはなかった。せいぜいが七千万。それで十分だと思っている。

そもそも一億を超える融資を実施するには、取締役会の承認が必要だ。常務執行役員に許される限度が七千万。しかし、それにも条件というものがある。つまり義正本人を信用して融資をするわけではない。興国食品の将来性をかってのことだ。しかし、そのことを切り出すのは、もっとあとのことだ。

「はあ、どうにか……。とりあえず五千万ほどメドをつけました。苦労の末にどうにかかき集めてきたものです」

いかに、それが大変なことであったか、得々と話すのであった。しかし、内実は母親が持つ宝石を担保にブローカーの吉田耕助から借り入れただけなのである。それを伏せ、自分はともかくたった一日で五千万を集めてきた、それを自慢げに言うのである。

（こういうところがダメなんだ……）

島田は思った。

「それは良かった。そうすると、ウチのと合わせると、一億二千万。まだ三千万不足していますな。どうされます？」

島田は追い打ちをかける。残り三千万を用意できない限り、不渡りが出る。日東商事はそのときにも対応できるようすでに準備をしていた。しかし、それは最悪のときの対応措置であり、まだ興国食品を生かすつもりでいる。ただ、肝心なのは、御曹子の態度いかんであると思っている。

まだ木村一族は隠し財産を持っている、そう島田は見ていた。自分の腹も痛めず、他人に頼る姿勢、それがダメだと思うのだ。経営者ならば、無私の努力をすべきであり、どんな困難があろうとも、会社の立て直しに動く。それが経営者というもので、たいてい、自分の全財産をはき出し、まずは会社第一に考えるのが中小企業の経営者だ。

さあ、どう出るか、不足額の三千万を含めて助けてくれと言うようでは、最終的な対応措置をとらねばならぬ。島田はジッと義正の顔を見つめた。

義正の顔に苦渋の色が浮かんでいる。正直言えば、残り三千万のメドはまったく立っていない、その不足分を含め、日東商事に肩代わりを期待していたのだ。しかし、島田の表情は硬かった。とても不足分の肩代わりを言い出せるような雰囲気ではない、持ち出せば話は壊れる、御曹子もさすがにそう思わざるを得なかった。

義正は思った。母ミナが持っている隠し財産のことだ。実の子にも絶対に明かさぬ隠し財産の存在。しかし、今日わかったことがひとつある。阿佐谷の本邸や山梨の別荘は担保に取られ、動かせないが、興国食品の株式を除いても、少なくとも、ミナは貴金属や有価証券などの形でなお多額の隠し財産を持っていることを。

それに最悪の場合、木村一族の持ち株の一部を放出する手もある。興国食品の株価の評価は高い。仮に持ち株の一割を売りに出しただけで、十億やそこらの資金調達は可能なはずだ。義正は、まだそこには手をつけていない。島田の立場から見れば、興国食品にはまだゆとりがあった。それは義正にもわかっていた。しかし、そうせずに事態を乗り切ろうとしているのだ。

「結構です。島田常務。とりあえずと言ってはなんですが、七千万だけ、助けて欲しいのです。あとはなんとか、自分で都合をつけますので、お助けいただきたい……」

（ほう、ただのゴルフ好きが）

「メドがついているというのですな。それなら結構。結構でしょう。私どもはお約束した通り、七千万を融資いたしましょう。ただし条件があります」

「どういうことです、条件というのは」

義正の顔に不安の色が浮かぶ。また難題をふっかけられるのではないか、という警戒の色である。義正は喉がからからだ。思わず出されたお茶を飲んだ。こんなシンドイ社長の椅子など投げ捨て、逃げ出したかった。蝶蒐集に明け暮れる兄がうらやましかった。びっしりと額に冷や汗が噴き出る。しかし島田は思わぬことを言い出した。

「お宅の商品を扱わせてもらいたい、主力商品のラブキッド。それに……。いやね、ウチは系列のコンビニがありましてな。ご存じと思うが、コンビニ業界は大乱戦でして、新規の商品投入が死活なのです」

島田に代わり、担当の課長が説明をし始めた。それは義正もわかっている。特段目新しい話ではなかったからだ。

「それは……」

コンビニ向け商品に関しては、マルヨシとの契約がある。独占契約ではないが、長いつき合いのマルヨシに供給してきた。食品営業部長の蒲田貞二とのつき合いは長い。商品開発でもよく相談に乗ってくれるし、なんといってもマルヨシは先払いの格好で支払いをしてくれるので、助かっている。商品販売で日東商事と関係を持つということは、マルヨシに対する背信となる、義正は担当課長の話を聞きながら、そう思った。

「わかりますよ。マルヨシさんとの関係ですよね。ウチも全部いただこうと思っていませんから……。ただ、原料を納入する一方的な関係でなくお宅とは、双務的な関係を作り上げよう、そう思っているのです」

これまで先代の庄助の時代から、入りは入り、出は出——という格好で、取引相手を使い分ける経営をしてきた。販売はマルヨシで、原料は日東商事という使い分けだ。それは取引相手が巨大であるからだった。入りも押さえられ、出も封じられる、それでは興国食品の独立自主が失われる、先代はそう考えて、出入り別方式で商社とはつき合ってきたのだ。それとても、興国ブランドの取り扱いを、マルヨシに任せているのは、全体の二割にも満たないのである。あとはすべて自社営業が取り仕切っているのだ。

その禁を破れと島田は言うのだ。坊ちゃん育ちの御曹子といえども、先代庄助の商売の哲学は身に付いている。それをくどく言うのが製造部門顧問の西村恒夫だった。それを破るわけにはいかぬ。しかし、逡巡した。

「それは……」

言葉につまり義正は、その先の言葉を飲み込んだ。

(世間で言われるほどのバカじゃないな)

額にシワをよせる義正の表情を見ながら島田は思った。それなりに興国食品はどうあるべきか——を考えていると。しかし、しばらく考えたあと、義正はきっぱりした口調で言った。それは島田の計算のうちに入っていない義正の行動だった。

「わかりました……。ご無理を申し上げたようでした。失礼しました」

そう言って、義正は立ち上がった。驚いたのは、島田常務だ。引き留める間もなく、義正は一礼すると、応接室を出ていった。明らかな読み違いだ。島田は義正の後ろ姿を追いながら、計算違いの結果、どういうことが起こるのかを考えるのであった。

島田道信は少なくとも切り捨てるつもりはなかった。しかし、義正は、そうは受け止めず、商品の取り扱いを要求したことを、最後通告と受け止めたのだった。いや、屈辱の要求を飲んでまで助けを求めることが出来なかったのだ。プライドの高い男なのだ。交渉は決裂した。

日東商事を辞すると、向かったのは木村一族の象徴でもある阿佐谷の木村本邸であった。義正は頭に血が上っている。クソ食らえだ！　たったの何千万で商品販売の権利をくれとはどういうことか。義正は毒づく。庄助の教訓がよみがえる。

「人を信用するな」——と。

自分のみに頼れとも言ったのだが、そこのところはあまり記憶にない、猛烈な勢いでよみがえるのは、人を信用するな——という言葉だ。いまの彼の原動力だ。人は嘘をつくものだ、だから信用するな——と。しかし義正は不幸である。

母ミナのことも信用していなかった。ミナは嘘をついている。この危機に際しても、嘘をついている。嘘というのが言い過ぎであるとするなら、少なくとも危機を打開するために手持ちの資金を出そうとしない、巨額な隠し財産を持っていながら、会社の再建に協力しない母ミナ。つまり彼女は会社の資産は自分のものだが、自分の資産は会社のものではないと考えているのだ。しかし、ミナの真意は違っていた。

血相を変え、乗り込んできた息子の顔を見てミナはびっくりした。そして義正は要求した。

「万が一のときの蓄えを……」

ミナはまじまじと義正の顔を観た。

ミナは拒絶した。

なるほど、宝石や金の延べ棒、株券など隠し財産はある。それは会社が破綻をきたしたとき、万が一のときに備えた蓄えであると、ミナは言うのであった。

それならば——と、木村義正は、最後の手段を考え始めていた。しかし、彼女も同じことを考えていた。

2

日東商事の島田道信常務には、予想外のことであった。島田は協力を示唆《しさ》したつもりだった。しかし、相手の木村義正は、怒りの形相で席を立ち、結構です！　と言い残して帰ってしまった。

世間知らずの坊ちゃんだ。めったやたらプライドばかりが高く、自分の置かれている立場というものが見えなくなってしまっているのだろう。こうなると、最悪の事態に備えなければならぬ。その腹案は出来ている。

興国食品の処分だ。

処分にはいろいろなやり方がある。和議とか、会社更生法による処理、会社整理などである。近ごろはやりなのは、民事再生法による破綻処理である。島田は冷徹なビジネスマンである。どれを選択すべきかも、あらかじめ東亜銀行側と決めている。

会社整理——。それが結論だ。

「今日中に会っておく必要がある」

部下にそう言うと、さっそく東亜銀行の稲沢副頭取に連絡を取った。しかし、いま留守にしているという。部下を会議室に待機させ連絡を待った。

東亜銀行と中部銀行との合併交渉は、いま山場を迎えているという話は聞いている。そのために多忙をきわめているのだろう。しかし、急いでいるのはこちらも同じだ。債権の過半を握るのが東亜銀行であり、倒産に立ち至ったとき、発言権を持つのは東銀だ。いま一度東銀の意向を確認しておく必要がある。秘書にその旨伝え、待つことにした。

その一方で島田は興国食品に対する残債を調べさせた。売掛代金や手形割引などもろもろの名目による残債だ。一時間ほどで計算結果が出た。一覧表に示された総額は四十億円を超えていた。予想よりも多かったのは売掛金の回収が遅れているためだった。

「計画倒産を考えているのでしょうか」

部下の一人が訊いた。

疑えば考えられることだ。義正は、再建をあきらめ木村一族の資産の保全に動き出したとも受け取れる行動だ、そう考えるのが自然だ。支払い状況を調べてみると、滞りは二ヵ月前からだ。受取手形の期限も延びている。もちろん、それは合意の上だが、それにしてもたった二ヵ月の間に十億近くも残債が増えている。

これを東亜銀行の立場から見れば、どういうことになるか――。少なくとも半年にわたり新規の融資はしていないが、しかし、再建は二百八十億円と巨額だ。第一に考えなければならないのは、最大債権者としては資産を毀損させないことだ。稲沢が真っ先に打つ手は資産の保全だ。

その上で破産処理に入る。和議、整理、更正法、さらに民事再生法の適用など、それぞれの利害得失につき、弁護士のアドバイスを受けながら対応策を練っているはずだ。最大の債権者である東亜銀行は、どういう立場に立つか。木村一族の資産に担保権を設定しているのは東亜銀行だ。この場合、東亜銀行の出方がカギになる。そこのところが、実は島田自身も読めずにいた。

「明日がリミットだ。倒産か……」

と島田はつぶやく。

一般に倒産というのは、企業が経営に行き詰まり、潰れることをいうのだが、この用語自体は、法律用語ではなく、企業が潰れるにいたる過程を総称する一般用語なのである。具体的には、不渡り手形を出し、銀行取引を停止された状態だ。つまり、企業経営の継続が不可能となった事態を指す。

もうひとつは、会社更生法の適用申請である。会社更生法は、会社が経営につまずき窮地に立たされてはいるが、再建の見込みがあるとき、債権者や株主などの利害調整をしながら、会社の事業を継続させ、その更生を図ることを目的とした法律だ。裁判所が更生手続きを決定すると、管財人が選出され、更生計画を立て、裁判所の認可のもとに再建に乗り出す。

残るは会社整理だ。会社が支払い不能のとき、あるいは債務超過に陥る恐れがあるとき、会社破産を避けるため、商法の規定にもとづき、裁判所の監督のもとで、会社の再建を目的に行われる手続きを、一般に会社整理という。ただ、この制度は債権者に対する強制力がなく、減資や合併なども一般の会社法によるため会社再建の実現性は乏しく、実際には会社更生法による会社更生手続きが取られるケースが多い。

しかし、会社更生法にも欠陥がある。債権者および株主の合意を必要とするため、更生に時間を要することだ。時間を競うのが会社再建だ。関係者の調整を前提とする会社更生法では、対応が遅れる。再建過程を迅速化するため出来た法律が民事再生法だ。

稲沢から連絡が入ったのは、深夜になってからだった。やはり合併交渉が山場を迎えて多忙をきわめているようだ。島田は興国食品との交渉が中断したことを伝えた。

「そう……」

稲沢は電話の向こうで考え込んでいるようだ。反応はいまひとつなのである。ソロバンをはじいているはずだ。興国食品問題は彼の立場を危うくする、それも計算のうちに入っているはずだった。

しかし、島田道信からの電話を受け、稲沢美喜夫は複雑な心境だった。まぎれもなくゴルフ場建設を木村義正に薦め、融資を承諾したのも彼自身だ。二百八十億程度の不良債権でまさか責任を問われることもないが、しかし銀行の人事は消去法で決まる。バッテン方式が人事なのである。

新しく発足する合併銀行で生き残れるかどうか、彼には瀬戸際である。しかも都合の悪いことに、いっこうに進まぬ不良債権処理に業を煮やした金融庁は厳格な検査を宣言している。いまはゴルフ場と興国食品とを、個別に債権を計上している。つまり、興国本体はいまのところは通常債権として扱われている。しかし金融庁の検査が入れば、修正を求められることは確実である、そのレーティングは破綻懸念先に分類されるのは明らかだった。

「早まったようですな……」

稲沢はぼそりと感想をもらした。

二つの意味に取れる。早まったことをしてくれたという意味。もうひとつは、事態が急展開を見せ始めたという意味。稲沢はどっちにも取れる言い方をしている。いずれの意味に取るにしても、島田にすれば、意外な言葉に聞こえた。

　事前の打ち合わせは十分にしている。破綻をきたしたとき、どういう選択をするかも決めている。緊急事態に際しては、すぐにでも必要な手を打てるよう、協議を開始するというのが取り決めだ。そのために至急に電話を入れたのだった。

　しかし、慌てた風ではない。

　これまでの交渉で合意できていることもあれば、残される課題もある。大きな枠組みは合意されていた。腹の探り合いをしているうちに見えてきたこともある。すなわち、東亜銀行の処分方針だ。

　興国食品の処理については、少なくとも四つのシナリオが検討され、このうち東亜銀行が選択するのは、第一のシナリオではないかと読んでいた。もちろん、島田は別途に第五のシナリオを用意していた。

　融資額約四百億円のうち東亜銀行の債権残高は約七割強だ。残りは日東商事や複数の中小金融機関だ。マルヨシも若干の債権を持っているかもしれない。それは考慮の外に置いても良い。こういう場合、全額回収するのは無理だ。回収限度額を稲沢は二百億円前後と見ていた。

　そこで客観公正な第三者、すなわちＡＷＣが下した評価額が意味を持つ。目的は早々と撤収することだから、債権の一部を放棄せざるを得ないのは、それは仕方があるまい。それとても十億円を下回る金額だ。それが稲沢が描く第一のシナリオだ。要するに、一人勝ちのシナリオだ。

島田が考える第五のシナリオとは、もう少し複雑だ。東亜銀行が回収できるのは木村一族の資産を含め約八十億円だ。それは担保権によって保証されている。問題は興国食品の事業をどう評価するか。すなわち興国食品の有形無形の資産だ。概算で二百億円は下るまい。考えている以上に大きな資産だ。そっくり買い取るには、リスクが大きい。そこで知恵を絞らなければならない。島田は成算有りとみなしている。

すなわち、経営権を取得し興国食品を支配下におさめ、事業収益から回収を図る、それが島田が考える第五のシナリオだ。つまり木村一族が支配する興国食品を、いったん解消し、旧社の商権を継承する新会社を作り、その上で事業の再生を図るという考え方だ。もとより、島田は一人勝ちなど論外だと思っている。

そこで東亜銀行には担保権を行使させ、まず八十億を回収させる。残余は東亜側からすると、一方的な債権放棄だ。もちろん、そんなバカなことに同意すまい。しかし、島田は妙案を用意していた。

第一のシナリオと第五のシナリオとの違いは、前者が債権回収に力点を置くのに対し、後者は企業再生を重視していることだ。両者の溝は深い。しかし、島田には目算があった。妙案というのは、日東商事が経営権を握るとき交わす東亜銀行との契約だ。

契約の中身にもよるが、東亜銀行にとっても決して悪い話ではないはずだ。島田は説得を試みた。その試算結果を東亜銀行に示した。稲沢は第五のシナリオに関心を示した。

「それも一案だな。潰れかかった企業を再生する、というのも、こりゃあ、新しいビジネスになるかもしれない。しかし、ウチにはウチの考え方がある……」

そうは言ったが、稲沢は必ずしも、第一のシナリオにこだわっているわけではなさそうだ。そこのところを、十分に話し合っておく必要がある。しかし、どういうわけか、稲沢の反応は鈍いのである。

もっとも、事態はそれどころではなくなった。資金繰りにつまり、倒産という事態が予想されるからだ。まず打たなければならぬ手は資産が毀損しないように、保全措置をとる必要がある。倒産の現場は百鬼夜行の地獄絵図だ。債権者が群がり、残された資産を奪い合う修羅場である。押し合い、へし合い、怒鳴り合う、殴り合う、強奪する修羅場だ。それを許せば再建などという話は吹っ飛ぶ。

「法的措置を検討しているのですか」

島田は訊いた。

「ああ、もちろん、していますよ」

気のない返事だ。こういうとき、率先して動くのが、最大債権者である東亜銀行ではないか。だが、動く気配はない、他に魂胆でもあるのか、島田は疑った。

「大変なことになっているのはわかりますが、ご存じでしょう、中部銀行とのことは。疲れておりまして、相済まないことですが、今夜は勘弁してくださいな」

稲沢は同じことを繰り返すだけだ。

「しかし、このままでは……」

島田は最考を迫った。

稲沢は異なる感想を持ち島田の電話を聞いていた。確かに焦るべき事態だ。しかし、稲沢は異なる角度から問題を見ていた。態度を変えたのは、稲沢の耳にとんでもない情報が入ってきたからだ。

たぶん、その動きは島田の耳には届いていないのであろう。木村一族はまだギブアップなどしていない、必死の巻き返しに転じ、木村一族は二股をかけ、動き始めている。その情報を知らないのなら、島田が事態を読めず慌てるのも当然だ。

「しかし、時間はあと一日だけです」

手形決済の期日だ。

島田の話を聞きながら稲沢は思った。

それにしても、商社同士というのは、えげつない商売をしているものだ。油断も隙もありやしない。とはいえ、マルヨシの動きは稲沢には歓迎すべきことだった。高笑いしたくなる気持ちを抑えた。

稲沢副頭取は受話器を耳にしながら時計を見た。もう午前零時を回っている。これから会いたい、と島田は言っているが、とてもその気にはなれなかった。

というよりも、稲沢は逃げの手を打っているのだ。それに時間のゆとりがなかった。それは事実だ。中部銀行との合併交渉が大詰めの段階を迎えて連日の徹夜の会議が続いていたからだ。

「わかりました。スケジュールを調整し、明朝、連絡を差し上げます」

「しかし、それでは……。どうしても、今夜中にも……」

島田はまだ粘っている。

結局島田は押し切られてしまった。島田は帰り支度をした。日東商事本社ビルを出て、タクシーを拾った。大手町は昼間の喧噪《けんそう》が嘘のように閑散としていた。自宅は三田の高輪にあった。タクシーに揺られながら、島田は考え続けた。そして結論を得た。

「稲沢は裏切ったのか」

島田は、そう確信した。笑った。そうはさせない自信はあった。タクシーは皇居前から虎ノ門に出て、六本木を迂回し、三田通りに入った。慶應大学前から、聖坂を登り切った先に島田が住むマンションがあった。

住み始めて四年だ。その前は南柏だ。長女が結婚し家を出たのを機に都心に移り住んだ。一軒家はなにかと手がかかる。それに比べマンション暮らしは簡便だ。それが気に入り、都心部に移ることにしたのだった。

暗証番号を打ち込むだけで、ドアがスッと開く。エントランスでエレベータが降りてくるのを待つ。セキュリティは万全。しかしいつもの癖で、ドアをたたく。返答はない。また暗証番号を打ち込み、ドアを開いた。部屋は真っ暗だ。居間の灯りをつけた。妻小夜子の姿はなかった。

「妻にまで裏切られているのか……」

このざまはなんだ、島田は自嘲した。

3

木村義正が日東商事との交渉を打ち切ったのは、怒りにまかせて――ということもあった。確かに怒り心頭だった。耐えに耐えてきた、そのストレスが暴発したのだ。

しかし、義正がそうしたのには、もちろんそうすべき、合理的な理由があった。その前日、マルヨシの蒲田貞二食品営業部長から連絡が入ったからだ。彼はいま、執行役員だ。以前に比べ、人間がひとまわり大きくなったように感じられる。それに彼には、大きな権限が与えられている。すべてを自分で決められる立場にあるということだ。その蒲田から電話が入ったのだ。

「是非、お目にかかり、ご相談を申し上げたいことがあります」

蒲田は低姿勢で言うのである。翌日、義正は蒲田に会うことにした。

義正が運転するベンツは、東京・赤坂の方向に向かっている。恵比寿の本社をお訪ねしたいという蒲田部長の申し入れを断り、赤坂見附のホテルで会うことにしたのは、社内の動きが微妙であるからだった。義正は裏切り者の存在を疑っているのだった。

「自分の立場を考えねば……」

近ごろの義正は、そう思うようになっている。いまの義正には、誰も信用できなくなっている。庄助以来の子飼いたちも、自分の味方ではない。しかし、母ミナだけは違っている。驚いたのは、マルヨシの関係をつないだのがミナなのだ。

最初は気乗りのしない話だった。しかしこの段階に入ると、たとえ、三億円の資金でも喉から手が出るほど欲しい。その三億円を用立ててもいい、とマルヨシ側が言っているというのである。

残された時間はあと一日。半信半疑だったが、日東商事との交渉が決裂したいま、マルヨシが唯一の頼りだ。これでメドがついた、そう考えると、目の前がパッと明るくなってくるのだった。

蒲田貞二は部下を帯同して、ホテルのロビーで待っていた。木村義正の姿を認めるとすぐにエレベータに案内した。

「部屋を用意しています」

蒲田は用意周到な男だ。会談の場所をホテルに用意したのは蒲田だ。関係者に見とがめられるのを恐れてのことだ。用意していた部屋はツインだった。簡素な造りだ。機密の話をするには、格好な場所だ。

「まあ、一杯どうです」

と、蒲田は缶ビールを薦める。

しかし、生憎木村義正は下戸だ。薦めを謝絶し、すぐに切り出した。

「ありがたい話だと思います」

「三億用意しましょう……」

義正は思わず低頭した。

「今日にも入金させます。形は商品の前払い金の一部という方法で処理します。それとは別途にお願いがあります」

（ほらきた！）

と思った。無条件で助けるなど、考えられないことだ。それは覚悟していた。しかし条件次第とも思う。今日の義正は、冷静だ。

「うかがいましょう」

義正は小さな体で、精一杯背伸びをして、目一杯虚勢を張った。

（坊ちゃん……）

なかなか根性が据わっているな、そう思いながら蒲田は条件なるものを話した。

「検討させていただきたいのは増資です」

「増資を？」

義正は身を固くした。

「そうです。増資の必要があると思う。二百億に近い商売をしていながら、興国食品の資本はいかにも少ない。増資を検討されるのなら、私どもは相応の協力が出来る」

義正には思わぬ提案だった。

資本金一億五千万円は、九割方、木村一族が握っている。上場は考えないわけでもなかった。稲沢副頭取が先代庄助が元気だったころ、上場を前提とする増資を提案したことがあった。しかし、庄助が頑強に反対したため沙汰やみになった。株が他人に渡り、経営に口出しされるのを嫌ったのだ。

義正も同じ考えだ。手持ち株を売却すれば必要資金は調達できる。それはわかる。そうせずに屈辱に耐え、苦労をしているのは、木村一族の株式を守るためだ。

「資本金には金利負担がない、それが第一のメリットです。資産や商売の規模に比較してあまりにも過小資本。有利子負債が膨らむのも、そのためです」
蒲田は増資のメリットを説いた。将来に向け上場を検討してもいいじゃないかとも
蒲田は言うのだった。義正は揺れた。一部だけなら、考えてもいいじゃないか、と。
「しかし……」
木村義正は躊躇した。
蒲田の申し入れは、説得力を持つ。ただ株式非公開は先代の遺訓だ。株式のすべて
を木村一族で持つ、それが興国食品の経営の基本なのである。
「私どもは、興国食品の経営理念は理解しているつもりです。ですから、増資問題は
将来の検討課題として、木村社長には考えていただきたいということです」
「三億の条件ではない――と」
「その通りです。もちろん、ご用立てする際の条件ではございません。ですから、そ
れは将来の話です」
「仮にです。増資をするとき、マルヨシさんも資本参加をなさると？」
蒲田はにこやかだ。
「そうさせていただければ、大変嬉しいことです。しかし、支配権をどうのこうのと
いう考えは持っていません。興国食品さんにはいろいろ商売をさせていただいており
ます。以後も安定した取引関係を、お願いしたい、その程度の参加を考えさせていた

だければ、そんな風に考えています」

理に適っているとも言えるが、しかし、考えてみれば、興国食品は資金繰りが窮するほどひどい経営状態にある。わずかな資金繰りすら出来ず、つまり商法でいうところの、債務超過に近い状態だ。そんなボロ会社の上場など、本気で考えているのか。

「現況はそうです。しかし、それは南房総問題を抱えているからでしょう。南房総問題を切り離せば、十分に立ちゆく、そう判断されます。まあ、時間はかかるでしょうけど、先は明るい、三、四年の辛抱、私どもは、そう考えています」

なるほど、理屈は通る。いま必要なのは当座の資金繰りなのである。増資問題は将来の問題として考えれば良い、そう結論を急ぐことはない。しかし、ここで興国食品を救済するには、一応、将来の話もしておかなければならない、マルヨシはそういう立場で話している、と義正は理解した。

（しかし、遺漏《いろう》はないか……）

それでも、そう考えるのは、庄助の遺言が呪縛しているからだった。ここでの判断は慎重に——と、考えるのである。

三億は喉から手が出るほど欲しい、いま必要なのは一億五千。しかし、預託金返済は、まだ八億も残っている。義正は律儀だ。リース契約で得た裏金のほとんども、預託金返済に充てた。預託金はメンツにかけても、請求のあったものは完済するつもりだ。その意味で義正は律儀なのである。

　問題があるとすればひとつ。増資の規模にもよるが、いま木村一族は増資に応じられるような状態にないことだ。たったの一億五千万程度の資金繰りで、右往左往しているのが現実である。仮に二十億増資するとすれば、木村一族が七割のシェアを持つことを前提に立つなら、現金で十五億は必要。それはとても出来そうにない——。

「それはわかりますよ。手持ちがタイトになっていることは。しかし、それは将来の問題として研究すればいいじゃないですか。研究すれば、知恵は出ます。たとえば、現物出資の形も考えられるわけですから……」

　蒲田の説明は巧みだ。

　なにも現金を用意する必要はない。興国食品は有形無形の財産を持つ。その財産を活用すればいいだけの話で、それはこれから詳細に研究することにしようではないか、と蒲田は言うのである。

「繰り返しますが、増資問題は三億の話とは切り離して、私どもも考えています。失礼な言い方になりますが、いま興国食品に倒れられては、私どもは困るのです。それが三億をご都合する趣旨です」

　義正は納得した。増資問題はあくまでも将来の研究課題。それとは切り離し、三億の問題は処理するということだ。とりあえず取引関係の興国食品が倒産という最悪の事態に立ち至っては困る、それが三億融資の趣旨であると、蒲田は繰り返した。

そこで蒲田はさらりと話題を変えた。

「実は、佐々木さんとは、佐々木さんがお宅に入られる以前からのつき合いでして、というのも大学時代の友人なのです。まあ、そんな関係ですから、あまり仕事の話をしたことがありませんでした」

「そうでしたか。存じませんでした」

義正は初めて聞く話だ。

妻の佐和子とは伯父姪の関係にあり、佐々木が勤務していた非鉄金属メーカーが倒産し、遊んでいるところを、佐和子がウチにどうかと話し、非常勤監査役として迎えることを決めたのは義正自身だ。まあ、もっとも佐和子の強い薦めがあってのことだが……。

よくいえば実直。悪くいえば、融通のきかぬ男だ。しかし、私心はない。木村一族と興国食品のため、良かれと思い、動く男だ。ときには痛烈に義正を批判する。とくに南房総のゴルフ場をめぐっては、売却すべきだと強硬意見をはいている。小舅めいていて、扱い難い義理の伯父ではあるが、まあ、数少ない一族のうちで遠慮なく義正に対し、意見の言える男であった。その佐々木と蒲田は友人であったという。

「そういうわけで、失礼ながら、お宅が大変な状態にあることを知ったわけです」

どこでどうつながっているか、人間の関係というのはわからぬものだ。それに誰が味方で、困ったとき、誰が助けてくれるかも。あれほど信を置いていた日東商事の島田道信常務は、あれこれ条件を付け、結局は融資を渋った。しかし、そう深いつき合いともいえないマルヨシの蒲田貞二は、興国食品の危機を知り、救済に動いてくれる。

「わかりました。本当にありがとうございます。助かります……」

義正は再び低頭した。気位だけが滅法強くて、プライドが背広を着て歩いているような男にしては、本気で蒲田部長に感謝した。

義正は気持ち良かった。

日東商事の理不尽な要求をはね、経営理念を守った、義正はそう思っている。日東商事は阿漕だ。弱みにつけ込みコンビニ向け商品を要求した。興国食品の基本は、出と入りとを、厳密に分けることで、巨大商社の経営介入を排除することだ。原料を仕入れ、商品の販売までも同じ商社に任せてしまえば生命線を握られるからだ。

販売はあくまでマルヨシだ。商売にも守るべき信義がある。マルヨシとはそれほど大きな取引ではないが、蒲田部長は窮状を知り、手を差し伸べてくれた。それが商売上の信義というものだ。

義正は大きな恩義を感じた。恩義に報いるためにもマルヨシの取扱高を少しだけでも増やしてもいいのではないか、義正はそう考えた。義正はひとつ経営者として学んだ。すなわち、義正は蒲田部長の話を、すべて善意に解釈したのであった。

そこで話が終われば人情話は完結する。しかし、蒲田は奇妙なことを言った。

「私どもの存在は、どうか内緒にしておいて欲しいのです」

「どうして、また？」

別段、隠すようなことでもあるまい。おかしなことを言うものだ。このとき、興国食品の経営者としては、その言葉の意味を、よくよく吟味してみるべきだった。

「ご承知と思いますが、日東商事には知られたくないのです。ライバル関係にありますので余計な詮索はされたくない、まあ、深い意味はないのですが、そういうことです」

（なるほど……）

蒲田部長のもっともらしい説明に義正は得心するのだった。

4

資金繰りが急迫し、下手をすると不渡りを出すハメになるかもしれぬ――と、興国食品の内部事情を、経理部長の佐伯庄一から知らされていた野村克男は、しかし、その裏の事情を知る数少ない関係者だ。その立場にある野村弁護士にしても驚きであった。三億円もの大金を用意し、不渡りの危機を乗り切ったというのだから……。

「そうかね……」

取締役の誰もが驚いた。事態は緊迫していた。倒産を覚悟していた。義正が月末の決済をすませたことに驚いている。あの義正がどうやって三億円もの現金を用立てたのか、不思議でならない。

つい前日まで蒼白な顔で金策に走り回った義正だった。用意できたのは吉田の五千万だけ。全体から見れば焼け石に水だ。最後に望みをかけた日東商事との交渉も決裂。オオヨドも難色を示したという。

「こりゃあ、不渡りですよ……」

あのとき、佐伯は佐野とささやき合ったものだ。佐伯は経理部長の立場で、倒産を覚悟していた。そうだろうな、と佐野も同様な感想をもらしたものだ。

それにしても、どこでどうやって、調達してきたのか、しかし、この小悪党にはさっぱり見当がつかなかった。それは佐伯の読みを完全に裏切るものだった。

人間とはわからぬものだ――。ゴルフ狂いの坊ちゃん。それが化けた。相変わらず暇を見つけてのゴルフ場通いだ。そんな男が短期間のうちにスポンサーを見つけ、三億もの資金を用意したとは驚きだ。

義正が頼りにしていた日東商事からは冷たくあしらわれ、土壇場に追い込まれた。

ミナが隠し持つ貴金属まで換金しなければならぬほど追いつめられたのに、どこから捻出したのか、興国食品の口座には、義正名義できっちりと三億が振り込まれた。どう考えてみてもさっぱりわからないのだ。

これで興国食品は一息つく。ただし、これで事態が好転したと見るのは早計というものであろう。まだ約四百億もの有利子負債は手つかずの状態にあるからだ。しかし、一息ついた以上、必ず反撃に出る。佐伯の話を聞き野村は不安になってきた。

「相手はどこだ！」

野村は訊いた。

「それが……」

と、言葉を濁す。バックがどこか、佐野宗男も佐伯庄一もつかめずにいた。吉田耕助も彼の地下人脈を通じて探りを入れていたが、まだ特定できずにいた。義正は用心深く行動している。会社には自分の口座から振り込んでいた。バックを特定できないのは、そのためだ。それでは困るのだ。不甲斐ない男と評価していたのが間違いだった。

（アイツらは愚図だ！）

野村は罵りの言葉を、胸の内にしまい込んで、事務所を出た。向かう先は大手町のパレスホテルだ。もう一度シナリオを再点検してみなければならなくなったからだ。

野村は虎ノ門の交差点でタクシーを拾った。シナリオを考えてみる。

タクシーは霞が関の官庁街を抜け、桜田門を右折する。決して遺漏はないはず。なにしろ考えに考え抜いたシナリオだ。遺漏などあるはずもなかった。しかし、役者が悪い、すでに吉田耕助の正体は見抜かれている。

あのバカ野郎！　小遣い稼ぎをやりやがって。疑われても当然だ。高利貸し顔まけの阿漕なやり方だ。佐野の野郎ときたら、これまた能無しだ。オンナにうつつを抜かし、ふぬけ同然だ。心配するのは、リベートのことだけだ。

唯一の頼りの佐伯にしても、佐々木を味方に引き込もうなど、勝手に画策したものだから、逆に疑念を持たれる始末だ。

「佐々木は義正に批判的だ」

というのが仲間に引きずり込もうとした理由だと説明した。

（バカヤロウが、余計なことを！）

計画が失敗に終わるとすると、連中のせいである。いや、人間の評価を見誤った野村の責任だ。タクシーはホテルのエントランスに横付けされた。自動ドアをくぐり、右手奥に待ち合わせの相手が待つコーヒーハウスがある。大きな窓ガラスから見えるのは堀端に面した皇居前広場だ。

柿沢祐一は窓際の席に座っていた。視線が合うと、ちょっとだけ手を上げた。汗が噴き出てくる。今日はいやに暑い。ハンケチで額をぬぐい、席に着いた。

「待たせてしまいましたかな」

「いや、いま着いたばかりですよ……」

柿沢はメニューを手に応えた。

「早いもので、もう初夏の陽気ですな」

柿沢には珍しく季節の挨拶だ。

皇居前広場は新緑に輝いている。そういえば季節の移り変わりすらも、忘れていた。

「そうですな……」

若いサラリーマンが背広を脱ぎ、ワイシャツ姿で歩いている。野村は季節の移り変わりも忘れていた。夏というにはまだ早いにしても、とうに桜は散り、ツツジも盛りを過ぎて、もう五月の末だった。

そういえば自分はまだ冬の背広だった。どうりで暑いはずだ。背広を隣の席に置き、足を組み直し、柿沢を見た。

「どこから都合をつけてきたか、検討がつきますか……」

柿沢が冒頭に訊いた。いつもビジネスライクな物言いをする男だ。

「日東商事とは決裂した、そうですな。日東商事と東銀との関係からいえば、当然、日東商事だと思っていましたがね……」

柿沢も同じ読みをしていた。彼も、その読みが裏切られたようだった。

「高利貸し、ということも考えられる」

柿沢が懸念を口にした。

「それなら、ボクにひとこと相談があるはずだ。義正はわれわれが想像しているような男ではない、甘く見ると、しっぺ返しを食らうことになる」

危機に際し、人間はどう行動するか、それによって人間の価値は決まる。ワルの弁護士も人間をそう見ている。土壇場で見せた底力には、目を見張るものがある。甘く見るなというのはそういう意味だ。

義正は用心深い男だ。めったに他人を信用しない、見ず知らずの高利から資金を借りようというのなら、弁護士である野村に相談して契約書を交わし、その上でなければ、借り入れなど絶対にやらない。吉田から五千万借りるときですら、契約書を作らせるほどなのだから。たぶん、心配のないところから、都合をつけてきたことは容易に想像できる。

「日東商事ではないとすれば、どこからなんですかな」

柿沢も首をひねっている。

「マルヨシということは、考えられませんかな。マルヨシです」

野村が訊き返した。

「マルヨシですか、マルヨシね。あるいは盲点かもしれぬ。マルヨシが救済に動いたということですかな……」

柿沢は半ば疑問形で言った。

マルヨシは賛光には宿敵ともいえる相手である。そのマルヨシが陰で画策しているのならば容易ならざる事態だ。商社商売というのは狡っ辛いものだ。同情や義侠心《ぎきょうしん》などでは一銭たりともカネは出さぬ、出すには目論見があってのことだ。それは自分に照らしてみても、よくわかる。

「マルヨシの目論見はなんですかな」

柿沢が訊く。

「さあ、なんでしょうか。日東商事の位置に取って代わる、そういうことも考えられなくもないですな」

日東商事は入りを預かり、マルヨシは出を商売にしている。賛光商事は興国食品が海外展開を図るに際して、協力をしてきた。興国食品の先代は、総合商社を巧みに使い分けてきた。そうすることで、第三者の介入を排除してきたのだった。それは義正の代になってからも踏襲されている興国食品の経営の基本なのである。そのことは取引関係にある企業ならみな周知のことだ。

マルヨシがつなぎ融資に応じた条件。日東商事を追い落とし、出も入りも、手中に収めるということか。いや、たったの三億程度のはした金で、いくらゴルフ狂いの、世間知らずのお坊ちゃんといえども、それには同意すまい、すると、別ななにかを、条件に出したことになる。

「その条件を、マルヨシは飲んだ——と」

「さあ……」

興国食品の経営危機に際しては、音無しの構えだったマルヨシ。それが静かに動き出したということか。いや、それはまだ確かめたことではないが、しかし、その可能性はゼロではない。他方、見知らぬ第三者の可能性もある。いずれも仮定の話だ。ここで確認できることはただひとつ。義正は東銀・日東連合には頼らず、自分の責任でつなぎ融資を確保したことだ。それは驚くべきことだ、野村が描くシナリオになかった事態である。

「やはりマチキンじゃないのか……」

柿沢は疑問を蒸し返した。

「………」

野村は考えた。

「可能性は、ゼロではないな」

つなぎ融資に応じた相手がマルヨシでない場合。つまり、それ以外の第三者とすると、考えられる可能性のひとつは高利だ。仮に高利につかまれば、興国食品の資産は大きく毀損《きそん》する。むしり取れるだけむしり、あとは野となれ山となれだ。どっちにせよ、緊急に対応する必要がある、野村は、そう判断していた。それで柿沢と会った。

「急がなければなりませんな……」

野村は言った。

柿沢は考え込んでいる。

「放置すれば、深みにはまる。資産の毀損を防がなければならない……」

「新しい執行部を至急作る必要がある」

野村はダメ押しをした。

しかし、柿沢は応えなかった。

(ヤバイな、危険な橋だ……)

柿沢は思った。

興国食品は喉から手が出るほど欲しい、だから野村の話に乗った。しかし、野村の考えているシナリオはビジネスの範疇《はんちゅう》を超えた一種の犯罪だ。やり手で通る柿沢だが、そこはサラリーマン。コンプライアンスということを考える。仮にもしものとき、それが犯罪まがい、あるいは犯罪行為そのものであるとき会社は救ってはくれない。興国食品を手中に収めることは、手柄として評価を受けるだろうが、それとこれとは別問題だ。

そこはよく考える必要がある。紳士集団と言われる総合商社で育っただけに、柿沢は根のところでは、臆病である。

「新しい執行部ですか」

乗り気でない言い方だ。新執行部とは木村一族を放逐し、新しい経営陣を選出することだ。

「以前に話した人事でとりあえずは……」

野村は続けた。

柿沢は異なる感想を持った。というのも柿沢は別な情報を持っていたからだ。その情報は日本産業新聞の飯塚毅が、同僚記者から聞き込んだ情報だった。

「本当の仕掛け人は東亜銀行……」

という情報だ。

金融庁の動きだ。特別検査で東亜銀行が抱える貸出債権を洗い出し、興国食品は破綻懸念先に債務区分された。そうすると、興国食品向け債権に対し、七割の引当金を積み増しする必要が出ている。引当金の積み増しは銀行経営を圧迫する。なぜかというと、貸出に対する資本比率を劣化させるからだ。

中部銀行との合併交渉が最終局面を迎えている東銀の立場からすれば、それは絶対に避けなければならぬ。そのこともあるが、問題なのは金融庁が大幅な不良債権の圧縮を要求している。不良債権の圧縮とは、借り手から資金回収を図ることだが、興国食品の実情からすれば、回収は不能。もうひとつの圧縮の方法は債権を放棄することだ。

興国食品から見れば、債務履行の免責である。それを東亜銀行が検討しているのではないか、というのが飯塚がもたらした情報であった。債権放棄——。これはまったく新しい事態だ。三億やそこら調達できた、できぬの話ではないのである。

金融庁の圧力で債権を放棄するという東亜銀行。いずれにせよ、興国食品からいえば有利子負債が軽減されるのだから、再建に新しい展望が出てくる。さすれば、新たな支援者が現れても、少しもおかしくはないということである。

(まだ、その情報はつかんでいないらしい)

柿沢は野村の顔を見て思った。

第五章　社長解任決議

1

　銀行というのはいつも身勝手だ。煮え切らない態度に終始した東亜銀行の稲沢副頭取から、日東商事の島田道信に、突如、会いたいと連絡が入ったのは、深夜の電話会談から数えて一週間後のことだった。

　急な呼び出しを受け、島田は東亜銀行本店に向かった。

　その日の午前、島田は谷中に西村恒夫を訪ねて、本社にもどったばかりだった。午後に部門会議が予定されている。そうした社内事情を話し、明日の午後に——と言ったのだが、これから——と強引だった。

（まったく……）

　こうなると、すべてのスケジュールをキャンセルせざるを得ない。

　実は、西村を訪ねたのには理由がある。興国食品の再建に一肌脱いではくれまいか、社長就任を要請するために訪ねたのだった。

しかし、西村は謝絶した。

「ご冗談ばっかり……。私ごときが出る幕じゃございません。もう、この通り、引退した身ですから……」

懸命に説得したが、色好い返事はもらえなかった。西村は興国食品の経営にはまったく関心を持っていなかった。それよりもなによりも、律儀な男で、社長に就任するなど大恩のある木村一族に申しわけがない――を繰り返すのだった。

「いますぐというわけではないのです。私どもは大口の債権者。その債権者の立場からいえば、やはり西村さんに、是非ともご出馬を願いたいということです」

「そう言われましても、な……」

最後は話し合いを継続させることに同意させ、とりあえずは引き揚げた。しかし、島田はあきらめたわけではなかった。どんなことがあろうとも口説き落としてみせる、そう考えているのであった。

企業安寧《あんねい》は経営者の才覚で決まる。義正は危機に際し、踏ん張りを見せた。しかし、所詮は二代目のお坊ちゃんでゴルフ狂いに過ぎない、興国食品の行く末を託せられるような男ではない、島田はそう見ていた。

プライドだけが異常に高く、メンツにこだわり、人の話もよく聞かず、せっかくの融資話を、よく吟味することなく断るような粗忽《そこつ》な男だ。木村義正に再建を託するのは無理だ。そう判断して西村恒夫に社長就任を要請したのだった。

もうひとつ理由があった。急場をしのぐ資金をどこから調達したかだ。それを義正の才覚と見るのは無理がある。最悪、マチキンということも考えられる。マチキンに介入《かいにゅう》されれば、興国食品の再建はあきらめざるを得なくなる。義正は追いつめられていた。追いつめられたあげく、マチキンに走る、それは考えられることだ。

もうひとつ――。同業他社だ。考えられるのはマルヨシだ。マルヨシは興国食品の販売権を持つが、原料供給は日東商事だ。いわゆる「出入り別処」の経営方針のためだ。苦境の興国食品に恩を売り、そこで「入り」の商権も獲得しようというのだ。これは十分根拠のあることだと思う。

いや、賛光商事の可能性もある。取引はほとんどゼロに等しいが、海外事業の展開に協力し、信用を得ている。それに食品部門の拡充に動き出しているという話だ。いずれにせよ、うかうかしていられない事態だ。

「計画は練り直しだ……」

そう決め、西村を訪ねたのだった。西村は謝絶した。それは覚悟の上だった。すぐに乗ってくるようなら、人間が軽すぎる。そういう男では再建は出来ない。西村はそういう男ではない。なによりも彼には信望がある。木村一族ともうまくやっていける。

そういう判断からの、社長就任要請であった。義正を代表権のない会長職。社長として経営全般を統括するのは西村恒夫。もちろん西村には経理とか、銀行や取引先との折衝とかをやらせるには無理がある、彼は製造現場一筋の男だからだ。彼を補佐する人間を日東商事から送り込み、体制を固める必要がある。

社内にも西村を補佐する人物がいる。佐々木勉だ。調べてみると、義正の妻佐和子の伯父ということだ。社内では、唯一、義正に意見の出来る男だ。経歴を見てみると、有名非鉄金属メーカーに長く勤め、倒産で失業し、遊んでいるところを、興国食品に拾われ、いまは非常勤の監査役。彼を副社長に――と考えている。

そんな構想を西村に話した。

「承服できませんな。やはり無理です。木村家あっての興国食品ですからな。そこのところ、あなたはわかっていない」

西村はあくまで愚直だ。今日の自分があるのは木村家のおかげであり、先代の庄助に育てられた自分が、その恩義を忘れ、木村家の興国食品の社長になるなど、出来る相談ではないと、頑ななのである。

「興国は危機なんですよ」

島田は情実をからませた。西村の貢献は計り知れない。ところが、木村一族の西村に対する態度はどうか――と。

「興国は義正さんあっての、興国なんですよ。だからひとつにまとまる」

最後は古い商家の番頭のような言い方をする。話し合いは五時間近くに及んだ。しかし結論はいっしょだった。

「義正社長じゃ再建が出来ない、そう判断したから、お願いしているんですよ」

「私には出来ない。申しわけない」

最後に西村は言った。東北出の人間は頑固だというが、西村も頑固だった。しかし、島田はあきらめてはいなかった。

社用車は東亜銀行本店の地下駐車場に入ろうとしているところだ。通い慣れているから勝手はわかっている。エレベータで役員フロアに直行すると、連絡を受けていた秘書が役員応接室に案内した。稲沢副頭取は部下をともなって姿を見せた。切り出したのは、島田の方だった。

「興国食品の資金繰りのことです。助けたのはどこか、ご存じですか」

東亜銀行は最大の債権者。しかし、稲沢はさして関心を持っていないようだ。

「さあ、どこですかな……」

そして続けた。

「ところで興国食品が外部に約四百億の債務を負っている。うち七〇パーセントが私どもの債権です。ご存じですよな……」

「はあ、存じていますが」

それがなにか――と思った。それは周知の事実であるからだ。なにを言いたいのか、稲沢の顔を見た。

「その債権を今期決算で損切りすることにしました。まだ、興国食品には伝えていませんが……。それで相談です」

島田は驚いた。

「正確を期して言えば、半分を資本勘定に組み入れ、残りを第三者に債権譲渡するつもりです。引き受け手を探しているんですが、お宅に引き受けていただきたいのですが、いかがですか？　再建――。お宅なら出来そうだからです」

つまり手持ち債権のうち半分を、興国食品の増資に回し、残りの債権を日東商事に譲渡する代わりに、経営を任せたいというのである。稲沢の立場はわかっているつもりだ。それにしても大胆なことだ。債権を出資金に振り替え、残りを第三者に譲渡するというのだから……。日東商事には悪い話ではない。

島田は思わず稲沢の顔を見た。

ビジネスには手段と効果の関係という基本原則がある。債権放棄は借り手企業には、即効性はあるが、持続性は低い。つまり債権放棄を手段とする再建策は借金の重圧から経営は解放されるが、結果は再生を毀損する。

経営者や株主のモラルハザードだ。そういうケースはいくつもある。たとえばゼネコンや流通業界がそうだ。企業救済の手段としての債権放棄は、効果の点から見れば決して良い結果にはならない。後に問題を引きずることになるだけだ。島田の指摘に、

「そこですよ、問題は……」

　稲沢がうなずいた。

「やはり木村一族には任せることは出来ないでしょうな。経営陣を一新し……」

「同感です。ですから増資し、木村一族の影響力を排除するのです」

　島田は得心した。木村一族の持ち分比率を大幅に引き下げるのが増資の目的だ。そもそもが興国食品の資本金は資産に比べ過小である。増資の必要は以前から島田は考えていた。そこで島田は再建の方策につき、腹案を話してみた。たちまち稲沢の顔が険しくなった。

「義正君が会長ですか。いけません。木村一族を一人たりとも、残してはなりません。つまり、明確な形で経営責任をとらせる必要があります。が、社長に西村さんというのはひとつの考えですな。しかし、彼は木村家に近すぎるんじゃないかな。もっと別なポジションではどうですか」

　稲沢の態度はビジネスライクだ。木村家に責任をとらせる、そのことに依存はない。佐々木の副社長登用についても、こだわるつもりはない。しかし、奇妙に思えることがひとつある。ビジネスとは結局のところ損得勘定だ。彼我《ひが》の損得を言えば、東亜銀

行の一方的な持ち出しである。稲沢は抜け目のない男だ。そんなバカをやるのか。

「債権者のみなさんにご協力をいただきたいのは、そこですな。みなさんにも、応分の負担を願いたい」

そう言うと、部下を促した。

「これをご覧ください……」

稲沢の部下が一枚の紙を示した。簡単なメモ書きだ。島田は目を通してみた。

まず各債権者は一律五割の債権を放棄、放棄相応分を増資に充当すること、残余の債権は第三者に売却し、引き受けた第三者が新経営執行部を組成すること、増資後の経営体制は木村家が総退陣し、新執行部のもと経営再建にあたること、増資規模および新経営体制については債権者により改めて協議し決定すること——などである。増資の規模、資産評価の確定、経営執行体制などの詳細を決めるのは、これからだ。

書類を読み終え稲沢の顔を見た。稲沢は大きくうなずいてみせた。手の内をすべて見せたという態度だ。しかし、ビジネスにはもうひとつのルールがある。損するヤツがいれば必ず得するヤツがいるというルールだ。用心深く振る舞わねばならぬのは、そのルールに拘束されるからだ。

「結構なご提案だと思います。しかし、東亜銀行の負担は大きい。なにを期待されているのですか……」

「興国の本体は健全です。債権放棄でゴルフ事業から撤退できる。そうすれば、経営は安泰となる。つまり、銀行としての期待は本体事業の配当ですよ」

一応の理由は通っている。

「同意いただければ、日東商事に再建をお任せしたいのですが、いかがですか」

「私どもに？」

稲沢は本気のようだ。

「そうです。興国食品を再建できるのはあなたしかいません」

稲沢は言った。

島田はザッと計算してみた。

日東商事が抱える債権は概算で約四十億円。東亜銀行は約五割の債権を放棄すると言う。その計算でいけば、日東商事は約二十億の負担。仮に東亜銀行の残余債権を買い取るとなれば、自社分を含めれば二百億円に近い出費となる。魅力ある提案ではあるが、採算はとれるか。薄利商売の商社としては大変な負担だ。

（やれるかもしれぬ……）

島田は思った。

「よくわかりました。細かなことをツメてみなければなりませんので持ち帰って検討してみます。少し時間をください」

「わかりました。しかし、あまり時間はかけられません。できるだけ早くご返事をいただきたい」

会談は一時間ほどで終わった。稲沢は超多忙だ。人を待たせているとかで、そそくさと応接室を出ていった。

島田は帰りの車の中で考えた。基本的な方向では一致する。異存のない考え方だ。細目の取り決めはこれからだとしても、事態は好転し始めている。

問題は木村一族を、どうやって経営から手を引かせるかだ。木村一族は九割の株を所有している。株式会社にあっては株式を多数握る者が権力だ。その株主権力は絶大だ。経営執行部先任権、経営方針、社外契約権、日常業務のいっさいを仕切る権限もある。再建計画も株式を制する者が承認を与えなければ実行に移すことが出来ぬ、それが株式会社というものだ。

「それを、日東さんに考えて欲しい」

稲沢は最後に言った。

木村義正と木村一族に引導を渡す役割を島田は担うことになったのである。それは負担の大きな役割には違いない。しかし、木村一族放逐にはなお躊躇《ちゅうちょ》を覚える。

（それにしても……）

狡っ辛い東亜銀行にしては、まことに鷹揚だ。ゴルフ事業への関与の痕跡を消し去りたいという気持ちはわかるとしても、配当だけで十分だとは実に意外だ。損得勘定に敏感な銀行がそれほど甘くはあるまい。ビジネスには表裏がある。ときに毒薬を仕込むこともある。オレが稲沢の立場なら、どういう毒薬を仕込むか、車中、それを考え続けた。

2

それから一週間後。東京・恵比寿の興国食品本社では、明らかに異変というべき事態が出来していた。平社員から管理職まで、仕事が手につかずそわそわしながら、会議室での密議に聞き耳を立てていた。

生憎の雨模様だ。霧雨程度だが、雨は気分を鬱にさせる。木村義正社長は不在だ。秘書には高橋先生との面談と伝えてあったが、実は昨日からゴルフだった。マルヨシからの援助でとりあえず資金繰りのメドがたち、その上にもうひとつ朗報が入っていた、そんなことでこのところ上機嫌だ。

三階の会議室。社長の留守を狙って、総務部長の佐野宗男が会議を招集したのは、午前九時きっかりの時刻だった。総務部長の佐野宗男、経理部長の佐伯庄一などの他、木村一族を除く取締役が集まっていた。奇妙なことに会議に野村克男と吉田耕助も加わっている。

会議を仕切っているのは、佐野総務部長だった。首謀者以外の取締役は押し黙って、佐野部長の長広舌に聞き入っている。佐野はボルテージを上げた。

「このままでは、会社は潰れる。それをなんとかしたい」

佐野の額に汗が浮かんでいる。

「義正社長の解任……」

それが取締役を非常招集した議案だ。佐野と佐伯の二人の首謀者を除き、残りの取締役はただ驚き、唖然として互いの顔を見た。

「そういうわけでありまして、午後四時から臨時の取締役会を開きます。議案はひとつであります」

先代庄助以来の木村家の子飼い。その子飼いの佐野総務部長が声を荒らげて、社長義正の悪行を論難している。一種のプロパガンダである。まもなくボーナスの時期だというのにまだ資金繰りのメドもついていない、しかし義正の道楽で始めたゴルフ場には湯水のごとくカネをつぎ込んでいる。

「私ども取締役は隠忍しながらも、義正社長を諫《いさ》めてきた。しかし、彼は聞く耳を持たない。現状はみなさんご承知の通りの惨状を呈している」

実は一週間ほど前から、佐野と佐伯が手分けをして、主な取締役を密かに呼び出し、社内改革の必要を説き回ってきた。最初は正論で説得を試みた。

「改革が必要なんだ。木村一族は会社を私物化している。あげくにこのざまだ。四百人の従業員のことを考えたことがあるか、会社は木村家だけのものじゃない、従業員のものでもあるんだ」

しかし、正論についてくるのは、ごくわずかだ。泣き落としの手も使った。それも効果ないと見るや、次には、昇給やポストを約束するなど、利益供与をちらつかせ、懐柔の策に出た。

「木村家の興国食品ではない。社員の会社であり、会社は木村家のものではない、しかるに木村家は会社を私物化している」

「だが、興国は木村家の会社だからな……」

頑強に拒否する者もあった。

懐柔がダメなら、次は脅しだ。佐野は総務部長の職務から、取締役たちの弱点をつかんでいる。人間には誰しも弱点はある。カネやオンナにからむ弱点だ。ひとりひとり調べ上げて弱点をつかんだ。交通費のごまかし、交際費の私的流用、取引先との癒着——など探せばいくらでも出てくる。

ときに懐柔し、ときに脅し上げ、そして正論で迫った。理屈は単純なほど良い。

「従業員のためだ」

言い古された単純な理屈ほど、効果がある。木村家による会社の私物化は、許されぬ、木村家による独裁的な支配が続き、独裁的な支配のあげくに、会社は傾いた。その責任を追及しようではないか――とアジるのである。

最初、誰もが驚き、仲間に加わることを拒んだ。しかし、脅しに用意したのは、佐野が調べた材料だけではない。吉田耕助も動き、調べ上げた資料を突きつけた。それが威力を発揮した。取締役のひとりひとりが見事に墜ちていく。

しかし、最後まで木村家に忠誠を誓う者もいる。案外にも抵抗したのは製造現場の取締役の安井清という男だ。製造現場からのたたき上げで、人脈的には元専務西村恒夫に近い男だ。しかし、彼もまた下請けにタカリ食いをしていた。その事実をつかんできたのは、なんと吉田耕助であった。

「背任じゃないか」

刑事告発を匂わせ、脅しをかける。慣行として許容の範囲でも、改めて問い質されれば、言い訳の出来ぬことに相成る。言葉に窮したところにタイミングよく野村弁護士が姿を見せる。ひとことも発言はしないのだが、相手は法律の専門家。無言の圧力となるわけだ。もともと小心者だから造作もなく墜ちていく。もう一人厄介な男がいた。こいつには手こずった。

「そいつは誰だ！」

吉田耕助がぞんざいな口調で訊いた。

「下山です」

佐野が小声で答えた。

営業部長の下山松蔵も、取引先と癒着していた。まあ、しかし、彼らのやっていることは、佐野が康保堂から受け取ったリベートに比べれば、些細なものだ。それを背任とか横領などと騒ぎ立てるのはまったくもって笑止という他ないのだが……。

しかし、佐野が驚いたのは、吉田がたちまち反対の意志を曲げない下山の悪行を暴き出したことだ。総務部長として調べたものよりも、はるかに詳しかった。それにしても、取締役ひとりひとりの私行《しこう》を調べ上げた資料を読んだとき、正直、ゾッとさせられた。

実に用意周到な男だ。いったい、どうやって調べたのか、一週間やそこらでやれる調べではない。少なくとも半年やそこらはかかる、佐野はそう思った。以前から周到に準備し、そうやって、たちまち多数派を形成した、そう考えると、佐野には思い当たることがあった。

佐野は思い出した。銀座のオンナを紹介したのも、カネに困っているのを見透かすようにリベートの話を持ちかけたのも、計画の一部だったのか、そう考えると、すべてが合点がいくというものだ。うまくひっかけやがったものだ、しかし、いまさら引き返すことは出来ない。深みにはまったのは、他の同僚取締役にしても同じことじゃないか、そう思いながら、佐野は自分の手に社長の椅子が回ってくることを確信した。

「これまでのことは仕方がない。筋道を正すことが先決で、もっと前向きに考えようじゃないですか」

今度は野村弁護士が言うのである。いわばダメ押しだ。臑《すね》に傷を持つ身だ。してやられたという思いは残るが、反対のしようもないことだ。その言葉に促され出席者全員が佐野総務部長の提案する義正社長および木村一族を興国食品から追放する議案に異議のないことを申し出た。しかも自発的な形で申し出たのであった。

同じ時刻、南房総カントリークラブに木村義正の姿があった。朝から生憎の雨模様だが、義正は上機嫌でコースをにらんでいた。千葉の南房総カントリークラブは、実によく出来たコースだ。プレイを難しくしているのは、雨のためだ。プレイヤーは木村義正と彼の妻の佐和子、大物代議士秘書の高橋正三、それに女子プロの中沢恭子だ。その日は、午後四時に出社の予定だ。心おきなくプレイを楽しめる。

昨日は午後からワンラウンドを終え、引き続き、今朝は九時からプレイを始め、木村義正は好プレイを続けて、この調子でいけばパーであがれそうだった。非常に難しいコースだ。その上に芝生が濡れ、球筋が読みにくくなっている。中沢プロも九番ホールで足を取られ難儀をした。高橋秘書も十七番ホールに上がった段階で、すでに九十を超えるスコアだった。あとからついてくる佐和子は七打でようやくグリーンによせた。

「難しいですな……」

高橋は複雑な傾斜を持つグリーンをにらみながら、つぶやく。玄人好みのコースだ。散々手こずらされたが、まあ、この難コースを百を切るスコアで回れれば、相当な腕であるのは間違いない。なにしろプロの中沢恭子ですらも、高橋に一打差で追っているのだから……。次は高橋の番だ。コツンとパターをボールにあてる。中沢プロの意見を入れて、ホール右手のコブに向け打ったのだ。ボールはコブに上がりきる手前で、緩やかな弧を描き、ホールの方向に転げている。

「惜しいですな、高橋先生……」

義正がエールを送る。

まことに惜しい、そういうボールの転がり方で、ボールの二十センチほど手前に止まってしまった。それでもバーディだから、たいしたものだ。後ろに二組いるだけで、閑散としている。一時期はウィークデーでも予約なしにはプレイが出来なかった有名コースも閑古鳥が鳴いている。

まあ、その分だけ贅沢なプレイが出来るのだが、おかげで大赤字。しかし、義正は気にする風でもなく、いつもの調子でプレイを楽しんでいる。

十八番ホールで最後に佐和子がホールインしたとき、ちょうど、正午になっていた。招待客の高橋秘書も百を切るスコアを出し、満足げな様子だった。

義正は昨夜から浮かれた気分だ。社内に起こった異変、注意深く見ていれば、見逃すはずもなかったのに、迂闊にもそれを見逃したのは、歓喜すべき話を耳打ちされていたからだ。朗報とはこのことだ。

昨夜、夕食のあと、その話を耳打ちしたのは高橋正三だった。信じられなかった。

「本当ですか……」

高橋はゆっくりとうなずき返した。

「間違いない、金融庁筋から聞いたんだから間違いない」

有利子負債は約四百億円。そのうち東亜銀行からの借入金は二百八十億円。借入金の大部分は南房総カントリークラブに投入された。この五割を免責するという。

「二百億も、ですか……」

義正には信じられなかった。この数年厳しい取り立て、貸し渋りに悩まされてきた。その東亜銀行が態度を変え、債務を免責するというのだから、にわかには信じられない。しかも他の債権者も同調するという。義正は高橋の顔を見た。免責総額は二百億円。そうだ、と高橋は義正にうなずき返した。信じても良さそうだ。借金地獄から解放され、これで再建は可能となる。目頭が熱くなった。義正には高橋が神様に見えた。

（俺にも運が向いてきた……）

そう思った。

「先生、ありがとうございます」

義正は両手をつき低頭した。

それはとんでもない誤解なのだが、義正はそれを大物政治家の秘書高橋正三の尽力によるものだと理解した。高橋は何をやったわけでもない。小耳にはさんだ情報を耳打ちしただけだ。しかし義正は高橋のためなら、なんでもやる気になっている。高橋は義正の誤解を解くことなく、うなずき、無言のうちに肯定した。そして続けた。

「先生は決意を固められた。覚悟を決められたんです。政治家人生で一大決戦。厳しい戦いになることは間違いない……」

高橋は独白した。

武藤隆俊に仕えてはや三十年。考えてみれば、武藤の父丈造が急逝し、中央官庁の高級官僚だった武藤隆俊が、丈造後援会の強い要請を受け、衆議院選挙に打って出たのは三十年前のことだ。以来、高橋は陰になり日向になり、武藤を支えてきた。

「武藤隆俊を男にする！」

一年生代議士から武藤を支えてきた高橋の執念だ。男にする——とは、総理総裁の椅子をわがものにすることだ。政治には紆余曲折はつきものだ。辛酸もなめた。重要閣僚をいくつか歴任し、自民党では総裁に次ぐ幹事長職を経験したのは前政権のときだ。

その武藤がついに武藤派を立ち上げた。いまや自他ともに認める実力者。幹事長の次に目指すは総裁。総裁とは議院内閣制のもとでは、総理の座を意味する。政治家なら誰でも目指すポストであり、しかし、誰でもなれるポストではないのである。

高橋は浪花節が似合う男だ。自分はどうでもいい、武藤を男にするなら、なんでもやる覚悟だと泣かせるのである。高橋の人情話に義正はまた目頭を熱くする。

「その総理ポストが目の前にある……」

高橋は嘆息した。

総理の椅子が近づけば近づくほど、カネの出入りがかさむのはこの世界では常識だ。しかし、カネが欲しいなどと絶対に口に出さぬのが練達の政治家秘書なのである。

覚悟を決められた――というだけで、十分に通じる。そのために、ゴルフ場売却の幹旋の口利きもしたのだし、興国食品の融資がどうなっているのか――と、大銀行の副頭取に電話をするのも忘れなかった。もっとも高橋は慎重な男であり、余計なことは絶対に口にしなかった。ただ残るのはゴルフ場売却に関わった事実と、大都銀の副頭取に電話をしたという事実だけである。

（総裁選……）

カネにまつわる一大政治イベントだ。巨額なカネが右から左に流れるイベント。義正には縁の薄い世界の話ではあるが、政治にはカネがかかるものだという、世間一般の知識はある。高橋がなにを言わんとしているか、義正なりに理解している。

情実をからませた高橋の巧みな語り口に義正は次第に乗せられていく。義正は感動さえ覚えた。この光景を第三者が見ていれば、これは一種の洗脳に見えたかもしれない。しかし、高橋は用心深かった。政治資金規正法という法律があるからだ。

請託をともなう金銭授受は、厳しく罰せられるが、しかし、国民の政治献金自体を、禁止しているわけではない。むしろ政治献金を促す法律なのだ。ただ、頼みごとをされた政治家が見返りにカネを受け取るのを、禁止しているだけなのだ。何万円以上は相手を公表するとか細則もあるが、そこは議員立法で作った法律だ。抜け穴は用意されている。高橋はよく心得ていた。

義正の政治献金は、自発的な意志からであり、一方、カネを受け取る高橋にはなんらの職務権限もない、だから二百億円の債権放棄と政治献金との間には、なんらの因果関係は存在しない――そういう仕組みを作ることに高橋は長けた男だ。

高橋には職務権限もなく、だから東亜銀行が債務放棄した事実と政治献金との間になんの因果もなく、義正は、武藤でも武藤の個人事務所でもなく、表向きは武藤とはまったく無関係な任意団体政治経済情報研究所に対し政治献金を行うのである。高橋はこの資金を領収書のいらない裏金として処理する。よく出来た仕組みだ。

もとより、高橋が義正のために口利きをした事実は存在しないのだから、一連のこの経緯を言うなら、政治資金規正法で罰するのは無理がある。とすれば、むしろこの場合は詐欺《さぎ》罪で罰するのが適当であろう。

「それで……」

高橋は五本の指を立てて見せた。金員を要求した瞬間だ。義正はうなずき、

「それでは今週中にも五本ほど……」

あいわかった――という風に、高橋は応えた。これで収賄が成立した。

あとは事務的な手続きが残るだけだ。その話も昨夜、ビールを飲みながら取り決められた。もちろん、それは符丁でのやりとりだから同席した中沢プロにも、理解不能なやりとりに聞こえたに相違ない。

昼食を終えると、高橋正三は千葉市内に人を待たせているとかで、自分の運転する車であわただしく出立した。中沢プロと佐和子は二人して、九十九里浜の方を一周して帰るという。義正は一人東京・恵比寿の本社に向かった。

雨は上がり、雲間に太陽が出ている。柔らかい日差しだ。なにもかも順調だ。有利子負債は二百億以下に軽減された。茨城のゴルフ場も、交渉がまとまりそうだという。いずれも高橋秘書の口利きによるものだ。五本。つまり政界の業界用語を、一般人に

わかりやすくいうなら、これらの口利きの謝礼として五千万円を支払うというわけだ。

（それでも安い……）

義正は時計を見た。ちょうど三時になっている。浦安のあたりから渋滞し始めた。アクアラインを使えば、もう少し早く本社にたどり着けたかもしれぬ。それでも義正は上機嫌だった。

義正は計算をしてみる。有利子負債四百億円のうち東亜銀行は半分を免責。東亜銀行は他の債権者にも同様な債務免責を要請するに相違ない、茨城ゴルフ場を放棄するのはいかにも惜しいが、南房総カントリークラブは残せる。茨城ゴルフ場の売却で有利子負債はさらに圧縮できる。最終的には有利子負債は百五十億前後になるかもしれない――と、勝手な計算をしている。

借りたカネを返さぬ算段なのだから、経営者としては、完全にモラルハザードなのである。しかし、義正は決してそうは考えないのである。経営者ならば、東亜銀行がなぜ債権放棄をするのか、その意味を十分に詮議しなければならぬのに、義正はいくぶん浮かれた気分になり、それを忘れていた。増資を免責の条件にしていることの意味も、このとき義正は気にも留めていなかった。

渋滞のなか、ようやく隅田川にたどり着いた。今日は会社幹部を集め、経営再建の方向を検討することになっている。クリスマスに向けた新商品の開発状況も、検討しておく必要がある。しかし、それは表向きの話。

（佐野の野郎！）

出方によっては、取締役総務部長を更迭《こうてつ》することも考えている。

近ごろ、佐野がえらく反抗的な態度をとるようになっている。親族会議のとき、佐々木勉が言っていたことも気にかかる。ときおり挑発的な目を向ける佐伯庄一。この一週間というもの、社内が落ち着きを欠いている。

（締め直さねば……）

今日は重大な決意を以て会議にのぞむ。

いま手持ちが不如意で、資金繰りは苦しいがともかく債務免責で展望は開けた。いまこそ社長としての威厳を示し、木村一族が、この企業のオーナーであることを、思い知らせる必要がある。義正は勢い込み、恵比寿の興国食品本社に入るのだった。

3

面妖な――。木村義正は会議室に入るなり身構えた。総務部長の佐野宗男が中央の席に陣取り、その両側を安井清製造部長と下山松蔵営業部長が固めている。安井はバツが悪いという風に視線をそらした。

興国食品は副社長とか専務という役職を置いていない、代表取締役社長を別格にすれば総務部長が筆頭取締役で、ついで製造部長、営業部長というのがこの企業の序列だ。

正面中央の席にはミナが座る。その右隣は木村義正の定席だ。それが興国食品で取締役会を開く際の決まりだ。ところが、ミナの席には佐野が、義正の席には安井が座っている。他の取締役はいつもの定席だ。入り口に近い末席が二つポツンと空いている。

（なにかの間違いであろう）

そう考える以外にない。

「それでは会社定款および商法にもとづき取締役会を開きます。それでは勝田君、確認を……」

佐野宗男はうわずった声で、叫ぶように会議開催を告げた。

「取締役会の要件を満たしていることを認めます」

会議の事務方を任されている勝田総務部庶務課長が言った。

「おい、どういうことなんだ。幹部会議のはずだぞ!!」

義正は怒鳴った。

それを無視し、佐野は続けた。

「不規則な発言は認めません。用意してある資料をご覧ください。本日の取締役会の議案は木村義正社長解任の件です。取締役会規則では当事者の問題につき、議案が提起される場合、本人は議事進行は出来ないことになっておりますので、不肖《ふしょう》佐野がその代行をやらさせていただきます」

会議室に拍手が起こる。

「それでは第一議案――。賛成の方は挙手《きょしゅ》を願います」

「おい、待て！　どういうことなのか、説明しろ！　佐野っ」

義正の発言を無視し、大男の勝田庶務課長が評決を確認する。

「出席取締役十四人中、十三名の賛成、反対が一名です」

「よって第一議案は可決されました」

とりつく島がないという調子で、佐野は議事を進めていく。

「それでは、これにて臨時取締役会は散会とさせていただきます」

取締役の誰もが義正と視線が合うのを避けている。安井などは体を震わせていた。

義正は会議室の入り口で、両手を広げて出ていく取締役を引き留めようとした。

「みんな待て！　待て！　と言うのがわからんか、おい！」

義正の体はあまりにも小さい。小さな手で安井製造部長の胸ぐらをつかんだ。それを払いのけ、軽く会釈して、安井は会議室を出ていった。多勢に無勢。怒りに身を震わせ、怒鳴り声を上げているうちに、会議室に義正だけが取り残された。

アッと言う間の出来事だ。椅子を引き、座った。どういうことか⁉　義正は事態を理解できず、混乱し、パニックに陥った。

「社長解任！」

と、佐野は言った。

怒りではらが煮えくりかえった。しかし、どうすべきか、考えがまとまらない。背筋に冷や汗が流れている。そうやって義正は三十分ほど考えた。思いついたのは野村弁護士に電話を入れることだ。義正は野村の携帯を呼んだ。

「どうされました？」

野村は落ち着いた態度で訊いた。野村の声を聞き、義正は安堵《あんど》した。

「すぐにお目にかかりたい！」

「急なことで……」

しかし、野村は応諾《おうだく》した。

近くの喫茶店で会うことを決め、すぐに義正は会社を出た。なんだか足がもつれて、真っすぐ歩けない。道々考えた。うまく考えがまとまらない。指定した喫茶店に野村の姿があった。野村は難しい顔で、書類に目を通しているところだった。

「大変なことになった、先生！　力を貸してください」

先ほどの取締役会の模様を、義正は肩で息をしながら話した。義正の話をしばらく黙って聞いていた野村が言った。

「なるほど、出席した十四人中、十三名の取締役が賛成し、社長解任が決議されたというわけですな。しかし、あなたの話を聞く限りでは、それなりに手続きを踏もうとしているように思う……」

義正は唖然として野村の顔を見た。

「バカな！」

興国食品は木村一族の興国食品だ。株式もほぼ全額持っている。どう転んでも、興国食品は木村一族のものだ。他人が木村家の興国食品に指一本触れることが出来るはずもない。しかし、法律的にどう対応すれば良いか、義正はわかっていない。

「先生、野村先生っ！」

義正はすがりついた。無能な弁護士なのはわかっている。しかし、いま頼れるのは会社の顧問弁護士だけだ。

「先生、なんとかしてください。このままじゃ連中に会社を乗っ取られる」

「お気の毒に思いますよ。しかし、私は興国食品の顧問弁護士であって、木村家の顧問弁護士ではないのですよ……。弁護士には雇い主を擁護《ようご》する義務がありましてな、木村さんは会社の利害と敵対する立場にある。あなたとのこれまでの関係を考えても、弁護士の倫理上、あなたの相談には乗れないのです。おわかりいただきたい」

野村はさらりと言ってのけた。

「それよりも、木村さん。こんなものが出回っているのをご存じですか」

野村は読みさしの、一枚の紙を義正の前に示した。義正は急ぎ、目を通してみる。

「なんですか、これは……」

目が点になるとはこのことだ。

義正社長を告発する内容の文書だ。一種の怪文書だ。しかも取締役一同ともある。

第一、取締役会の承認なしに、会社を連帯保証人として総合商社マルヨシから三億円の融資を受けたこと、同三億円の一部は取締役会の承認なしに、南房総カントリークラブ会員から返還請求の出ている預託金の支払いに振り向けられていること。

第二、昨年末、千秋ソフトウェアとリース契約を締結するに際し、裏金提供の約束を交わして、会社に対し五億円余の損害を与えたこと。しかも裏金は木村義正が私的に流用した事実が確認できること。

第三、これら行為は会社に対する重大な背任であること。

罪状が細かく記されている。

「まったくデタラメだ」

罪状のひとつひとつに反論した。額に血管が浮き出て、いまにもはち切れそうだ。

義正に言わせるなら、どれもこれも会社のためにやったことで、取締役会に諮《はか》らなかったのも、取締役のいずれもが名目上に過ぎない役職だからだ。

「どれもこれも会社のためだ！」

「そう考えておられるのが間違いのもとなのでしょうな……」

野村はぬけぬけと言った。

「野村先生。千秋ソフトウェアの件に関して言うなら、あのとき、先生も同席しておられた。しかし、先生はなにもおっしゃられなかったじゃないですか」

「私は立ち会っただけです。あのとき、あなたは私に助言を求めましたか、助言を求められれば意見を申し上げたはずです」

「しかし、立ち会われたのは事実」

「はっきり申し上げましょうか、本件は取締役社長としてのコンプライアンスにかかわる問題です。それを違法か適法か、判断するのは取締役社長の専権です。コンプライアンスとは法令遵守ですからな。それを社長自ら破られたということじゃないですか」

「………」

しかし、野村の言ったことは嘘だ。弁護士には国家公務員と同様に、著しく法令に反する行為あるいは法令を犯す行為を目撃またはそれを知ったとき、告発する義務がある。そのことを伏せた上で、取締役のコンプライアンスをいうのは間違いであり、ましてや顧問弁護士の立場から、それを見聞きしながら注意を喚起しなかったことは、弁護士としての職業倫理を問われることになる。

「木村さん……」

と野村は続けた。

「これは長年おつき合いいただいた関係から申し上げるのですが、木村さん。刑事告発の覚悟を決め、その準備をなされた方が良いかもしれませんな……」

野村はダメ押しをした。その言葉を聞き義正は野村も佐野らとグルだったのだ、と思わぬわけにはいかなかった。

相談したこと自体が間違いだった。

義正は急ぎ、本社にもどった。

社長室は三階奥の南側にあった。手前が総務部だ。佐野の姿はなかった。社長室の前に勝田庶務課長が課員三人と立っていた。

「社長室は封鎖されました」

勝田が言った。

「なにをバカを言っている」

義正は一喝《いっかつ》した。

　勝田は大卒一期生で、大学時代は柔道をやった大男だ。一メートル八十を超える巨漢が小男の前に立ちふさがる。腕力ではとても勝ち目はない。しかし、創業者の二代目の威厳をもって、もう一度一喝した。

「困ります」

　勝田はドアの前で動かない。大男は直属の上司の言いつけを律儀《りちぎ》に守ろうとしている。

「いいから、そこをどけ！」

　怒声を上げはしたが、そのとき、義正は自分でも驚くほど、冷静になっていた。

「誰の指示で封鎖をした？」

「顧問弁護士の野村先生の指示です……」

「なんでまた？」

「ええ、証拠が散逸《さんいつ》しないように、ということのようです」

「なるほど、キミの立場はわかった。ただし中に私物がある。私物を持ち帰るのがなぜ悪いのか……」

　義正はいつもの威厳を取りもどし、諭《さと》すように言った。人間というのは、そう簡単には関係を変えられるわけではない。つい先ほどまでオーナー社長だった男にたてつけるはずもなく、ドアを開けた。

義正はめぼしい機密の資料を、アタッシュケースに入れ、社長室を引き揚げた。

「ありがとう……」

習い性とでもいうべきであろう。勝田課長は畏まった姿勢でエレベータホールまで見送った。そのまま義正は駐車場に向かった。運転しながら携帯から何本も電話をかけた。時刻はすでに午後六時を回っていた。

「すぐに集まってくれ」

阿佐谷の本邸までは二十分だ。それまでには全員そろっているはずだった。

4

木村義正社長解任――を、島田道信常務が知るのは同日の深夜のことだった。伝えたのは打ち合わせのため興国食品に居合わせた興国担当の村井英貴課長だ。村井は息を弾ませ仔細を報告した。

「実権を握ったのは誰かね」

「はっきりはわかりませんが、総務部長の佐野さんらしいです。木村一族はすべて追放されたそうです」

「引き続き、情報を集めてくれないか」

「わかりました」

取引先の異変。しかも木村一族を除く全取締役賛同の上での、義正社長解任決議だったというのだ。四十億円を超える債権を持つ日東商事にとっては重大事だ。

翌朝、島田は早めに出社した。

「興国から連絡はないか」

秘書に訊いた。秘書は、ございませんと答えた。それにしても、奇妙だった。新しい執行部からなんの連絡もない、通常なら大切な取引先や大口債権者には、こういうとき、なんらかの挨拶があるものだ。

総合商社の執行役員は超多忙だ。午前中に二つの会議に出席し、自室にもどり島田は時計を見た。正午を回っている。秘書に同じ質問をした。けれども、秘書は朝方と同じ答えをした。奇妙だ。最大債権者の東亜銀行からも連絡はなかった。奇妙と思えるのは、そのことだ。すぐに稲沢に連絡を入れた。生憎の留守だ。

島田は考えた。

佐野宗男――。印象の薄い男で島田の記憶には明確には残っていなかった。佐野に社長は務まるはずもない。まず人望がない。それに小物だ。そうすると、陰で糸を引く人間がいるはずだ。

思い当たることはひとつ。木村一族を放逐すべきだと言ったのは稲沢副頭取だ。稲沢だろうか。いや、その可能性は低い。興国食品の経営になんの関心もないからだ。彼の関心はもっぱら債権の整理だ。

そうすると誰なのか。いくつか思い当たることはあるが、特定するには、まだ材料不足だ。わからないまま、この段階で迂闊に動くことは出来ない。

（しばらく待つ……）

島田はそう決めた。しかし、必要な手は打ってある。いずれにせよ、計画を修正する必要が出てくるからだ。翌日、新しい動きが出てきた。社内は右往左往の、大混乱をきたしているようだ。情報を持ってきたのはやはり村井課長だ。

「新執行部は増資を検討しているようです」

「そうか……」

増資――。それは予想された動きだ。株式の九割を握っているのが木村一族だ。その木村一族に株主総会を要求され、そこで役員人事を否認されれば、新執行部は確実に瓦解する。いまの段階で新執行部がやるべきことはひとつ。経営権を確実に握るには、増資を強行し、彼我の力関係を逆転させること以外に道は残されていない。

連中がことを急くのも当然だ。しかし、増資をするにしても、原資を連中はどう手当てするつもりか。債権者にどう説明するつもりなのか。まだ音沙汰はない。問題は肝心な増資に必要な原資だ。連中に用立てする力はあるまい。背後に黒幕がいるはずだ。

（黒幕は誰か……）

佐野らを操り、クーデターを企《たくら》んだヤツらの正体だ。

新社長は総務部長を勤めた佐野宗男という男だ。島田は改めて佐野宗男のプロフィールを調べさせた。木村家の子飼いだ。多額の借金を抱えていることもわかった。愛人もいるようだ。経営についてなんの見識も持たぬ男である。佐野は代役に過ぎない、当座の飾りだろう。島田はそう判断した。

島田は専任のスタッフを二人置き、監視態勢を敷いた。その専任スタッフの一人が、また新しい情報を持ってきた。

「増資は十億だそうです」

これで連中の狙いがはっきりしてきた。

発行済み株式総額一億五千万。

その大部分を木村一族が握っている。取締役会で木村義正の社長解任を決議したものの、株のマジョリティを制しない限り、経営権は握れない。十億ほど増資をすれば、木村一族の持ち分は十分の一になる。つまり少数株主に転落するというわけだ。そうすれば株主総会での発言権は急落し、役員すら送り込めない状態になってしまう、それを狙っての増資であるのは間違いない。

別な言い方をすれば、これは興国食品の乗っ取りである。有利子負債の圧力で潰れかけているとはいえ、ＡＷＣコンサルティングの試算では、興国食品の評価は八十億を超える優良企業。要するに、たったの十億で八十億の資産を詐取する陰謀である。

島田は事態を、そう認識した。

総合商社の執行役員は忙しい。立場上、興国問題にだけかまけているわけにはいかないのだ。午前に引き続き、午後には島田が主宰する部内のミーティングがあり、そのあと三組の来客と面談の予定だ。午後四時近く、会議の合間を見て再び東亜銀行に電話連絡を入れた。稲沢はすぐに電話に出た。

「聞いているよ」

さすがに稲沢は興国食品での異変は知っていた。しかし、稲沢はさして驚いてる風ではなかった。

「しばらく静観するんですな……」

稲沢は落ち着いている。ばたばた動いてもなにも出来るわけないじゃないか、確かに資産の毀損は起こりうるが、しかし、あそこは現場がしっかりしているので、その心配はそれほどなかろう、稲沢はそんな見通しを話していた。

銀行の立場というのは、わかっているつもりだ。こういうとき、総合商社にとって都市銀行というのは、味方でもあり、油断のならぬ競争相手でもある。しっかりと個人保証を取り付け、最悪の場合でも資金回収が出来るからだ。それに比べ総合商社はどうか。債権回収ではお寒い限りだ。

身体が空いたのは五時過ぎだった。

島田は出かける支度をした。

陽はまだ高い。島田は部下を帯同し、谷中に向かった。言うまでもなく西村恒夫に会うためだ。狭い道路だ。とても車は入りそうになかった。島田は三崎坂の有料駐車場に社用車を待たせ、西村の家に向かった。

「おや、島田さん」

先客がいるようだった。

「先日のお願いにまいりました」

島田は戸口で要件を伝えた。

西村は例の居間に通した。今日は珍しくテレビはつけていない。先客は興国食品の製造部長安井清だった。安井はおやっという顔をした。気まずい雰囲気が流れる。しかし、西村はいっこうに気にしている風もなく、安井を前にして言った。

「この間の話でしたらお断りですよ。せっかくいらっしゃったのにまことにお気の毒ですが……」

「困りましたな」

と、島田は苦笑いした。

「島田さん、安井君を知っていますよな」

「ええ、存じ上げております」

西村は続けた。

「安井は、こう見えても、腕のいい職人なんですよな。引退しても、安井君ならワシも安心できるんですわ……」

西村は安井を褒《ほ》めた。安井は照れたように頭をかいた。

二人は三十年にもなる長いつき合いだという。安井が中学を卒業し、興国食品に入ったのは、西村が二十五のときだ。西村は一人前の菓子職人に育てるため、やや軟弱な安井を鍛え上げた。その西村に安井は親炙《しんしゃ》し、西村は実の弟のように安井をかわいがった。西村が現場から引退するとき、安井を製造部長に強く推したのは、言うまでもなく西村だった。そうした人間の関係というのは、簡単には変わるものではないらしい。西村の前では子供のような安井。その安井が急に身体の向きを変え、島田に訊いた。

「債権者の立場としても、やはり西村さんが適任だとお考えですか」

債権者の立場――。それは日東商事のことだ。島田は答えた。

「そりゃあ、そうです……。西村さんをおいて他にない」

「実は、私も島田さんとまったく同じ意見なんですよ。興国は危急存亡のとき、西村さんなら社員は一致協力する。興国を立て直すことが出来るのは、西村さんをおいて他にいない。それでお願いにまいったのです」

島田は驚いた。

伝え聞く話では、佐野らと共謀し、木村義正を追い出しにかかったという安井。その男が先輩の西村恒夫を訪ね、会社のために尽力を願いたいと言う。クーデターを策した連中と西村との関係。まだ安井の立場はよくわからない。もうひとつわからないのは安井と木村家との関係だ。

木村家から冷たくあしらわれている西村に現役復帰を頼むとはどういうことか。ただひとつだけわかることがある。会社の混乱は従業員にとっての不幸だ、会社の混乱をなんとかおさめたい、そう思うのは、現場を預かる製造部長の立場というものであろう。その安井の気持ちだけは理解できる。

（しかし……）

と、島田は考えた。

木村一族と新執行部との間で、血みどろの争いが演じられている。午後に入っての情報では木村家側は、巻き返しに転じているともいう。つまり臨時株主総会の開催要求だ。木村家の最大の武器は株式を完全に押さえていることだ。この武器を有効に使えばクーデターを鎮圧できる。

　他方、取締役会で多数派工作に成功した佐野らの内部事情は複雑のようだ。この段階でそれぞれの立場を特定するのは容易ではあるまい。だから社内は左右に揺れ、いま疑心暗鬼になっている。

　安井はどんな立場で西村を説得しようとしているのか、たとえば、オオヨドの意を身体しての説得なのか、いや、木村一族との関係からいえば西村を社長になどというのはあり得ぬことだ。その疑問に安井は答えた。

「奴らでは再建は不可能です」

　安井は繰り返した。島田にも理解の出来ることだ。安井が祈念していることは、ただひとつだ。つまり会社の混乱を収束させることだ。彼にとって重要なことは、従業員の生活を守ることだ。島田も同感だ。

「私ども債権者の立場から申し上げれば、内紛は困るのです。内紛は評判を落とし、興国食品には致命的な傷を残します。倒産に追い込まれ、私どもは債権を失い、社員は路頭に迷うことになる、それだけは避けたい」

　安井はうなずいた。

「まあ、まあ、堅い話はなしということでやりましょうよ」

　西村は軽く受け流した。

そして珍しく、妻にビールを持ってこさせた。まあ、一杯と自ら飲んだ。下戸の西村にしては珍しいことだ。

「島田さんの言う通りだと思いますよ。このままじゃ、興国は潰れます。オオヨドも義正社長も、それに会社を乗っ取った連中も同じ穴の狢《むじな》。アイツらときたら自分のことしか考えていない、従業員のことなど、そっちのけですからな」

安井の立場は、木村家側でも、佐野派でもない、第三の中立なのか。中立の立場を貫くにしても、会社を再建するには、スポンサーを探さなければなるまい、そのメドをつけているのか……。安井の顔を見て、西村は言った。

「おまえは現職だからな……。従業員の先行きを心配するのはわかる。しかし、なんで佐野なんかの味方をしたんだ？」

「仕方がなかったんです」

安井は言い訳をした。

下請けとのちょっとした関係を、アイツらは背任と責め立てた。まあ、下請けと打ち合わせをすれば、飲食をともにすることはよくあることだ。食事をし、カラオケバーに繰り出すこともある。ちょっとした手みやげや盆暮れの付け届けを受け取った。それを背任と責め立て、会社の職権を利用した収賄じゃないか、そう責め立てる一方で、連中は、こうも言った。

「会社を改革しなければいかん。これ以上義正のワンマン経営を許せば、会社は破綻をきたす。従業員のために、会社を立て直す必要がある。それには自らも身辺をきれいにしておかなければならんのだ……」

すっかり社長気取りの佐野が言った。佐野が言うのもひとつの道理だ。脅しをかけられたこともあるが、このごろ義正社長の言動を見ていると、目に余るものがあった。関心はただゴルフだけだ。先代は偉い男だったが二代目は坊ちゃん育ちのゴルフ狂い、とても会社の将来を託すわけにはいかない。連中が言う木村一族が会社を私物化しているという非難も、まんざらデタラメというわけではないのだ。

「しかし、オマエらもだらしがない、下請けにタカリの飲み食いをするなど、まあ、庄助社長がおられたころは考えられなかった」

西村が怒った。

「すみません。食事までを断るのではカドが立ちます。しかし、ずるずるとカラオケバーにまで繰り出したのは間違いでした」

安井はぺこりと頭を下げた。

しかし、後輩の話を、西村はにこにこしながら聞いているだけで、なんの感想も述べなかった。それでも、安井は辛抱強く説得を続けるのだった。

「まあ、いまは静観することだ。慌てて動いても、右往左往するだけだ。まだ、事態はもっと動くさ……」

西村は稲沢副頭取と同じことを言った。

「しかし……」

「まあ、半年だね。秋には決着する」

西村は言った。

少しも動ぜず、西村は楽観している。

「誰かな、黒幕は？」

西村が安井に訊いた。

「佐野だろうと思いますが……。いま社内を仕切っているのは佐野ですから」

「そうかな」

西村は首をひねっている。

「他に誰か？」

「さあ、わからん。しかし、佐野にはみんなを動かす信望も才覚もないだろう。ヤツに知恵をつけた黒幕がいるはずだ」

島田もそう思う。

「オオヨドのところに出入りをしている男に吉田耕助っていうのがいたよな。アイツには気をつけた方がいい。それに弁護士の野村という男も……。二人がどっかと結びついているはずだから」

どうやら黒幕の正体を、西村は知っているようだ。

「ところで日東商事はどっちの味方をするつもりなんです？」

いきなりの質問に島田は戸惑った。

「いや、どちらの味方と言われても。内紛には不介入です。その意味で、どっちの味方でもありません……」

「そうでしょうか、島田さん。日東商事が陰で糸を引いているとも考えられるし、そうでないとも考えられる」

西村はずいぶんなことを言っている。

「それは誤解です」

「誤解じゃない。現に島田さんは、こうやって私の家にきて、社長になれ、と私を口説いている。立派な内政干渉じゃないですか」

「いや、それは……」

「わかっていますよ、それもこれも、興国食品のためだとおっしゃりたいのですな。大事な取引相手だからだ、と」

「それもあります。私どもは興国食品とは長いつき合い、その関係を大事にしたいと考えている。もちろん、私どもは四十億の債権を持っている、もしものことがあれば、痛手ですからな……」

「なるほど、わかりますよ。しかし、私を社長に押し上げ、いいように私をコントロールするっていうことじゃないですか。佐野の背後に誰がいるのか、私は知らないが、仮に日東商事の助けが必要となったとしても、少なくとも私は佐野にはなりませんから……」

西村は日東商事の意図を見抜いている。

たたき上げの人間であるから、人間がよく見える。とくに混乱をきたしているとき、人の気持ちがよくわかるのだ。完全に見透かされていると島田は思った。

「これはお願いです。原料だけは入れてくださいな。原料の手当てがつかなければ、お手上げですからな……」

西村は言いたいことのすべてを遠慮なく言いながらも、その態度はあくまでもにこやかだ。飲めないビールのためか、頬が朱色に染まっている。

「まだ静観です。静観——。黒幕の正体がわかるまではな。それにオオヨドもどう動くかわからない段階で動けない。少なくとも、オオヨドが頭を下げてくるまでは、私は動かないことにしているんです」

最後に西村は、そう言った。

「ちょっと新しいのを思いついたんだ。安井君、見ていくか」

「そりゃあ、もう、是非……」

二人は立ち上がった。例の台所裏の実験工房で新商品を研究し、試作品が完成したということであろう。

「それでは失礼します……」

「そうかい、見送りはなしだから」

そう言うと安井を促し、西村は台所の奥に消えていった。

島田は路地に立ち、振り返った。

あばら屋というのは言い過ぎだとしても中学を卒業して以来、四十年もの間、木村一族のために働いてきた。それで手にしたのは借地の上に立つ、二十坪ほどの長屋風の一軒家だ。いまは製造部門顧問という立場だ。それでもコツコツと新製品の開発を、自宅の菓子工房で続ける西村恒夫という男。

「どうなんですか……」

帯同した部下が訊いた。彼が訊いたのは西村が社長を引き受けるかどうか、その判断である。しかし、島田は答えなかった。今夜の西村は微妙なことを口にしたからだ。つまり条件のひとつを明示したからだ。

「オオヨドが頭を下げる……」

西村は、そう言った。

彼の立場なら、そうするのは当然だ。

先代にかわいがられた恩義を忘れてはいないが、功労者西村に対する木村家の態度はあまりにも粗略な扱いだ。口にこそ出しはしなかったが、西村が抱く木村家に対する感情は複雑に違いない。オオヨドが頭を下げてこない限り動かないというのが西村の本当の気持ちだろう。島田にはわかるように思えた。

（何者なのか、黒幕の正体……）

帰りの車中で島田は考えた。車は不忍通りに出て、上野の方向に向かっていた。黒幕の正体。いくつか思い浮かぶ。

佐野をそそのかしたのは、西村が言うように吉田かもしれない。そして野村弁護士もグルと考えるのが自然だ。あの風采の上がらぬ弁護士。彼が絵を描き、吉田が動き、佐野らをそそのかした。だが、吉田にしても野村弁護士にしても興国食品の経営に関心を持っているとは思えないのである。ヤツらは誰かの代理人として動いているのではないか。

（十億の増資……）

資金を用意できるのは限られる。マルヨシか――。未確認だが、三億を資金繰りのため協力したという情報もある。しかし、そうだとすれば、木村一族を興国食品から放逐する動機が見つからない。むしろマルヨシのスタンスは、木村家との一体化にある。

（すると……）

考えられるのは賛光商事の存在だ。総合商社の食品部門のうちで、三本の指に入るのが賛光商事だ。

彼らは食品部門を経営戦略の重要な柱に据えて、とりわけコンビニなどの流通部門に触手をのばしているのはよく知られる事実である。しかも日光食品という総合食品メーカーを傘下に抱え、供給と流通の両面から戦略を展開中だ。目標とするのは、業界第一のシェアを獲得することだ。しかし、賛光商事にはなんの手がかりもないはずだ。

島田は四年前の南房総カントリークラブでの光景を思い出した。あのとき、義正の社長就任パーティーに顔を出していた賛光商事の食品部門の統括責任者の柿沢祐一の顔を思い浮かべた。紳士然とした男だ。業界では凄腕の男として知られている。しかし、吉田および野村弁護士との接点が見つからないのである。

島田は首を振った。

西村が社長を引き受けたとき、賛光商事はどう動くか。西村は社内の信望は厚いが株は持っていない。増資に成功した賛光商事が反対に回れば、西村執行部は簡単に潰されてしまう。それに日東商事が、どんな意図で西村を社長に推挙しているのか、彼は警戒心を強めるにちがいない。動かず、静観するという西村のとった態度は正解というべきだ。

「具体的な提案をしたらどうでしょう」

帯同した部下が言った。

「具体的な提案ね……」

具体的な提案とは興国食品再生のアクションプログラムを呈示することだ。社長に推挙するには、日東商事としての立場を明確にした上で、興国食品支援の具体策を示す必要がある。仮に賛光商事が陰で糸を引き、クーデターを起こしたというのなら、日東商事としても対抗措置をとる必要がある。手をこまねいていると、興国食品は賛光商事の傘下に組み入られてしまうからだ。

（しかし……）

と島田は思った。

慌てる必要はない――と。自分たちは原料の供給を押さえている。これから他に切り替えるとしても、経営不安を抱えている興国食品と新たに取引を始める商社が現れるとは考え難いからだった。

（当分は静観――）

それが正解のように思えるのだった。

翌日の午後九時。しかし、静観してはいられない人たちもある。阿佐谷の木村本邸には、親族の主だった者が顔をそろえた。連日の親族会議だ。当主ミナは意外にも元気だ。あれこれ議論をした末に、そこで木村一族はひとつの方針を決めた。

「まず信頼できる弁護士を雇うこと」

佐々木は提案した。

「ああ、野村は寝返った……」

寝返ったのではない、彼こそ首謀者なのだが、木村一族はなおそのことに気づいていなかった。いま野村は謀反人らを守る弁護士だ。そうである以上、木村家の利益を法的に守ってくれる弁護士を急ぎ選任する必要がある。それはすぐに決まった。佐々木勉が具体的な人名を上げたからだ。

「峰山孝夫という弁護士です」

「その弁護士にお願いしましょう」

七十八になるミナが言った。

峰山弁護士は佐々木が勤務していた非鉄金属メーカーが倒産に追い込まれたとき、労働側の弁護士として働いた男で、佐々木はそのとき知り合った。正義感の強い弁護士であり、信頼の出来る男だった。

ミナは気丈だった。動揺する義正を励まして、次々と対抗策を打ち出した。そのひとつが株主総会の開催だ。株式を完全に握っているから、総会は開ける。その場で、現執行部を否認し、新たに取締役を選任するという作戦だ。そのためには、多数派工作をする必要がある。佐々木が作った名簿を見ながらミナは考えた。木村一族を除けば、取締役は十三人だ。そのひとりひとりに○×△印を付けていく。×はA級戦犯であり、絶対に許すことのできぬ取締役である。△は動揺分子。○は味方になりうると判断される取締役だ。

「佐野、佐伯、下山は絶対に許さない。懲戒処分よ……」

彼女は義正社長解任決議に加わったすべての取締役を敵に回すことは考えていなかったのである。いずれも子飼いだ。ミナが一喝すれば、震え上がり、すぐに恭順の体だ。彼女は自信家である。

その夜から電話攻勢を始めた。

解任決議に賛成票を入れた取締役で△印以下の取締役を説得し、木村家側に寝返らせるのが決めた方針だ。

「もどってきてちょうだい」

ミナ自身も電話をとり、説得にあたった。

オオヨド様の電話に誰もが、恐縮の体だった。動揺をきたしているのは明らかだ。しかし、翌日から様子ががらりと変わった。誰も電話に出なくなったのだ。

「どういうことか……」

阿佐谷本邸に作戦本部を置き、多数派工作を進めているとき、株式会社キムラの社員から電話が入った。株式会社キムラは興国食品の持ち株会社で、木村家の資産を管理するために先代が作った会社だ。そこで働く三人の社員がいた。その三人がフル稼働で、調べた結果、どうやら取締役たちは都内ホテルで拘束されていることがわかった。

木村家側の多数派工作で落伍者が出ないように、相互に監視させているのだ。

「佐野なら考えそうなことだ」

義正は吐きすてるように言った。

夕刻、玄関に一人の男が現れた。モニターで見ると、吉田耕助だった。

「なにしにきやがった」

怒り心頭の義正は追い返すつもりだ。

しかし、ミナは違っていた。

「ここに通しなさい……」

吉田耕助は照れ笑いを浮かべながら応接室に入ってきた。それにしてもたいした度胸である。恩を仇で返した男が、ぬけぬけと姿を現したのだから……。吉田はぺこりと頭を下げて、そして言った。

「このたびはどうも、とんだ騒動が起こっているようでして、私も野村先生から話を聞きびっくりしているところです。それで大奥様にお見舞いにまいった次第です」

吉田は役者である。

「そう。それはありがとう。でも心配はないのよ、吉田さん。義正を解任したからといっても、なにも変わらないよ。わかっていると思うけど、近く株主総会を開き、佐野以下の首謀者はすべて解任し、会社から永遠に追放するつもりでいますので……」

ミナはにっこり笑って言った。

「それで大奥様、ご相談です。いまの状態では義正さんは刑事告発を受けます。なにしろ佐野の野郎、強硬ですから、野村先生も困っておいでです。まあ、野村先生は興国食品の顧問弁護士という立場もあり、その立場で心ならずも動かざるを得ないのです。ここは円満に解決したい――と、そう考え、中立的な立場にある私が、こうして使者に立ったというわけです」

吉田はぬけぬけと言った。しかし、ミナがすかさず切り返した。こういうときのミナはたいした貫禄だ。

「それはそれはご苦労さまです。でもね、吉田さん。刑事事件のことをご心配なさるのならあなたじゃございませんこと」

ミナの傍らに座る佐和子が言った。

「刑事告発のことですけど——。お義母様が吉田さんから買い上げた貴金属の一部に偽造の証書が見つかりましたの……。こちらの弁護士先生にご相談申し上げたら、これは詐欺罪が適用できるとおっしゃるの。あなた、詐欺罪の刑罰って重いそうですね。最低でも七年でしたかしら。再犯の場合は、さらに重くなるそうですね、吉田さん……」

こういう場面では女は強いものだ。夫の義正と違って、佐和子はただのゴルフ狂いではない。吉田に対するいたぶりようは尋常ではなかった。しかし、木村一族が強気でいられる理由があった。マルヨシの蒲田貞二部長が木村家側に立ち、全面的に支援を与えるとの約束をしていたからだ。

佐和子はさらに追い打ちをかける。

「だいたい、あの取締役会は無効——と私どもは理解しておりますの」

その理由を佐和子は述べた。法律論としても立派に通る理屈だ。佐和子も興国食品の立派な取締役なのである。木村家にはなんの連絡もなく取締役会を開いた、そうした取締役会は無効であると佐和子は言うのだった。そして続けた。

「お義母様も取締役でしたよね。そのお義母様にも、連絡がございませんでしたよね……」

そう言う佐和子には、少しも激したところがない、そればかりか、にっこり笑ってみせるのだった。嫁も姑にならって、言い様はにこやかだ。吉田は額に汗を浮かべ、抗弁の機会をうかがっている。

「それで御用の向きというのは？」

今度はミナが訊いた。

「はあ、株の件です。できるだけご希望にそう線で、私が斡旋できれば、そう思いましてね。株の問題が解決できれば、なにもかも円満に解決です。まあ、義正さんも無傷。少なくとも、借金の抵当権が設定されている、この本邸も無事なのですから、それは悪い話ではないように思えます」

吉田は汗を拭き拭き言った。

要するに、一億五千万の株式は相応の値段で買い取り、木村家の財産についても、抵当権を解除する——というのが、株式譲渡の条件というわけだ。

「それはそれはご心配をいただき……。でもね、その心配はございませんのよ。そんな心配をなさるのなら、あなた自身のことを心配なさって。いまウチの先生が告発状を届けに検察庁に出向いているところですから。詐欺の容疑でね……」

ミナは軽やかに笑った。

第六章　血みどろの訴訟合戦

1

いやはや泥仕合という他ない事態の展開であった。早まらずに良かった――と島田道信は胸をなで下ろすのだった。

あれ以来、木村家側と会社側との間で訴訟合戦が続いていた。臨時取締役会が開かれた一週間後、木村家側はただちに所有株式の確認を求める訴訟を起こす一方、臨時取締役会決議の無効を求める訴訟を東京地方裁判所に起こした。

これに対し、新執行部側は取締役会の承認なしに会社を連帯保証人とする三億円の借り入れを行ったことを理由に、木村義正を特別背任で東京地検に告訴した。

つい先ほど入った情報では、会社側がまた個人的に流用した分や、千秋ソフトウェアから受け取ったとされるリベート五億を含めて総額十二億円の損害賠償請求を、東京地裁に起こすとのことだ。

「木村家側が民事訴訟を起こしているのに対し会社側は刑事告訴。そして今度は損害賠償請求……」

島田はあきれ顔で、目の前にいる東亜銀行副頭取の稲沢美喜夫に向かって言った。旗幟鮮明にしていたら、それこそ内紛に巻き込まれていたところだ。

訴訟合戦が激化したのは、木村家側が株式の売却を明確に拒絶したからだ。もうとどまるところを知らない訴訟合戦に入って半月が経過している。

さすがに東亜銀行はよく見ていた。前製造部長の西村恒夫も動ぜず、静観の立場を崩していない。まだ事態は流動的であり、勝敗の行方は定かではない。

その夜、二人は久々に赤坂の割烹で会食をしていた。もちろん、興国食品の処分法を話し合うためだった。隣の部屋はカラオケで盛り上がっている。少し前なら考えられないことだが、近ごろの割烹は成り下がったもので、カラオケを置くのを恥とは思わなくなったようだ。

依然、東亜銀行は最大の債権者。債権者の存在などまったく無視しての訴訟合戦。その限りでいえば、両者は肝心な問題を完全に忘れている。最大債権者が興国食品の債権を、第三者に売り飛ばせば両者とも争う根拠を失うからだった。

「まったくですな……」

島田が言ったことに稲沢は同意した。

久しぶりで会った稲沢美喜夫はくつろいでいる。中部銀行との合併交渉も終わり、この秋には新金融グループが発足を見る。長丁場の交渉だった。頭取同士が話し合いを持ってから一年半。新聞にすっぱ抜かれ合併が危ぶまれたこともあった。

新金融グループの名称は「アスカ金融グループ」と決まっている。アスカ金融グループはアスカホールディングスを頂点にアスカ銀行、アスカ信託銀行、アスカ証券などを傘下におさめる総合金融グループとして、発足を見るのだ。

幹部人事も決まった。稲沢美喜夫はアスカ銀行の法人営業を統括する副頭取に就任することになっている。人事は弄らず――が合併の条件であるため、二人置く法人営業統括役員の一人に指名されたわけだ。

稲沢は正直焦っていた。稲沢が承認を与えた融資案件のいくつかが焦げ付き、不良債権化しているからだった。興国食品に対する融資もそのひとつだ。

それでも債権放棄を決めたのは、残債は大幅に圧縮される。しかし、それは形の上だけのことで、再建計画が決まらなければ、最終決着といえない。ところが興国に内紛が起こり、再建計画が宙に浮いた。稲沢には頭の痛いことだ。しかし、今夜の稲沢副頭取は、そんなことなどおくびにも出さない。

「ところで、債権放棄を、世間はどう見ているのかね……」

稲沢は杯を手にして訊いた。

「大変な英断だと思います」

世間はどう見ているか――。そもそも、稲沢は世間の風評を気にするような男ではない。英断などとは少しも思わないが、島田が心にもないことを答えたのは、稲沢の心の内が、まだよくわかっていなかったからだ。

「そうかね……」

稲沢はうなずき、質問を重ねた。

「興国食品は債務免責で立派な企業によみがえる。それは確かだ。総資産はＡＷＣコンサルティングの査定でも八十億。まあ、ＡＷＣの評価は、いつも辛口だから二割から三割の過小評価だ。実体は百二十億を下ることはあるまい。残る借金は二百億円を切り、しかも毎年十五億も利益を出している企業だ。誰が見ても、おいしい企業ですわな。お宅が乗っ取り屋の立場なら、興国食品をどのように処分しますかな」

稲沢は微妙なことを訊いた。

「さあ……」

島田は首をひねった。

「しかし、連中のやっていることは潰し合いだ。佐野じゃ再建は不可能です」

「それも、そうですな」

稲沢はあっさりと同意した。

佐野宗男は飾り物。作戦を練ったのは、弁護士の野村克男で、連中をアジテートしたのは吉田耕助だ。しかし野村にしても吉田にしても、会社経営など出来るわけがない。佐野社長では社内の人心を掌握できまい。要するに佐野体制はあくまでも臨時政権。本当の黒幕が登場するまでのつなぎではないか、稲沢は自分の見方を話した。つまり、稲沢は黒幕の存在を疑っていた。

先日、新社長としてのご挨拶を——と佐野が訪ねてきたのだが、会わなかったのは、まだ黒幕の正体をつかんでいなかったからだった。一ヵ月後に佐野体制は崩壊するかもしれぬ、そんな男に会っては大恥をかく。それが面談を拒絶した理由だと、稲沢は周囲にそう説明している。

「そうだとすると、連中の背後には、黒幕が存在することになる。その黒幕——。情報通のキミのことだ。キミには見当がついているんじゃないのかね」

「見当はついています。ただ確証がないものですから……」

「ほう。見当はついている——と」

「はい……」

「さすがだ、総合商社というのは。ここだけの話にしておくので聞かせてくれないか、その黒幕は誰なんだ?」

島田はしばらく考え、答えた。大銀行の副頭取ともあろう者が、それにしてもとぼけたことを訊くものだ。しかし、島田は素直に答えた。

「疑惑が濃厚なのは賛光商事です」

「ほう。理由はなにかね?」

「日光食品グループに吸収統合するのが狙いなのかもしれません。興国食品を傘下におさめれば、日光食品は名実ともに日本最大の食品企業グループとなる。それを柿沢君は狙っているのではないか、そう思います」

「なるほどね――。賛光商事の後ろには日光食品ありというわけか」

日光食品は製粉業界の大手だ。賛光商事とは、メインバンクの賛光銀行を通じ、濃密なつき合いがあることは、関係者なら誰でも知っていることだ。

「それでどうなさるんですか、稲沢さんの方としては……」

融資先企業に内紛が起こったとき、調停に乗り出し、ことをおさめるのが銀行の役割りである。まして東亜銀行は最大の債権者だ。内紛が始まりすでに半月も過ぎている。それなのに最大の債権者がいっこうに動く気配を見せないことに島田は疑念を持ち始めていた。

稲沢は逆に訊き返した。

「そこだよ、問題は。調停に入るとするなら腹案《ふくあん》を持たなければならぬ。その準備はまだ考えていない。キミの方に腹案があるなら是非とも、聞かせて欲しい」

考えていない――とは、それが本当ならば最大債権者としてはずいぶん無責任だ。

しかし、それは嘘であろう。探りを入れてきた、と見るべきだ。

「すでに準備は出来ています。腹案も策定済みです」

「ほう。それは準備のいいことだ」

話が佳境に入ろうとしたとき、女将が挨拶に現れた。二人はビジネス上の難しい話をしている。察しのいい女で、ほんの少し座敷にいただけで席を外した。

「聞きたいね、その腹案というヤツを」

島田は話した。

西村の自宅を訪ねたとき、すでに腹案を固めていた。こういう場合、介入のタイミングが大事だ。タイミングを外せば、なるものもならない。介入のタイミングを間違えば、大きなリスクを背負う。しかし、この状態を長引かせれば、資産が毀損し、従業員の働く意欲も失せ、最悪倒産だ。

「難しいのは、いつどのタイミングで調停に乗り出すか、その判断です」

「なるほど……」

「西村を現役に復帰させ、社長に据える。東銀と日東から一人ずつ副社長として取締役を送り込む。増資も必要でしょうな」

「それも一案だね。西村ね。西村さんでだいじょうぶなのかね」

島田は簡単に西村の社内での位置付けを説明した。

「そうすると、木村家とも距離があり、現執行部とも距離がある――と。つまり中立的な立場にあるわけですな」

稲沢は銀行員の例にもれず酒には強い。先ほどから冷酒を五合ほど飲んでいる。しかし少しも酔っている風ではなかった。今夜はあまり酔えないな――と、思いながら、島田は先を続けた。

「経営問題はウチと東銀で差配し、製造部門は西村さんにお願いする、まあ、木村家の扱いは名誉職の会長に木村義正を押し上げ、それで納得してもらうということですが、再建には多少カネがかかります。できれば金利のかからないカネが必要。それが増資というわけです」

「増資ね……。要するに、木村一族の持ち分を減らし、影響力を排除し、経営権を握ろうというわけですな」

「その通りです、副頭取……」

稲沢の立場――。木村一族の排除にあるのはわかっている。木村一族の影響力を封じるには増資以外にないはずだ。しかし、稲沢は違った見解を口にした。

「新たにカネが必要ということになるわけですか。なるほど、なるほど……。しかし、ウチは債権を五割放棄する予定だ。その上に新たな資金負担ということになると、負担が重くなる。これは難しい。しかし、検討に値する考え方だ」

稲沢が増資に乗り気なはずがない。債権五割をチャラにし、その上に追い貸しするほど銀行は甘くはない。しかし、それをおくびにも出さない。そういうところが彼の狡猾なところだ。

「確かに、それもアイデアですな。しかしそれではつまらんです。もっとましなアイデアはありませんかな。ウチも得をし、お宅も得をするようなアイデア……」

稲沢はようやく本音を口にした。

「難しいところですな」

稲沢が不意に立ち上がり、座敷の障子を開けた。外灯に照らされた小さな坪庭が浮かび上がった。稲沢はジッと、坪庭を見つめていた。その背中に声をかけた。

「もう少し待ちますか……」

「その方が賢明かもしれぬ。まだなにが出てくるか、わかったものじゃない。しばらく静観しますか、静観した方が良さそうだ」

稲沢は急いでいる風ではない。島田もこれ以上、なにも言えなかった。話し合いは、結論の持ち越しとなった。

それから一週間後、事態は新たな展開を見せた。稲沢が言っていたことは、あたっていた。木村一族は臨時の株主総会を開き、佐野ら取締役を解任するとともに、義正と佐和子を代表権を持つ取締役に選任する手に打って出た。

前任の取締役で残ったのは安井清製造部長だけだった。西村恒夫の意向で、そうなったかどうかはわからない。株式の九割を所有する木村一族にはさしもの佐野勢も勝てなかったのだ。

「木村一族の勝利ですな……」

部下たちとそんなやりとりをしているとき、島田のもとにまた新しい情報がもたらされた。島田は啞然とした。また激変が起こったのである。確かに稲沢が言っていたような事態が出来したのである。

2

「先生、なにか手はありますか……」

佐野宗男は半べそ状態だ。

愛人の存在がばれて、女房には出ていかれるわ、カネの切れ目が縁の切れ目というわけで、愛人の尚子からは別れ話を持ち出されるわで、散々な状態にあるところに、今度はせっかくつかんだ社長ポストまで失うハメになったのである。

佐野ならずとも、泣き言のひとつも言いたくなるのはわかる。しかし、四百人の従業員を率いて、経営を切り盛りするには、彼には人徳も能力もなく無能に過ぎた。

「ありますよ、手はある……」

野村克男は自信たっぷりだった。

「裁判所に破産を宣告させる、そうすると義正は公的な仕事に就けなくなる。取締役にもな……」

要するに、こういうことである。

義正に対し会社は、十二億の損害賠償請求の裁判を起こしている。その上に彼は、会社に対し個人保証をしている。その金額はざっとみて数十億円の規模になる。しかし、いまの義正には支払い能力はない。木村家側が対抗措置を取るとすれば、考えられる手はひとつだ。まず木村家本体に累が及ばぬようにしなければならぬ。木村家本体を守るには、義正に個人破産を宣告させる以外にあるまいという読みだ。巨額な借金から逃れるには、それしか手がないからだ。

「しかし、裁判所が認めますか」

佐野が訊いた。

「なあに、破産宣告はすぐに出るさ……」

「でも、義正が個人破産を申請しないときはどうしますか」

「まあ、手はある」

木村義正が事実上、破産状態に陥っていることを理由に、木村義正の代表取締役職務執行停止を求める仮処分の申請をすればよいだけの話だ。法律では、個人破産を来した者は、公的な職務に就けない定めとなっている。株式会社の代表権も持てない。そうやって木村家を追い込んでいく作戦だ。

「これで木村一族の支配力は半減する。まあオオヨドと若奥様じゃ、われわれに太刀打ちできんでしょうな」

都内ホテルに用意してある作戦本部で野村弁護士は次の作戦を説明するのであった。次から次へと手を打つ野村弁護士。周囲の人間には驚きの連続だった。風采が上がらず、無能とみなされていた野村弁護士の変身だ。いや、いよいよ正体を現したというべきであろう。法律を駆使した巧緻なやり方であり、そのやり方はすべて合法なのである。

「新しい社長は、誰が……」

佐野宗男は期待を持って訊いた。

彼はいま無役だ。正確にいえば、失業者なのである。佐野の期待はもう一度社長に指名されて、返り咲くことだ。

しかし、野村は答えなかった。もはや佐野は用無しの人間である。それを無言のうちに佐野に示した。目線が宙に浮き、佐野はがっくりと肩を落とす。

事態は野村弁護士を中心に進んでいく。誰も抗うことが出来ない状態にある。腰巾着のように寄り添う吉田耕助さえも、詐欺常習の前科持ちであることが、木村一族から暴露され、もはや出入りもままならぬ。

「それでは今日は、失礼しますよ」

そう言うと、野村は部屋を出ていった。

取り残された前職の取締役たちは、互いに疑心暗鬼に陥っている。社長の座に祭り上げられ、舞い上がっていられたのはたったの三週間。

破産宣告を受ければ、もう義正が取締役会に出席することもなくなる。それはそれで喜ばしいことなのだが、しかし、この興国食品という帆船はいったいどこに行こうとしているのか、誰もが予測できずにいた。

自分たちは野村や吉田の口車に乗せられて木村一族に造反した。しかし、その先がどうなるか、見通しは真っ暗だ。それに木村一族と内通している者もいる――などという噂も流れている。彼らが恐れているのは木村一族による報復だった。オオヨドのことである。たとえ、義正が代表権を外されたとしても、人材は他にもいるのではないか。彼らを疑心暗鬼にさせるのは、たとえば、製造部長の安井清のような存在である。

「大丈夫だろうか……」

営業部長の下山松蔵は弱気になっていた。

誰もがたたけばホコリが出る。

もう佐野宗男には以前のような元気はなかった。彼らを覆っているのは厭戦気分だった。この三週間の間、彼らがなし得たことは、なにもなかった。確かなことは従業員たちから信頼を失っていることだ。

「社長になど、ならなければ良かった」

ともらした佐野宗男の言葉に、室内から失笑がもれた。

前職の取締役たちが、疑心暗鬼になりながら愚痴をこぼしあっているとき、弁護士の野村克男は、自身がスポンサーとなり、愛人が経営する銀座のクラブで、賛光商事の柿沢祐一と会っていた。そこは、目隠しが施された他の客の目から遮断された例の奥まった別室であった。二人は挨拶もそこそこにすぐに密議を始めた。

「どうですか、そろそろ……」

柿沢は訊いた。柿沢も心配だった。これ以上、内紛が続けば、興国食品の資産は毀損していくばかりで、企業イメージも傷つき、取り返しのつかぬことになる、それを柿沢は恐れているのだった。

柿沢がそろそろ——と言ったのは興国食品の買収に打って出ようという意味だ。いまなら買いたたける、それが賛光商事の目算である。賛光商事は独自に買収価格を、系列のシンクタンクに依頼し、はじき出していた。

百十億——。

それが買収価格の上限。出し値は九十億と考えていた。東亜銀行が損切りをして債権を放棄したいま、急速に興国食品の市場価格は上昇している。有利子負債が軽減されれば、その分だけ評価が高まるというわけだ。賛光商事が描く目論見とは、こういうことだ。

まず木村一族から経営権を奪取する。その第一が木村一族を排除し、新執行部を立ち上げることであった。激しい攻防の末、ようやくメドをつけた。木村家の御曹子木村義正は事実上破産状態にある。もはや表舞台に立つことが出来なくなった。まあ、代役を出してきたとしても、相手は女だ。赤子の手をひねるようなものだ。取締役会は自由に操ることが出来る。そこで新執行部を大幅に入れ替え、賛光商事寄りの執行部を作る。

第二段階は増資だ。取締役会から木村一族の影響力を弱体化させても、木村一族が株式を支配している限り、やはり興国食品は木村一族の興国食品だ。その影響力を排除するのが増資というわけだ。将来、株式市場に上場することを前提とする増資だ。ここで賛光商事は巨額な上場益を手に出来る。

上場により、賛光商事は興国食品に対する支配権を確立する。つまり手の込んだ企業買収だ。賛光商事の息のかかった経営陣との交渉であるのだから、買収交渉は思惑通りに進む、そこで債権者会議を開き、再建計画を示し、同意を求める。

たぶん、異論も出てくるだろう。とくに従来から取引関係にあるマルヨシや日東商事から……。それに最大債権者の東亜銀行からも意見や注文が出てくるのは、避けることが出来まい。しかし、乗り切れる自信はある。というのも、そこでスポンサーシップを表明することで、他の債権者を黙らせる作戦に打って出るからだ。

その最低価格が九十億。そうすれば、最大債権者の東亜銀行も沈黙するはずだ。新たなスポンサーの登場で、彼らは資金回収にメドが立つ。もちろん、残債の処分法につき東亜銀行との交渉は必要だ。

残る問題はマルヨシと日東商事との関係である。しかし、興国食品には新しい経営陣が誕生する。新しい経営陣がどこと取引関係を結ぼうがそれは自由だ。かくして賛光商事は完全に興国食品を支配下に置けるというわけだ。それが二人が相談して決めたシナリオであった。文字通りの不良債権を転がしてのビジネスというわけだ。

そこでの野村弁護士の取り分は取引総額の五パーセント。仮に買収価格が百億とすれば五億円の手数料収入となる。プロジェクトを仕掛けて約四年の歳月を要した。ずいぶんと時間がかかったものだ。しかし、時間をかけただけあり仕上げは上々である。まあ、一人事務所の弁護士の平均収入が年額二千万足らずのこの業界からすれば五億円の手数料収入は少なくない金額だ。

「そうですな。いきますか」

野村は同意した。

木村家側から送り込んできたのは義正の妻佐和子。とりあえず明日の取締役会では義正から代表権を取り上げ、取締役を大幅に入れ替える。そして一気に増資を提案する。取締役会は多少紛糾するだろう。

それも乗り越えられる自信はある。しかし問題がひとつある。複数の代表権者を置くことは決めているが、問題は社長を誰にするかである。佐野宗男に再登板させる手もないではないが、それとも他の誰かにするか、まだ社長人事を決めかねていたのだ。

「そこが難しいところだな。われわれが乗り出せば簡単なのだが、まだ顔出しは出来ないからな……」

消去法でいけば、この三週間無能をさらし続けた佐野宗男は排除すべきだと思う。安井清は人格的にも申し分のない男だ。しかし彼は中立を保とうとしている。いや、木村家に近い人間と見るべきかもしれぬ。もう一人の候補者は営業を統括する下山松蔵。下山は抜け目のない男で、情勢次第ではどう動くかわからぬ。

「まあ、しかし。いずれにしても臨時政権じゃないですか。役割は増資問題を解決するまでだからな。そう神経質に考えることはないと思うよ」

柿沢は楽観していた。どのみち臨時政権は短命に終わる。増資がなり、スポンサーシップを表明したところで本格政権を組閣すればいいじゃないか、柿沢はそう言うのだった。

「それもそうですな……」

二人の密議は終わった。

どこをどう突っついてみても遺漏などないはずだ。柿沢は国立大から賛光商事に入って四十五の若さで部長職にあり、この案件をまとめれば、執行役員入りは間違いなしだ。他方の野村も同じ国立大を出て、わずか一年で司法試験に合格した秀才。見た目には風采が上がらず、無能弁護士風ではあるけれど、商売と法律の知識にかけては、他の追随を許さぬ存在だ。

その二人がタッグチームを組んでの四年越しのプロジェクトだ。完璧なシナリオだ。ミスなどおかすはずはない、少なくとも、二人はそう信じていた。

「あらっ、終わりましたの……」

別室での密議が終わったことを雰囲気で察し、カナが姿を見せたのだ。もう深夜という時刻だ。あらかた客も帰った。カナが女たちに一声かける。二人のまわりにはたちまち花の輪が出来るのであった。

（完璧だ……）

野村はカナの温もりを感じながら、そう思うのだった。巨大プロジェクトにメドをつけたという安堵から、二人の秀才は女たちの嬌声に応えて、バカ騒ぎをするのだった。

しかし……。

この二人の秀才はひとつだけミスをおかしている。それは秀才ゆえにおかした大変なミスだ。この二人は人間の心は常に揺れ動くということを、知らなかったのである。

3

それから、三ヵ月後――。

木村義正と木村一族は、追いつめられていた。義正は破産宣告を受け、身動きがとれなくなっている。頼りの母親ミナは心労で、床に伏している。いま木村一族はがたがたに揺さぶられている。

いつものように木村一族は阿佐谷の本邸応接間に集まり、親族会議を開いていた。今夜は木村家の顧問弁護士に選任された峰山孝夫の姿もある。この間、法律的に対抗してきたのは峰山弁護士だ。

峰山弁護士も能力のすべてを出し尽くし戦ってきた。社会派と呼ばれる峰山は木村家にとって頼りになる弁護士だ。株主民主主義を盾に佐野宗男以下の取締役を放逐することを発議したのも峰山弁護士だ。それで社長解任された義正は代表権を持つ取締役として復帰し、社内における勢力関係を拮抗させた。続いて多数派工作を進め、勢力を逆転させるまでに盛り返した。

しかし、そこに敵側は思わぬ奇策を打ってきた。こともあろうに、十二億の貸金返済請求訴訟にからめ、義正の破産を申請した。これには驚いた。しかし、裁判所は敵側の言い分を認め、破産宣告したのは、一週間前のことだ。それでも手を抜かず、今度は破産人が公的職務に就けぬ——と、改めて代表取締役の辞任を求めてきた。

「やりますな、野村という弁護士……」

峰山は軽やかに笑った。しかし、木村一族には笑い事ではなかった。

いずれも適法だ。

峰山は、そう言うのだった。

峰山はすぐに対抗策を示した。しかし敵もさるもの。激しいやりとりの末に、佐和子は代表権を握り、敵側も営業部長の下山松蔵が代表権を持つことで妥協を図った。

「増資に動いているらしい……」

という情報が入ったのは今朝のことだ。木村一族を震え上がらせるに十分な情報だ。増資に応じられなければ、木村一族は少数株主に転落し、もはや取締役を選任する権限を失うからだ。

木村一族は義正名で、南房総カントリークラブを始め、興国食品本体の借り入れについて連帯保証をしている。それとは別途に義正自身が十二億の貸金返済を求められ、現在東京地裁で係争中だった。

貸金というのは南房総カントリークラブの預託金返還に充てるため、千秋ソフトウェアから受け取ったリベートも含まれる。いまになって考えてみれば、巧妙に仕掛けられた罠だったのだ。だが、いまとなっては遅いのである。リベートの受け取りを背任とみなされて、その返還を請求されている。

残るは借金ばかりだ。

今度こそ木村一族と義正は土俵際まで追いつめられ、土俵を割る寸前だ。もう木村一族までが破産だ。

そしてわかったのは黒幕の正体だった。それが賛光商事だった。賛光商事は幾度も恵比寿本社を訪ね、興国食品の商品の取り扱いを求めてきていた。しかし、マルヨシとの信義から、それを断ってきた。その賛光商事が黒幕だったとは――。

「巻き返しの手はあります」

峰山弁護士は言った。

「その前にやるべきことがある。たとえ、巻き返しの手があるとしても、やるべきことをやっておかないことには、いつまでも訴訟合戦が続く……」

そう言ったのは兄の正幸だった。

興国食品の経営に関してはまったく関心を持たず、理大を出たものの、もっぱらチョウチョウ集めが趣味の男が意外なことを口にした。

「連中と和解することだ、義正。無念さはわかるが、いまは忍び難きを忍び、会社のために和解するのだ、それ以外に会社を守る手がないように思う……」

「和解だって、正幸兄さん。それは出来ないよ、兄さん。アイツらは恩を仇で返した連中なんだよ」

「オトナになれよ、義正。いいか、はっきりしているのは、ヤツらのバックについているのは賛光商事だ。正面から戦えば、資金力に優る賛光商事に敗北するのは、目に見えているじゃないか……」

義正は取締役のひとりひとりの顔を思い浮かべた。社長解任動議に賛成票を投じたばかりか、こともあろうに野村らとグルになって破産に追いつめたのはアイツらだ。死んでも許せぬと思っている。

(気楽な兄はなにもわかっていない)

「それだけは……」

「義正君。それは一案だね。私の見るところでも、彼らは一枚岩ではない、揺さぶれば分裂は必至だ。それには寛容なところを見せる必要があるというのは、正幸君の言う通りだと思う。少なくとも安井製造部長は、向こう側に立っている人間じゃない。彼は会社の現状を憂えているだけだ」

佐々木勉が、義正を諭した。

その話を、先ほど応接間に出てきたミナがジッと聞いている。そして静かに切り出したのだった。

「そうかもしれないわね。安井を許すというのなら、西村にもどってもらわなければならない。私、間違っていた。西村には詫びなければならない……」

ミナは目を伏せた。

誰を頼りとすべきか、ミナは窮地に立たされて初めて知ったのだ。いや、歳のせいだけではあるまい。彼女は自分が築いてきたものが崩れそうになって初めて、西村の存在の大きさを改めて思い知ったのだ。四百人の従業員も、西村なら心をひとつに出来る。西村は裏切るようなことはあるまい。

それにしてもひどい扱いをしたものだ。一種の虐めといって良かった。先代庄助が逝ってから、西村を閑職に追い込んだのは、ミナ自身だ。それでも文句ひとつ言わず木村家に忠勤をつくした西村。いまでも、新商品の研究に余念がないという話だ。

「お母さん、西村さんにはお母さん自身が頭を下げ、これまでの非礼を詫びるんです。力を貸してくださいーーと」

「わかっている、正幸。明日にでも谷中に出向き、西村に会ってみる」

いまのミナは会社の苦境を救うためならなんでもやるつもりになっている。

「それで、どうだ、義正……」

正幸がたたみかけてきた。

しかし、義正には口うるさい番頭——という思いしかなかった。西村を製造部付けの顧問という立場に遠ざけたのは義正だ。事実上の引退を迫ったのだ。そういう無体な扱いをしたのは、義正であり、母のミナだった。その男を、第一線に復帰させるとミナは言っている。しかし、今日の義正は兄の言葉に心動かされるものを感じている。兄も興国食品のことを考えていてくれたのだ。

「それがいいかもしれないですな。分裂を修復するため、和解する、もともと社員のなかに木村家に対する不満があった。まあ、私の目から見てもワンマンでしたからな。その不満を吉田や野村が利用した。二人は賛光商事と組み、乗っ取りをかけてきている。やはり社員に腹を割って語りかけるべきです」

最後に佐々木が言った。

その言葉に義正の心は大きく揺れ動くのであった。

4

その日から三日後、木村義正は意外な人物の訪問を受けた。訪ねてきたのは日東商事の常務島田道信だった。

日東商事に島田常務を訪ね、一億五千万の資金繰りを頼み、融資に条件を付けられ、腹を立て、退出したのは、ちょうど四ヵ月前のことだった。以来の邂逅だ。

「その節は大変失礼しました。申しわけなく思っています」

義正は両手をつき無礼を詫びた。

その義正の姿を見て、苦労が身に付き、面構えも引き締まり、人間がひとまわり大きくなったように島田には思えた。

「いや、こちらこそ、お力になれず、恐縮に思っています」

（はて、今日はなに用なのか……）

義正は島田の顔を見た。

日東商事は不思議なポジションを保ってきた。倒産の噂が立つ興国食品に対し、これまでと同様に原料を提供してくれている。その支払いが滞りがちになり始めたのは、先月末ごろからだった。それでも原料を供給し続け、態度を変えなかった日東商事……。ありがたいことだと思っていた。

とはいえ、物事には限度がある。しびれを切らしての督促だろうと義正は思った。いま手持ちは不如意だ。しばらくの猶予をお願いする以外にあるまい。

「申しわけなく思っています」

支払いの遅れを詫びた。

「そのこともありますが、今日お訪ねしたのは、実は別にあります。おりいってご相談を申し上げたい――と」

「なんなり――と。私どもに出来ることならやらせていただきます」

いまは素直な気持ちで島田の話を聞けるように思う。いくつも修羅場をくぐり抜けてきたことの不思議な自信だ。

「聞きましたよ。大奥様が西村さんに頭を下げ、現場復帰をお願いしたことを。なかなか出来ぬことです。感銘を受けました。大奥様は和解に動かれたのですね。難局を乗り切るには結束が必要です」

島田が従業員との和解を評価したのには驚いた。ミナが西村を訪ねたのは、一昨日のことだった。

「会社はいま大変なことになっています」

そう言って、滅法《めっぽう》気位の高いミナが頭を下げた。病をおしてのミナの訪問に、西村

も感じるところがあったらしい。中学を卒業して以来、木村家に奉公してきた西村は、少し考え込んでから、

「わかりました。ガキのころからご恩に与った木村家です。私の出来ることなら、やらせていただきます」

と西村恒夫は素直に応えた。

しかし、代表権を持つ社長に――と、言われたときにはさすがに驚いたようだ。

「待ってください。私は、そんな器じゃございません。製造の現場でがんばれというのなら、老身にむち打ち、がんばるつもりですが、それぱかりは大奥様、ご勘弁を……」

西村は辞退した。

「そこが西村らしいところよ……」

ミナは笑った。

義正もミナの報告を聞き、同じ感想を持ったものだった。

「それで別なお話というのは……」

義正は島田を促した。

「せっかくの機会ですから、はっきり申し上げた方が良さそうですな。余計なお節介に聞こえましたら聞き捨ててください」

それは具体的な提案だった。

「第一に興国食品のブランドの信用を守ることです。このままでは、ブランドはズタズタになる。まだ多くの顧客は興国のブランドを支持していますから……。それが興国食品のいわば命綱です」

「わかっていますよ。ですから西村さんに復帰をお願いしたのです」

「良い選択だと思います。もうひとつブランドを守るには外部干渉を排除する必要があると思います。とりわけ賛光商事の影響を排除することが大事だと思います。お断りしますが、私どもは野心があって、こんなことを申し上げているのではない、賛光商事にとって代わろうとしているわけでもありません」

そこで島田は言葉を切った。

義正の反応をうかがった。

そして続けた。

「外部干渉を排除するには、方法はひとつしかないと思います」

「…………」

「木村社長に言い分もございましょう。しかし……。事ここに立ち至っては、もはや自力再建は困難と見受けられます。その選択肢は限られます」

それは義正にもわかっていた。

自力再建には資力に欠け、万策尽き、その上に内紛騒ぎで、体力は急落している。そこにハゲタカが襲う。満身創痍の興国食品を、食いちぎろうと狙うハゲタカだ。

(自力再建は困難です)

というのは、その通りだ。

自力再建が難しいというのなら、選択肢はただひとつだ。会社更生手続きに入ることである。会社更生手続きに入れば、旧経営陣は会社を倒産に追い込んだA級戦犯として永久追放となる。株の値打ちはゼロの評価となってしまい、経営権は管財人に移り、創業者一族は連帯保証の借金を背負って会社を去らなければならぬ……。木村一族は阿佐谷の本邸を含め、私有財産を担保に差し出している。なにもかも失い無一文となる。そうなるのを避けるためにいま必死で戦っている。

「会社更生手続きを選択すれば、確かにそうなります。しかし、民事再生手続きに入れば旧経営陣と創業者一族の利益は保護されます。しかし、木村家としての経営責任を示す必要があるでしょうな……」

島田は言った。

同じことを峰山弁護士も言っていた。

正直、いま迷っていた。

民事再生手続きは会社経営権を管財人に移行する会社更生法と違って、経営陣が手続きを開始したあとも、債権者の同意のもと引き続き経営権を掌握して、企業再生にあたることが出来る。つまり木村一族は経営陣の一角に座を占めることが可能なのだ。

それが峰山弁護士が言う、巻き返しの手である。しかし、峰山弁護士は、同時にこうも言った。

「経営責任を明示しなければなりません。少なくとも、千秋ソフトウェアからリベートを受け取ったことだけは……。経営責任を明示すること、債権者に対してコンプライアンスを示すことです……」

躊躇し、いまだに迷っているのは、そのコンプライアンスをどう示すか、まだ結論を出せずにいるからだった。奇《く》しくも島田は峰山弁護士と同じ考えを示した。

言外にこもるのは刑事責任の追及だ。佐野らの背任告発を受け、検察庁が動き始めている。さらに国税庁は千秋ソフトウェアから受け取ったリベートは、それが国税庁に言わせれば悪質な所得隠しにあたり、追徴課税の対象とされた。他方、連中はこの五億円の授受を背任だと追及している。

義正には言いたいことが山ほどある。

コンピュータの入れ替えに際し、リベートを受け取ったのは事実だ。形の上では確かに義正個人の懐に入る仕組みを作った。しかし会社の資金繰りが苦しいので、その話に乗った。リベートのほとんどは、ゴルフ場の預託金の返還に充てている。個人的に使ったなどというのはとんでもない話だ。その間の事情は総務部長も経理部長も知っていた。

いまひとつ、マルヨシから融資を受けた三億円を、義正元社長の罪状のひとつに数え上げている。さらには南房総カントリークラブに対する興国食品を通じた融資を、会社は義正の個人的借金とまで言い出し、支払い不能と見るや、個人破産を裁判所に申請し、代表取締役としての行動を制限した。

これは、巧妙に仕掛けられた陰謀なのである。義正は事態をそう判断している。陰謀に乗せられた自分が悔しいと思う。

そして最後のダメ押しは、ゴルフ場売却にからみ武藤隆俊の秘書高橋正三に渡した口利き料を、贈賄と騒ぎ出していることだ。売却の話はまとまった。四十億円という好条件だった。契約に際して、義正は相手方から一億円の前受金を受け取った。それもまた会社の資金繰りに充てた。

しかし、その後、売却にともなう譲渡税の負担をめぐり紛争が起こって、契約は白紙にもどされた。そこで前受金一億が宙に浮く形となった。返済を迫られた義正は、興国食品を連帯保証人として、取引先から借り入れを行った。それもまた、連中に言わせれば、背任というわけだ。

「興国食品は立派な会社です。しかし、このままでは興国食品自体が毀損し、倒産に追い込まれる。ハゲタカどもに食い荒らされ、名門興国食品は影も形もなくなります」

内紛の勃発で義正は、人間を信じることが出来なくなっている。いや、それは生来の性格なのかもしれない。島田常務の話を信じて良いものか、まだ迷っていた。

（民事再生手続き――）

峰山弁護士も薦めた最後の手だ。

それが木村家がかろうじて興国食品に影響力を残せる最後の手だ――と。民事再生手続きに入るには、社内の和解が前提とも彼は言っていた。

「ご決断をいただければ、東亜銀行と私どもで、及ばずながら和解仲介のお手伝いをさせていただきます」

島田は最後に言った。義正の決断を促したのだった。

5

東亜銀行と日東商事の斡旋で、木村家と会社側との間で和解が成立したのは、秋に入ってのことだった。和解が成立したのを受けて新たに社長に就任したのは、西村恒夫だった。西村は立派に社長職を務め上げている。

取締役陣も一新された。木村家側から代表権を持つ会長に義正の妻佐和子と佐々木勉が取締役に就任した。他方、東亜銀行と日東商事から、それぞれ非常勤の取締役を派遣し、マルヨシからは監査役一名を派遣することが決まった。もちろん、佐野や佐伯は取締役に再任されなかった。

野村や吉田を放逐したのは、言うまでもない。両者痛み分けというわけで、義正も経営から手を引いた。しかし下山松蔵や安井清など旧経営陣の過半は取締役に再任された。これで木村家側の面目が保たれたことになる。

ただし、民事再生手続きについては、最後の最後の手段として、検討を続けている段階にあった。だから世間には和解成立についてだけ公表されることになった。

民事再生手続きに入ることについては、ちょっとした議論があった。日東商事の島田常務は早急に民事再生手続きに入ることを主張したのに対し木村家側は、なお自主再建の道を探りたいと主張していた。

というのも、民事再生手続きが始まると、株主としての権利が制限されるからだった。その木村家側の主張に日東商事があっさりと同意したのは、東亜銀行も民事再生手続き開始に慎重な態度をとっていたからである。

「もう少し待ったらどうかね」

と島田は稲沢副頭取に説得された。最大債権者の意向は絶対だ。こうして民事再生手続きを検討していることは伏せられて、和解合意のみが公表されたのだった。

しかし、この話を聞かされたとき、柿沢祐一は仰天した。

会社と木村家が和解するなど、賛光商事の柿沢祐一には、想定外の結末だった。強硬姿勢を貫いた木村家が、和解に動くとは考えられないことだ、人の気持ちはどう動くかわからないものだと、予想外の結末に柿沢は厭戦《えんせん》気分に襲われている。

すぐに柿沢は、野村克男弁護士と連絡を取り、野村弁護士と落ち合ったのは、例の銀座のクラブだった。

しかし、相棒の弁護士野村克男は別な判断を待っていた。

「そうは言うけど、野村さん。完全に手がかりを失ってしまったじゃないですか」

柿沢は憮然としている。

佐野も佐伯も追放され、その上に野村も顧問弁護士を解任された。これで完全に手がかりを失った。興国食品に介入するにも、足場がないことには、どうしようもないじゃないか——と、柿沢は言うのであった。

それもそうだ。

しかし、野村はその点抜かりはなかった。木村家は興国食品株の九割を持っていることになっている。形の上では確かに、その通りだ。しかし、その一部は借金の担保として外部に流れ出ている。まあ、発行株式の一二パーセントだ。それだけでは、経営権を掌握できるわけではないが、それを確認したのは木村家側が他人名義株式の所有権確認訴訟を東京地裁に提訴したときだ。

義正も他に流出するのを心配したのであろう。しかし、そのための確認訴訟が逆に墓穴を掘ったのだ。野村はめざとく動いたのである。株券が金融業者に流れていることを知った野村は、金融業者と密かに接触し、好条件を出し買い取っていたのだ。名義は元のままだが、その株券はしっかりと事務所の金庫にしまってある。

「立派な株主なんですよ、私は」

呈示したのは額面の二十倍だ。金融業者は喜んで売却に応じた。高い買い物だったが、それでも約一二パーセントを押さえたことになる。

それは株主総会開催の要求やバランスシート閲覧などの権利行使が可能な持ち株分である。この一二パーセント株券を武器に再挑戦を図ろうというわけだ。

ひとつは株主代表訴訟――。木村一族の放漫経営により、株主は得るべき配当を受け取ることが出来ず、巨額な損失を被ったという主張だ。つまり野村は、損害賠償請求で揺さぶる戦術だ。

「驚いたね、そこまでやるとは……」

株式所有の秘密を打ち明けられた柿沢部長は唖然として野村の顔を見た。あきれるばかりの執念だ。野村はネバーギブアップの男なのである。弁護士にしておくのがもったいない男で、ビジネスマンとして生きたなら、たぶん一家をなし得る立派な経営者に大成したに違いない、と柿沢は思うのだった。

「まず名義変更を求める」

野村は手順について説明する。

木村家に対する最大の武器の行使だ。名義変更を求める書状が届いたとき、どんな顔をするか、考えてみただけで愉快になってくる。そして第二弾が、株主代表訴訟である。得べかりし利益五十億円の損害を与えた——と木村家に請求するつもりだ。

「ところで……」

と野村は柿沢の顔を見ていった。

「そろそろ、顔出しが必要でしょう。いつまでも陰で動いているようでは、進む話も進まないじゃないですか」

「顔出しって、どういうことなの？」

「賛光商事の名義で、株主代表訴訟を起こすのですよ。弁護士の私じゃ迫力に欠けますからな。賛光商事が前面に出れば、迫力満点というものです」

つまり野村が持つ株の名義を賛光商事に書き換え、賛光商事名で株主代表訴訟を起こし損害賠償を求めるというのだ。

「もっと穏やかな手はないのかね」

「株主代表訴訟でアイツらを揺さぶる以外にないです。これでやりきるんです。まだ興国食品を傘下におさめることをあきらめたわけじゃないんですよな」

「まあ、それはそうだが……」

明治以来の伝統を持つ総合商社賛光商事はもめ事を嫌うのである。もめ事を起こしてまで興国食品を傘下におさめることの是非が問われることになる。柿沢はそのことを気にしているのだった。

しかし、それ以外にないと言われれば、その通りだとも思う。興国食品は美味しい果実だ。その果実は欲しい。だが——と迷う柿沢に対し、野村はあくまでも強気だ。こうなると強硬論が議論を引っ張るのは当然で、二人の密談は野村が押し切る形で、名義変更に柿沢は同意したのだった。

「やはりそうだったのか……」

黒幕がついに正体を現したのだ。それは予想した通りのことで、とくに驚きはしなかったが、賛光商事名での株主名義変更の通告書を受け取った義正は、名義変更の意図するところを、図りかねていた。

もとより義正は株主であっても、経営に参画しているわけではない。妻佐和子を通じての遠隔操作というわけで、その意味ではなお実質的には経営に参画しているということになる。

阿佐谷の本邸で母ミナや顧問弁護士の峰山孝夫、さらに社長職にある西村恒夫らと

村家の興国食品なのである。

が興国食品の実質的な経営会議となっている。体制が変わっても、なお興国食品は木

協議の上で、重要案件を決裁するのを通例としていた。つまり、阿佐谷本邸での会議

その日も午後から阿佐谷本邸で、経営会議が開かれていた。西村は恵比寿本社に届いた書類の中身を、会議に報告した。それが名義変更の通告書だった。封書にはご丁寧にも株券のコピーまであった。

義正の記憶にある。それは義正自身の資金繰りの必要から、知り合いの金融業者に二千万ほどカネを借りたとき、その担保として渡した株券だ。それが回り回って賛光商事の手に渡ったということだ。

弁護士の野村を使って興国食品と木村一族を揺さぶり続けてきた、その正体が賛光商事だったとは――。あらかじめ予想がついていたこととはいえ、義正には驚きだった。この時期に正体を現し、名義変更を求めてくる意図がよくわからないのである。

「意図ね……」

峰山弁護士は考え込んでいる。

「可能性のひとつとして考えられるのは株主代表訴訟だろうな。いや、それ以外にないでしょうな……」

発行総額の一二パーセント。株主代表訴訟に必要な株券をそろえている。しかし、

この持ち株では、株主権利行使を出来る範囲は限られる。取締役派遣を要求するのは、無理な株数だ。そうすると、唯一、出来るのは元社長が会社に損害を与えたと訴えることだ。峰山弁護士は即座に判断した。場合によっては損害賠償を請求される可能性もある。もし裁判所が請求を認める判決を出せば、それは元経営者個人が背負わなければならぬ。峰山弁護士の解説に義正は体を震わせた。

「どうすれば、よろしいと……」

「民事再生手続きを急がなければなりませんな。日東商事や東亜銀行と連絡を取り、協議を再開すべきです」

峰山はアドバイスをした。

民事再生手続きを開始すると、株主の権利は制限を受ける。つまり賛光商事の動きを封じ込めるには、この手しかないと峰山弁護士は言うのであった。しかし、民事再生手続きは破綻処理の一種には違いない。

「西村さんは、どう考えられます？」

まがりなりにも社長は西村だ。この場合弁護士として判断を仰がなければならないのは興国食品の社長としての西村の判断だ。

「そうですな……」

社長に就任してからも作業着姿を変えていない西村は考え込んでいる。民事再生手続きは日東商事のかねての主張だ。しかし、自主再建を模索したいというのが創業家の主張である。とりあえず自主再建の方向で検討を続けるというのが、取締役会における合意だった。

西村にすれば、考えざるを得ないところである。仮に賛光商事が株主代表訴訟に踏み切れば、創業家木村一族にとっては、それこそ大変な事態だ。もはや株主の権利云々《うんぬん》を議論しているどころではなくなる。しかし民事再生手続きを開始することは、興国食品の破綻を世間に向かって公言するようなものだ。

西村は黙想している。

広い応接間は静まりかえっている。義正にしても口を挟める雰囲気ではなかった。

「大奥様をお呼び下さい」

二十分ほどもの長い時間を黙想したあと西村は静かな口調で言った。

第七章　もうひとつのシナリオ

1

「そうですか、決めましたか、やむを得んでしょうな」

島田常務の報告に、稲沢副頭取はあっさりと同意した。民事再生手続きを申請するにはそれなりの準備が必要だ。まずは再建計画を債権者に示す必要がある。今日はその下打ち合わせのため、アスカ銀行に稲沢副頭取を訪ねたのだった。

中部銀行と東亜銀行の合併がなって、いま稲沢はアスカホールディングス傘下のアスカ銀行副頭取の職にあった。総資産八十兆円のマンモス金融集団だ。その中核企業アスカ銀行の副頭取は、興国食品問題が汚点にならぬよう細心の注意を払って取り扱ってきた。内紛が激化したとき静観の態度を崩さず、民事再生手続きの開始にも、終始慎重な態度をとってきた。もちろん、それは木村一族に同情してのことではない。目的があってのことだった。しかし、まだ稲沢は心の内を明かしていない。

「来週金曜日にも――と、峰山弁護士は言っています。しかし、黒幕が賛光商事だったとは、驚きです」

しかし、稲沢はかすかに笑っただけでコメントはしなかった。

再建計画には、再建に必要な協力をしてくれるスポンサーの役割が重要だ。日東商事はそのスポンサー役を買ってでる腹を固めている。スポンサーは再建に必要な資金を提供する役割を持つ。

島田は部下たちに命じて作らせた再建計画を説明した。

民事再生手続きが始まると、裁判所の委嘱を受け、監督委員会が組織される。この法律は企業再建を迅速化するために作られたもので、会社更生手続きにおける管財人に似た権限を持っているが、管財人と異なるのは監督委員はあくまでも当該企業の再建を目的に職務を執行することにある。すべての利害関係者に中立公正が原則だ。

しかし、絶大な権限を持つことには変わりない。文字通り企業再生に関するすべての事柄に関与できる権限を持つ。経営側はこの監督委員会に再建計画を呈示し監査委員会の承認のもとに手続きが始まる。

手続き開始に先立ち、たいてい経営執行部はスポンサーを探し、スポンサーとの間で営業譲渡契約を結ぶのが普通だ。スポンサーが営業権を取得するには、相応の契約金を支払う必要がある。この資金が企業再建のために回される他、一部は債権者に支払う配当金の原資となるわけだ。

とりあえずは営業権譲渡にともなう契約金をどこまで積み上げられるか、そこが再生監査委員会の腕の見せどころだ。実際のところは経営執行部とスポンサーとの間の交渉で決まる。だから事前折衝が大事になる。

すでに事前折衝は始まっていた。相手は気心の知れた西村恒夫だ。西村は意外にもハードなネゴシエーターだった。もう値踏みの段階は終わり、具体的な金額を提示する段階にきていた。しかし、ここで最大債権者の意向を聞いておく必要がある。債権者もまた再建計画には注文をつけられる権限を持っているからだ。聞いていない、などと言われれば再建はたちまち立ち往生するからだ。

「どんなものでしょうか……」

島田が訊きたいのは、西村執行部との契約に際する値付け、つまり提示すべき金額のことだった。ＡＷＣコンサルティングは約八十億と評価した。その計算根拠を、ＡＷＣコンサルティングに問い合わせた。しかし、曖昧な返事しか返ってこなかった。日東商事の立場からすれば安ければ安いほどいいに決まっている。しかし、念のため日東商事が別なコンサルティング会社に依頼したところでは百四十億でも安い――と、結論を出していた。

だから島田は百三十億が下限で、百四十億が上限と見ていた。問題は、それを最大債権者であるアスカ銀行がどう評価するか。彼らの立場はもちろん高ければ高い方がいいに決まっている。その分だけ債権回収が進むからである。もっとも、再建がなれば、高額の配当を受けられる可能性もあるので、必ずしも金額にだけ拘泥する立場にはない。そこで島田は具体的な金額を口にした。

「百三十億――と考えていますが……」

しかし、稲沢は黙っている。

島田にすれば不可解な態度という他ない。無言の意味を、提示額の否認と受け止めるべきか、判断は難しいところだ。

それとなく西村恒夫に示した金額も、百三十億だった。あのときはあけすけに買い取り金額を示したわけではなかった。しかし西村は取り立てて、異論は差し挟まなかった。まだ交渉の余地があるとしても、西村の態度から百三十億前後が、ひとつの目安になると判断していた。

もちろん、再生監督委員会がどう判断するか、それは別問題だ。しかし、利害関係者から異論が出なければ、再生監督委員会も、それを認めるはずだ。だから事前の調整が必要なのだ。

「少し考えさせてもらえませんか」

稲沢は最後に言った。

どうも態度が曖昧だ。

協議は進展を見ずに終わった。島田は本社にもどり、稲沢が態度を曖昧にしている、その理由を考えてみた。しかし、思い当たるところがなかった。

その十三日後。つまり興国食品が民事再生手続きを申請した翌週月曜、島田道信は日本産業新聞を開き、目を疑った。

「興国食品は民事再生を申請するにあたりすでに日東商事グループをスポンサーに決定しており、製菓事業を同グループに百三十億円で売却する営業譲渡契約を結んだ。同社の再生をプレパッケージ型事業再生に位置付けて同グループはこの二年以内に興国食品を再建する意向である――」

という意味の記事だった。

記事には大きな見出しが振ってある。

プレパッケージ処理とは、ゴルフ場を含めた処理のことだ。しかし、そんなことはまだ決まっているわけではない。むしろ話は逆でゴルフ場をいかに切り離すかで、苦労しているところなのだ。

だからまだ交渉は半ばで、契約が確定したがごとく書いているのは完全なガセネタだ。しかし、百三十億という数字だけは事実だ。それが不思議だ。

交渉は難航をきわめているといった方が正確だ。というのも、木村家側が新たな条件を出してきて、その条件をめぐり、交渉が難航しているからだ。

木村一族は土壇場になって抵抗をし始めたのだ。条件というのは、スポンサーに対して木村家に新会社の三五パーセントの株式を付与すること、木村家から取締役および顧問就任を要求し、阿佐谷本邸の担保解除などの要求だ。

誰が考えてもムシが良すぎる。まあ、最後に見せた義正の抵抗というわけだが、認められるはずもない。民事再生手続きにあたっても、義正は他にスポンサー探しに動き、島田はおおいに振り回された。

ミナがまた欲をかいているのだ。できるだけ高く売ろう――と。そのミナにそそのかされての抵抗だ。抵抗が意味のないことを、義正に悟らせるにはなお時間を要しそうなのだ。そこは辛抱強くなければならない。それにしても、と島田は思った。

（誰がいったいリークしたのか……）

稲沢が――。

そうは考えてみた。しかし、あり得ぬことだ。銀行の立場で情報をリークするメリットはないからだ。それでなくとも、稲沢には興国食品は微妙な問題なのである。しかし、このことを知っているのは限られる。島田は改めて点検してみたが、興国食品とアスカ銀行だけだ。確認の電話を入れた。

「いや、電話をしようと思っていたところだった。驚いたよ……」

その稲沢の言葉に嘘はないように思えるのだった。西村にも電話をした。西村も驚きの声を上げている。

「疑って申しわけないが、アンタのところかと思った」

西村も疑心暗鬼にかられているようだ。

しかし、なんの意図で、そんな情報リークをしたのか……。仮に新聞記者に情報をリークした人間がいるなら、その意図が島田には読めなかった。

島田は執務室に部下を呼び、情報の出所を確かめるよう命じた。総合商社は情報が命である。業界だけでなく政界や官界、マスコミ関係者など、あらゆるところに情報の網を広げている。夕刻になって部下の一人が執務室に駆け込んできた。

「ＡＷＣのようです……」

「ＡＷＣが……」

その部下には日本産業新聞に親しくしている友人がいた。その友人を通じての情報だった。記事を書いたのは、飯塚という編集委員であることもわかった。飯塚はＡＷＣの吉川とは飲み友達だという。その関係から得た情報であると、社内では説明しているという。

「どういう男だね。その飯塚は……」

「さあ、そこまでは」

「わかった、ありがとう……」

島田は礼を言い、部下をさがらせた。

その意図を考えた。

興国食品との交渉は、ほぼ独占的な形で進めている。もちろん、日東商事が独占交渉権を持っているわけではないが、興国食品が欲しいと思う第三者に面白かろうはずはない。そこに第三者が割って入ってくる可能性は十分ある。日東商事が進める交渉を潰すためだ。そう考えると記事の意味がわかってくる。しかし、いったい誰が、という疑問は残る。

飯塚という編集委員とＡＷＣコンサルティングの吉川峰男との関係はわかった。その情報を得た飯塚が、この問題に関与する人間と関係があるとすれば、その男こそが、この話を潰そうとしている人間だ。

（やはり賛光商事か……）

そう考えるのが妥当のように思える。そう考えるのは、賛光商事が興国食品の獲得に異様な熱意を持っていることを知っているからである。しかし、飯塚と柿沢部長との接点が見えないのである。机上で電話が鳴った。電話をかけてきたのは、再生監督委員会の委員を務める村上忠志だった。

「困りますな……」

のっけから村上は叱責の声を上げた。

村上もあの記事を読み、電話をかけてきたのだ。

「ただちに出頭を願います」

弁護士の村上は、融通のきかぬ頑固者として知られている。今日中に説明を聞きたいというのだ。有無を言わせぬ口調だ。監督委員は絶対者である。逆らうわけにはいかぬ。電話を終えると、部下を帯同し、監督委員会の事務所に出向いた。

村上は硬い表情で待っていた。挨拶もそこそこに切り出した。

「事情を説明して欲しいのです」

事情聴取というわけだ。

監督委員の立場というのはわかっているつもりだ。つまり監督委員会としては民事再生手続きが始まる前に、当事者間でスポンサーを決め、そのスポンサーが勝手に経営陣と交渉することを嫌うのだ。

「公開入札とする考えです。興国食品となんらかの約束を交わしているのなら、それは無効です。日東商事グループも他のグループと同様に入札に参加しなければ、交渉に応じることは出来ません……」

村上はテコでも動かぬという態度で言った。そう言わざるを得ない監督委員の立場は理解できる。つまりすべての交渉者には公正平等のチャンスを与えるというのが建前なのである。

「そうは言っても企業は生き物です」

村上弁護士を前に粘った。しかし、それは届かぬ理屈だ。村上弁護士は、融通のきかない正論をはきつづけた。

監督委員会の責務は、民事再生手続きを行う経営陣が債権者の権利を侵害することなく公正に手続きが行われているかどうかを監視監督することだ。スポンサーが営業権獲得の見返りに提供する資金は、取引先、銀行などの融資者、さらにゴルフ場の預託金などの債権者に対する返済原資となる。その意味で営業権譲渡価格の決め方に神経質になるのは当然のことであり、それはそれで、島田も監督委員会の立場を理解している。

村上は自分の立場が侵害されたと思っているのだ。それで交渉を差し戻し、公開入札によりスポンサーを決めると改めて言っているのだった。立場を理解できても、しかし、島田には言いぶんがあった。これまで興国食品が不渡りを出さず、製造が続けられてきたのは、日東商事の支援があったからだ。資金繰りをつけるため、銀行の間を走り回り、不安を募らせる取引先には、日東自身が間に入る形で砂糖や小麦粉などの原材料の安定供給を支援してきた。

もちろん、西村恒夫の指導力もある。しかし、興国食品のラブキッドやビミキッドなどの主力商品が店頭から消えなかったのも日東商事の支援によるものだ。独占交渉権をよこせとまでは言わないが、しかし、これまで興国食品のために汗をかいてきた日東商事が他に優先されて、交渉を始めるのは当然だと思っている。それもこれも、興国食品の資産を毀損させせないためだった。

「それに最大債権者のアスカ銀行とも話はついています。ご承知のようにアスカ銀行は全債権の七割を持っている。債権者の権利を守るというのなら、アスカ銀行の意向も確かめてみるべきでしょう。これまでの私どもの努力はまったく評価されないということなのですか……」

島田は反論を試みた。

「決まりは決まりですよ、希望者には公平平等に交渉権を与える、それがわれわれの原則です。いずれにせよ、なにか約束をしているのなら、それは無効です」

とりつく島もなかった。委員は断固として譲らないのである。

「これが狙いか……」

島田は新聞記者に情報をリークした奴らの意図を、帰りの車の中で悟らされた。

2

賛光商事の柿沢祐一には、相手が宿命のライバルのように思えた。島田道信の顔を思い浮かべる。それにしても粘るヤツだ。危うく日東商事にかっさらわれるところだ。商社マンとしては、たいした男だ。それでも、自分が一枚上手であると、柿沢は思った。

薄茶の背広に地味なネクタイ。野村弁護士は柿沢の話を、ときおり相づちを打ちながら聞いていた。そこは例の銀座のクラブだ。柿沢は声を落として言った。

「しかし、あの記事が決定打だね」

「そうかもしれない」

野村弁護士は声を上げて笑った。

村上監督委員は最初、日東商事との交渉を黙認する態度をとっていた。経緯を考えれば日東商事に落として当然と、村上委員は考えたのであろう。

そう考えるのも、柿沢にはわかる。民事再生手続きに入ると、それまで交わしたスポンサーとの約束がすべて反故《ほご》にされるようでは以後、スポンサーなど現れなくなる。まして強欲な創業家を相手にしての交渉だ、交渉が長引き、その間に事業は毀損し、結局は債権者も損失を被ることになる。

それを救ったのが日東商事の支援だ。日東商事が果した役割は大きい。そう再生監督委員会が考えたとしてもおかしくはない。つまり日東商事の支援がなければ興国食品は事業を継続することができず、商権は四散し、企業価値を守ることができなかったと再生監督委員会は判断していたに違いない。

日東商事が木村家側と水面下で交渉を続けている事実を、再生監督委員会は当然知っていたはずだ。それを容認してきたのは、日東商事の貢献などこれまでの経緯を考慮してのことであろう。

しかし、事態は変わった。単独交渉の事実が露呈したからだ。賛光商事はすかさず強硬に抗議した。強硬な抗議を受けた再生監督委員会は、賛光商事の主張を認めざるを得なかったのである。内密な形で交渉が進んでいる事実をマスミコに暴露されたのだから当然だ。そこを突き、賛光商事は強硬な抗議を繰り返した。再生監督委員会が容認の姿勢を変えたのも、そのためではなかったのか……。

もちろん、日本産業新聞の記事は、綿密な打ち合わせののち、編集委員の飯塚毅が書いたものだ。絶妙のタイミングで書かれたこの記事。再生監督委員会の指導力を問うものだった。そこにすかさず抗議行動に出た。

「公正公開が原則じゃないか。それを一部の業者にだけ許すのか」

抗議は正論だ。希望者すべてに公正平等な交渉のチャンスを与えるのは、再生監督委員会の責務であるからだ。あなた方は自らの責務を放棄するつもりか――と迫られれば二の句が継げない。日東商事との交渉を白紙にもどして、希望者全員が新しいスタートラインに立ち交渉が始まる。

営業権取得交渉には、全部で五グループが名乗りを上げた。もちろん、最大の競争相手は日東商事だ。日東商事は傘下の食品メーカーと連合を組み、競争入札に応札するのはわかっている。場合によっては、マルヨシと連合を組む可能性もある。どこに落ちるかはまだ予断を許さぬ情勢だ。

それでも祝杯を上げたい気分だ。見事なほど筋書き通りにことが運んでいるからだ。日本産業新聞の記事を読み、狼狽《ろうばい》した再生監督委員会は日東商事との交渉を中断させ、改めて入札方式によりスポンサーを決定する方針を示した。あとはどこまで金額を上積みできるか、それだけを考えればいい。

「いや、今回のことでは、本当にお世話になった、野村先生。改めてお礼を言わせてもらいます」

柿沢は大仰に頭を下げた。考えてみれば幾度も危機の瀬戸際に追い込まれた。そのたびに起死回生の策を考え、シナリオを組み直したのが野村克男だ。

「いやいや、たいしたことをやったわけじゃない。そんな、お礼などと言われても、困ってしまいますよ……」

野村克男は謙遜した。

「しかし、野村先生。最大の債権者であるアスカ銀行がなぜ、再生手続きで、主導権を握ろうとしないんですかな……。今回のことでいえば、それが不思議です」

「そうですかな。その理由は簡単だと思いますよ……」

「といいます——と」

「そりゃあ、まあ、決まっているじゃないですか。日東商事との関係ですよ。日東商事とアスカ銀行はかつて同じ企業グループに属していましたから、運命共同体。日東商事が興国食品の資産を守る役割を引き受けたということでしょうな、稲沢の意向を受けてのことなんでしょうが」

日東商事はアスカ銀行の意を受けて動くのである。そうであれば、特段アスカ銀行として動き回る必要はないというわけだ。野村弁護士は、そういう説明をした。

「いただけますかな」

野村弁護士は柿沢のマイルドセブンに手をのばし、タバコをくわえた。すかさずホステスが火をつける。野村はせわしなくタバコを吸い始めた。

「ほう、珍しいですな、先生がタバコを吸われるとは……」

珍しいことだ。柿沢の記憶では初めてのように思う。柿沢はカンの働く男だ。初めて見せた動揺の色を見逃しはしなかった。なにやら裏で画策している気配だ。この男のことだ。話は単純でないはずだ。もうひとつのシナリオが用意されているのなら、そのシナリオに乗ってみようじゃないか、そう思いながら柿沢は、ウィスキーグラスを一気に飲み干すのだった。

翌週、再生監督委員会は、興国食品の営業権取得を希望する五グループを一堂に集めてスポンサー選定の要項を発表した。一次予選から二次予選へと進み、死活をかけた各グループ各様の激しい戦いが始まったのだった。

営業権譲渡交渉に乗り出した五グループのうち、二次予選を生き残り、三次入札にのぞんだのは、日東商事グループと賛光商事の二グループだけとなったのは、これは予想通りの展開といえた。

「これから始めさせていただきます。これが最後の価格調整です」

威厳をもって村上忠志は宣言した。

いよいよスポンサーが決定されるのだ。ここで競争相手よりも、一円でも高値を付けた方が勝ちというルールだ。いよいよ価格調整という名の、入札が始まる。腹の探り合いが始まっている。

場所は再生監督委員会の事務所だ。会議室には、それぞれのグループの担当者が控えて、緊迫した空気が流れている。事務所の主村上忠志にすれば、願ってもない事態の展開というべきであった。再生監督委員会が恐れるのは、スポンサーが現れないことだ。これまでも、民事再生手続きを始めてからもスポンサーが現れず、再生プログラムが挫折したいくつものケースがある。多額の不良債権を抱えての再建である。おりからの不況である。資金調達も大変だ。誰しも二の足を踏むのは当然だ。

しかし、今回は違う。最初からデッドヒートだ。最後に残った日東商事と賛光商事の二グループの死闘である。当初から予想された二グループだ。

両者は再生監督委員会が用意した別室に案内された。最初に呼び込まれたのは、賛光商事だった。裁定室に待ち受ける村上委員に賛光商事の担当者は、自らの希望する価格を伝えた。次に日東商事が裁定室に呼ばれ、村上委員から賛光商事の希望価格を知らされ、対抗する意志があれば、賛光商事の出し値を上回る価格を示す。それが再生監督委員会が両社に示したルールだ。

入札は賛光商事が百三十億円の価格を示すところからのスタートだった。対抗する日東商事は三億を上積みし、百三十三億を提示した。二回、三回——と上積みされる。もちろん、派遣された担当者の裁量には上限があった。その上限を超えたのは、入札が始まって二時間後のことだった。賛光商事はついに百五十億の出し値を示したのだった。

「どうしましょうか……」

担当課長は現場から電話でうかがいを立てた。村上監督委員から、賛光商事の出し値を聞かされ、担当者は興奮している。

日東商事の控え室は、緊迫の度合いを深めた。入札のため、再生監督委員会に派遣されているのは、課長職を含めて全部で五人だった。課長職に与えられている上限は百五十三億までだった。相手よりも高値を出せぬときゲームは終了する。

相手の提示価格を知らされてから、自らの提示価格を決定するまでの持ち時間は二十分とされている。その時間のうちに提示価格を示すことが出来ず、時間切れとなれば、ゲームオーバーの敗北となる。

「島田常務と相談してみる」

本社で待機する島田常務のもとに、情報を入れるのは、現場指揮官の課長職の裁量上限を超えたときだった。

「わかった。裁量上限は百六十億……」

島田常務はすぐに判断を示した。

日東商事は百五十二億を出した。これを持ち帰った賛光商事は、再び裁定室に赴くと五千万高い価格を示した。その価格が日東商事に伝えられる。日東商事はまた高値を提示する。提示価格は小刻みに上がる。このバトルはまだまだ続きそうな気配である。入札を主宰する村上忠志も、正直驚きの色を隠せないでいる。

3

島田道信は落ち着かなかった。最終決断を下すのは島田自身だ。もう午後の六時だ。

互いに譲らず、応札価格はついに百七十億を超えていた。

果たして、賛光商事はどこまで価格を引き上げてくるか、予測がつかずにいた。もうこうなると、引くに引けない。途中で降りられない事情もある。これまで興国食品に対し多くをつぎ込んできたからだ。

（百八十億を超えるだろうか……）

そこまでは腹をくくるつもりだった。そう決めたのには理由があった。

最初、東亜銀行の依頼でＡＷＣコンサルティングは約八十億という値段を付けた。その値付けからいえば、もう二倍を越えた。しかし、日東商事が独自にコンサルに依頼して資産や営業権を評価しなおした結果、実は百三十億と評価された。

ＡＷＣコンサルティングは不当に安い値段を付けたことになる。その値付けはデタラメといっていい。しかし、稲沢副頭取は八十億を基準にした再建計画を構想した。それは考えてみれば奇妙なことだ。まあ、しかし、あの当時の東亜銀行は、不良債権を早急に処理する必要に迫られていた。そのあたりの事情を勘案するなら、ＡＷＣの評価額に異論を差し挟まなかったことも、うなずけないことではない。

しかし、別なルートからＡＷＣは別途に資産評価をやっている情報が入ってきた。ゴルフ場売却にからむ筋からの情報だった。その評価額が実は百八十億を超えていたのだ。ＡＷＣ系列のサービサーが南房総カントリークラブの買収に動き、そのために策定した評価というから間違いないと思う。

（それにしても、なぜ……）

稲沢に対する疑義が突き上げてきた。

ついでながらサービサーというのは、不良債権処理屋のことだ。不良債権を安値で買いたたき、資産をばら売りして荒稼ぎをし、企業の再建などには、少しも関心を持たず、阿漕な商売をする連中だ。その連中が買値を高く設定するはずはない。よくグローバルスタンダードを口にする連中だが、やり口は悪辣なのである。その悪辣な連中がはじき出した評価額なのである。だから島田はその数字を信じた。

島田は自身で調べなおしてみた。プレパッケージ型事業再生、つまりゴルフ場との一体処理でも、採算の見通しをつけられることがわかったのだ。大企業が第三者のコンサルに評価を依頼するのは、後の責任を回避するためであり、公正な第三者の評価額を基準に仕事をするのだから、仮に問題が起こったとしても、責任を追及されることはない。そんなわけで、コンサルをよく利用するのだ。しかし、商売の本当のところなど、連中にわかるはずもない。実体をよく理解できるのは、ＭＢＡの連中ではなくて、やはり現場を持っている西村たちなのだ。

果たして、賛光商事もそのことを知っているかどうかだ。知っているとすれば、百八十億まで戦いを挑むはずだ。

いま再生監督委員会の事務所では百七十億の後半でのバトルを繰り広げている。島田は現場の課長に三千万円の裁量枠を新たに与えた。それもまもなく上限裁量を超え、電話連絡が入るはずだ。

最終局面を迎え、島田常務の執務室には食品部門の幹部たちが集まってきている。現場から入る応札価格をパソコンに打ち込み、ただちに損益計算された数字がプロジェクタで表示されている。

もちろん、計算式を作ったのも、パラメータを決めたのも島田自身だ。応札額が上がるたびに収益率は落ち、資金回収の期間も長くなっていく。

「大丈夫ですかな、百九十億を超えるようなことはないでしょうな。それにしても賛光商事はがんばる」

心配顔で言ったのは、日東商事系列の食品会社東海食品工業社長の今枝紘一だ。今枝は島田にはかつての上司だ。日東商事の食品部門の基礎を作り上げた男で興国食品の経営権を取得したあと、新社長候補の一人として推されている。つまり彼には、どれほどの金額で落とせるか、それが経営の将来を決めることになるため、気がかりでならないのだ。

島田の携帯が鳴っている。

現場の課長からの連絡だ。現場の課長はうわずった声を上げている。

「ついに百八十億を、ヤツらは出しました」

「うう……」

島田は思わずうなり声を上げた。

とても百八十億を出せるとは、思っていなかったからだ。

「どうします、常務」

彼には持ち時間が迫っているのだ。ここで対抗する数字を提示しなければ、日東商事の敗北に終わる。

「おい、数字を入れ替えてみろ」

島田は若い社員に命じた。

たちまちプロジェクタにシミュレーション結果が表れた。シミュレーションではまだ利益を上げられるゆとりを示している。

「よし。いけ！　百八十三億までだ」

島田は、怒鳴るように電話の向こうに叫んだ。携帯を机の上に置くと、島田はプロジェクタが示す数字を食い入るように見た。百三十億からスタートした入札は、それに五十億を上乗せするところまできた。

内紛騒ぎが続いたにもかかわらず、興国食品の今期収益見通しは約十八億。これを基準に計算すれば、百八十億を超えても、なお年率で八パーセントから九パーセントの利回りが出る。低金利の時代だ。この業績を維持できるかどうか、それは経営陣の才覚と努力にかかる。

島田は西村恒夫のことを考えた。彼はよくやっている。内紛を収束させ、製造現場を立て直した。彼らなら期待に応えて、興国食品を再建してくれる、そう信じての百八十億の出し値だった。新会社移行後もできれば西村に社長として残留して欲しいと願っているのだが、まだ流動的だ。

というのも、スポンサーシップをとる日東商事自身が経営の主導権を握るべきだとする内部の議論があるからだ。その有力候補として推されているのが今枝だ。しかし、なんらかの形で、西村には残ってもらわねばならぬと思っている。それは、創業家の木村一族がどう出るかにもよる微妙な問題であるため結論は先延ばしにされているのだった。

また携帯が呼んでいる。

急ぎ島田は耳にあてた。現場の課長からだった。彼は震えた声を出している。また賛光商事は対抗する金額を提示してきたのだった。現場の課長には上限裁量百八十三億を与えている。にもかかわらず、改めて了解を求めてくるのは、それだけ事態が切迫しているからだった。現場の課長は百八十億を超える商いをするのは、たぶん初めての経験なのであろう。

「それじゃ、あと五千万上積みだ」

「わかりました！」

電話は切れた。

島田は時計を見る。朝九時に始まった入札は午後七時を過ぎても、なお延々と続いている。時計の経過とともに、神経は過敏になってくる。室内には声ひとつなく、先ほどから沈黙が続いている。

島田は考えた。仮に百八十五億を超えたらどうすべきか——を。意地の突っ張り合いも限界だ。いや、ここで降りたら、これまで興国食品を支援し、汗をかいてきたことが無駄骨となる。いまは降りるに降りられないのが現状だ。しかし、百八十五億を超えた段階で決断をしなければならぬ。島田は黙想して考え続けた。ふっと浮かんだのは、アスカ銀行の稲沢美喜夫の顔だった。

不思議なことだ。

興国食品の債務のうち七割を占めるアスカ銀行が民事再生手続きに入って以降、ほとんど発言らしい発言をしていないのだ。最大債権者なのだから本来なら民事再生手続きを主導する立場にあるのに——。債権者会議に出席したアスカ銀行の担当部長は、私どもとしては反対はいたしません——と、発言しただけだった。不思議だと思うのは、そのことだ。よくわからないのはアスカ銀行のポジションだ。

（なにを稲沢は考えているのか……）

疑義はいつしか不信感に変わっていた。プロジェクタに映し出された数字を見ながら島田は稲沢の心の内を想像してみた。

百四十億の債務放棄。

それは強引な金融庁の行政指導のもとに実行に移された。しかし、それでもなお当時の東亜銀行は百四十億の債権を抱えていた。それがアスカ銀行に引き継がれ、不良債権としてカウントされている。

いまも金融庁は不良債権処理を、各都市銀行に迫っている。不良債権処理は国策でもあり、急がなければならぬ緊急な国家的課題なのだ。不良債権処理が遅れ、それが資本比率を侵したとき、都市銀行は国有化されてしまうのである。国有化とは事実上の銀行の破綻を意味する。

それだけは絶対に避けたいと、銀行経営者ならば考える。もちろん、債権放棄も不良債権処理のひとつの形だ。しかし、債権放棄を続ければ、銀行の経営基盤を毀損する。それはいつまでも続けられることではない。不良債権処理の王道は、やはり不良債権を回収することにつきる。

この場合の問題は、借り手が返済能力を欠いていることだ。返済能力を欠く相手から債権を回収する、それは論理的には成り立たぬやり方だ。だが、方法がないわけではないのだ。不良債権を転がしながら、徐々に資金を引き揚げていく方法だ。

いや、その手口は、もっと巧妙となっている。不良債権をただ転がすだけでは、巨額な資金を回収できるはずもない。大きな舞台装置が必要だ。不良債権転がしの舞台装置を用意したのは金融庁だ。つまり民事再生法を成立させたことだ。

(彼なら考えるには相違ない手だ……)

島田は頭の中で計算してみた。そんなに難しい計算ではない。もっとも単純な四則演算である。その計算は確かに成り立つ。そうすると、アスカ銀行が無言を通してきた意味も理解できるというものだ。

もっと疑ってかかるべきではなかったかという思いが募る。考えすぎであるのかもしれない。稲沢とは長いつき合いだ。知り合って十年は経つ。これまでもいくつか仕事をやってきた仲だ。齟齬をきたしたことは一度もなかった。それでもよもや――という思いがこみ上げる。それは払拭《ふっしょく》の出来ぬ疑念だった。

だが、いまさら引き返しは出来ぬ。もう最終判断を下しているのだから。いまごろは再生監督委員会の裁定室で、島田が指示した最終値を、現場課長が提示しているころだ。しかし、仮に百八十五億を超えたら、降りる決断をしなければなるまい。

また、携帯が鳴っている。しかし、それに気づかずにいた。

「常務、電話です……」

部下の声に島田はわれに返った。

「賛光商事が降りました……」

現場の課長は言った。

その言葉に勝利の実感はなかった。

「ご苦労だった」

そう言って、島田は電話を切った。呆然として島田は空をにらんだ。もはや言葉を発する気力もなかった。

午前九時から始まった死闘は、結局、午後八時に終わった。実に十一時間に及ぶ攻防だった。数千万を小出しにしながらの、しかも相手の腹を探りながらの攻防だった。

「それで……」

結果を訊いたのは今枝紘一だった。

「百八十五億……」

ほう――というため息がもれた。賛光商事と激しい攻防戦を演じたのち、ようやく競り勝ったのだ。しかし、勝利の実感はまるでなかった。せめてもの救いは、プロジェクタに示された数字が、まだ五パーセント弱の利回りを示していることだった。

「失礼します」

と部下たちが執務室から出ていく。彼らにも勝利の実感はなさそうだ。本来ならビールの栓を抜き、乾杯をしたいところだが、誰も口にしなかった。

執務室に取り残された島田は、一人考えた。

思えば長い歳月だった。あれは木村義正の社長就任を祝う、南房総カントリークラブでのゴルフコンペから始まったのだ。この四年の間、いろんなことが起こった。そして興国食品をついに競り落とした。百八十五億もの大金をつぎ込んで……。

また携帯が鳴っている。執務室にむなしく着メロが演歌を奏でている。いまの気分は厭世《えんせい》的な演歌が似合っている。

「もしもし……」

と相手は呼んだ。聞き覚えのある声だったが、すぐには思い出せなかった。

「とりあえずはおめでとうを言わせてもらいますよ……」

電話の主は、賛光商事の柿沢祐一部長だった。戦いを終えての挨拶というわけだ。こういう形で電話を入れてくるところなど、いかにも賛光商事らしいと思った。

「ありがとうございます。しかし、重荷を背負ってしまったようです」

「島田常務も、そう思われますか」

「ええ、重荷です。行きがかり上、やむを得なかったのです」

「そうですな、どうもわれわれは、アスカ銀行に踊らされたようですな。実は私どもは百九十億まで——と考えていたんです。それでは銀行の思うツボです。それで途中で降りさせていただきました。決して後悔はしていません……。しかし、島田常務。見事な戦い振りでした。今回は負けましたが、今度は場所を改め挑戦させてもらいます」

柿沢も同じ危惧を抱いていたのだ。柿沢の言ったことは決して負け惜しみではないと思う。攻防のデッドライン。まあ、百九十億がぎりぎりのところだ。それは島田にも計算の出来ることだった。

あと五億せり上げれば、賛光商事は確実に落とせたことになる。それを百八十五億で降りたのは同業者としての、連帯意識からなのか。銀行の手の内で踊らされたことへの、しっぺ返しともいえた。しかし、柿沢はそうは言わなかった。

「もう終わりましたので、ひとつだけ情報を差し上げます。木村家とアスカ銀行との間で取り交わされた約定です。きっと御役に立ちますよ。それでは……」

そう言って、柿沢は電話を切った。

4

島田道信は久しぶりに、木村義正と会った。場所は都内のホテルの一室だった。木村義正は奇妙なことを言い出した。目は血走っている。

「稲沢さんは約束されたんです」

「約束を……」

「そうです。約束されたのです」

はて──と、島田は首をひねった。この段になってなにを血迷ったのか、すでに木村家との間に営業権譲渡の契約は成立していた。もはや木村家側には、なんの権利主張も出来ぬのは自明だった。義正自身もいまや興国食品とは無縁の男だ。第一彼はいま破産宣告を受けている身だ。

悔しいのはわかる。しかし、義正は当然のことのように、要求を突きつけてきた。根拠はアスカ銀行との密約という。日東商事も承知のはずで、その約束を履行せよと義正は迫った。しかし、島田にはひとつだけ思い当たることがあった。

「なにやら密約があるらしい」

その話を耳打ちしてくれたのは、賛光商事の柿沢部長だ。約定があるらしい、とそのとき柿沢は言った。要するに、民事再生手続きに入るに際して、木村家とアスカ銀行との間に交わされた密約だという。しかし、その文書が存在することを、稲沢は一度として口にしなかった。木村家もまた、民事再生手続きに入るよう島田が説得にあたったとき、その存在をおくびにも出さなかった。その証拠の約定を、義正は机に広げた。

文書を読み、島田はあきれた。

事業を継続するため新たに設立する会社における木村一族の持ち株比率を四〇パーセントとすること、義正の妻佐和子を社長職に就かせること、さらに木村義正を会社顧問とすること、担保権が設定されている阿佐谷本邸につき、引き続き居住権を主張、新会社が上場するとき、スポンサーと木村一族は、持ち株比率を半々とするなど、とても飲めるような条件ではなかった。

日東商事にも反省すべき点はある。木村一族に甘い態度を見せたことだ。なんとしても興国食品を傘下におさめたいと思ったことが甘くさせたのだ。

しかし、いま島田は義正の要求に乗るつもりは毛ほどもなかった。確かに創業一族に敬意を表し、一族を新会社の取締役の一人に参画させる案も考えた。ともかく機密文書を読み、島田は考え方を改めなければならぬと思った。

一族の一人を取締役に参画させるにしても、その前提は木村一族の経営責任を明確にさせた上でのことだ。しかし、いまはそれどころではない。要求しているのは、従業員のことでも、取引先に迷惑をかけたことに心を痛めているわけでもない、ただ木村一族の利害を主張しているだけだ。

経営などそっちのけのゴルフ狂い、それが高じて、ついには自前のゴルフ場まで持つにいたり、経営は破綻した。名門興国食品を守るには、民事再生手続きに入る以外にないと判断し、それを薦《すす》めた。それを逆手にとっての要求だ。

「島田常務、アスカ銀行は約束された」

義正は粘り腰で迫る。

まだ義正は興国食品の社長でいると錯覚しているのか。いや、自分の立場というものはわかっているはずだ。彼はいま追いつめられて必死なのである。なにもかも失うことの恐怖が彼を駆り立てているのだ。

しかし、義正本人は個人破産したとしても木村家は周到に個人財産を隠匿しているのだから、食うに困るわけではあるまい。財産を差し出し株主責任をとったわけでもない。とても同情する気になれない。あまつさえ、債権者に隠れ、アスカ銀行と裏取り引きするとは、どういうことか……。そもそも、会社というのは社会の公器だ。従業員あっての興国食品であり、木村家は存在する。その肝心なことを木村義正は忘れている。

「せめて女房を社長に……」

義正は先ほどの話を蒸し返した。義正は西村を、まだ木村家の使用人だとでも思っているのか、西村を外し、代わりに女房を社長にと言うのだ。日東商事の薦めに応じ、民事再生手続きに入ることに同意したのは約束を守るためだったと繰り言を言う始末だ。島田は怒りを抑えて言った。

「それを言うなら木村さん。あのときも申し上げた。まず創業家としての経営責任をはっきりさせることを。経営責任をはっきりさせず、木村家としての要求だけを突きつけるとは、道義に反しませんか。まず従業員に経営者としての不明を詫びるべきです。同様に取引先に対しても、迷惑をかけ、損害を与えたことを、詫びるべきです」

島田は説得の口調で言った。

「しかし、ここに約定がある。アスカ銀行の副頭取との――」

「すでに再生手続きに入り、たとえ、どのような約束を交わしていようとも、それが債権者会議で議論に上らなかった以上は、それは無効です。スポンサーを引き受けたわれわれとしては、事前に相談のない、密約など取り上げる義務はございません。だいたい、あなたの議論は法律論としては無意味だ」

「しかし、知らなかった」

「ご存じでしょう。法の不知、これを許さずはローマ法典以来の原則です」

そもそも根拠のない要求だ。それにしてもアスカ銀行はなぜ、こんな法律的にはまったく無価値な紙切れを、木村家に渡したのか島田には不可解に思えた。

「そうすると、稲沢副頭取は私をだましたということですか」

「それはわからない。しかし、あなたがだまされたと思うのならば、その通りじゃないですか。そうなんでしょうな」

「しかし、稲沢さんは、島田さんがなにもかも承知していると言われていた。ですから、こうして……」

島田はあきれて、義正の顔を見た。

「そういう約束があるのなら、言うべきは稲沢さんに対してでしょうな」

「………」

義正は視線を落とし、黙りこくった。

その表情を見ながら島田は思った。義正もわかっていたのだ。つまり、木村一族は最後の土壇場で欲をかき、その欲をかいた木村家を稲沢は利用したことを。木村家が抵抗を止めたのは、そのためだったのか。稲沢は強《したた》かな男だ。

だまされたという意味では、日東商事も同じだった。競争入札で価格をつり上げ、本来なら百五十億程度で手に入れることが出来たものを百八十五億の高値で買わされた。

（しかし……）と思う。

ビジネスは信義によって成り立つ。その信義を易々と裏切った。それならば、それでいい。必ず意趣返しをしてみせる——と。

木村義正が肩をがっくりと落とし、ホテルの部屋を出た同じ時刻。アスカ銀行の副頭取は、ホテル近くの料亭で、勝利の祝杯を上げていた。同席しているのは、風采の上がらぬ弁護士野村克男だった。

「おかげさま……」

と稲沢美喜夫は大げさに両手をテーブルの上につき、低頭してみせた。二人がタッグチームを組んでいることは機密中の機密で、銀行の内部でさえ、誰一人として知る者はいなかった。二人の協力関係が出来たのは、奇しくも木村義正が社長就任披露パーティーを開いた、あの宴席だった。その意味で二人を結びつけたのは皮肉なことに、木村家の御曹子義正ということになる。

今夜は目的を達成しての、祝宴である。しかし、他の誰にも祝福されることのない寂しい祝宴である。もとより他人に祝ってもらうつもりはない。それは男気というもので、二人だけの祝宴に酔っている。

それにしても阿漕な不良債権転がしをやったものだ。いや、不良債権転がしというのは正確ではない。この場合、二人の立場は倒産仕掛け人というべきだった。興国食品を事実上の倒産に追い込み、そこで利益を上げるあくどいビジネスだ。

倫理上の問題は残されるが、とはいえ、稲沢副頭取は法律に触れるようなことは、なにひとつやってはいない。やったことは、民事再生法の持つ矛盾を少しだけ利用しただけだ。法律を作り、規制を強めようとも、どのみち、政治家や官僚どもが考えることはたわいのないことだ。民事再生法もそのひとつというわけだ。

法律の網の目をかいくぐり、アスカ銀行は見事に不良債権を回収した。融資残高百四十億。日東商事がスポンサーを買ってでて、その結果、百八十五億もの高値で不良債権を転がすことが出来た。

「しかし、副頭取。あのときは、ぎくりとしましたよ」

あのとき――というのは、野村克男が彼の愛人の経営する銀座のクラブに賛光商事の柿沢部長を接待した夜のことだ、柿沢部長は疑念を抱いたかに見えた。彼にもうひとつのシナリオの存在を知られれば計画は、泡と消える。柿沢をその気にさせるため、どれほど知恵を絞ったことか。柿沢ほどの男だ。念には念を入れた。その意味で、柿沢はこの計画で重要な役割を果たした。もうひとつのシナリオの存在を知らずに。

「だが、事前の打ち合わせでは百九十億がデッドラインと言っていたはずだが、それが百八十五億で彼は降りた。どうしたわけなんだろうか……」

「それは副頭取自身がよくご存じではないのですか。柿沢は気がついたのですよ」

「なるほど……」

「残債はほぼ回収できましたな……」

「まあ、少しは残るさ」

百八十五億で売れた。それを原資に新会社は発足する。せいぜい必要なのは三十億程度だ。残る百五十五億は債権者に配当されることが決まっている。

配当は債権比率に応じて配分されるのが民事再生法のルールだ。つまりアスカ銀行は負債総額の七割を持っているから、百五十五億の七割の配当権利を有することになるわけだ。残債百四十億。差し引き三十一億の損切りですますことが出来る。

「結構なことじゃないですか」

野村弁護士は破顔した。いや、彼にとっても膨大な成功報酬を手にすることが出来るというわけで、彼が笑ったのは自分自身のためだった。野村の取り分は、譲渡契約の五パーセントだ。少なくとも、賛光商事が提示した金額よりも多い。

まあ、しかし、日東商事に実質的には損害を与えたわけではない、百八十五億なら十分に再生可能な投資だ。だから日東商事は落札したのだ。二人は勝手な計算をして、そう思っている。そう思うことで、良心の呵責《かしゃく》を軽減させているのだ。

「副頭取、次は上場益ですか」

スポンサーなら誰しも考えるのは、上場益によって投資回収することだ。日東商事がまた上場を目指し、興国食品の再建を進めるはずだ。新会社は株式を募集する。そのとき再び興国食品に介入する腹づもりだ。なんといっても、興国食品自体は優良企業であるのだから、ゴルフ場を売却すれば、十分の配当を出せる企業なのである。

二人はさっそく新たなプロジェクトにつき相談を始めるのだった。

野村弁護士は壮大な絵を描いてみせた。稲沢はいけそうだと思った。

翌週、稲沢美喜夫はアスカ銀行の副頭取室で一通の内容証明を受け取った。差出人は日東商事常務島田道信とあった。

(はて……)

内容証明とは、どういうことなのか、稲沢はいぶかりながら、ペーパーナイフで封を切る。書面に目を通し、愕然とした。そこには野村克男弁護士との密議の数々が記されていたのである。世間に公表されれば、これは間違いなく事件だ。その破壊力の大きさは稲沢には十分にわかっている。

そして島田は抜け目なく見返りの要求をしている。つまり沈黙を守ることの代償を求めているのだ。

新会社に対して百二十億円のクレジットラインを設定するように——と。クレジットラインとは、銀行が特定事業会社に融資を実行する上限を定めた取り決めを意味し、逆にいえば事業会社は無条件で百二十億まで融資を受けられるという意味に解釈できる。いまの立場で稲沢には、スキャンダルは致命傷となる。ごめんだ。しかし、内容証明はスキャンダルをほのめかしている。

稲沢は窓辺に立ち、推理を重ねる。巨大銀行の副頭取室から見える東京の街は、高層中層のビジネスビルがまるでモザイクのように見える。その中に幾千万の人びとの生活があることなど稲沢には想像の外にあった。

（あの野郎――）

稲沢は苦笑いをした。

ずいぶんな要求をしてきたものだ。果たして、誰が機密をもらしたのか。知る者は限られている。まさか――と思い浮かぶのは野村弁護士の顔だった。アイツは信義のかけらも持たぬ男だ。可能性は否定できない。たとえ野村が日東商事についたとしても責めるつもりはなかった。

しかし、と考えてみる。別な考えが浮かぶ。野村は巨大銀行と結ぶことの損得勘定の出来る男だ。そうではないのかもしれない。するといったい誰が。

（まさか、同業者が……）

その疑いは濃厚だ。少し厄介だが、これはビジネスなのだ。頭取を目指す男には乗り越えねばならぬ山だ。どんなに険しくとも山は踏み越えていかねばならぬのだ。

（いいじゃないか……）

と、稲沢は笑った。むしろ闘争心がわいてくる。稲沢はこの種のゲームが大好きなのだ。逆境が自らの闘志を駆り立てるのである。

さすがは日東商事の常務だ。機密を探り当てたのだ。選ぶべき相手は間違っていなかった。自分が野村弁護士と極秘のつながりがあったように、あるいは島田も柿沢とつながっているのかもしれない。そうだとすれば今度は日東商事の島田常務と組んでみるのも悪くないと思う。しかし、体は震えている。

そして、稲沢は思った。

これは商売だ。まだまだ不良債権転がしはあり、そこは宝の山だ——と。

本書は二〇〇六年五月に講談社より刊行された『破産執行人』を改題し、加筆・修正しました。

本作品はフィクションであり、実在の個人・団体などとは一切関係がありません。

文芸社文庫

倒産仕掛人

二〇一七年四月十五日　初版第一刷発行

著　者　杉田望
発行者　瓜谷綱延
発行所　株式会社　文芸社
〒一六〇-〇〇二二
東京都新宿区新宿一-一〇-一
電話　〇三-五三六九-三〇六〇（代表）
〇三-五三六九-二二九九（販売）
印刷所　図書印刷株式会社
装幀者　三村淳

ISBN978-4-286-18565-1

贅沢なキスをしよう。
中谷彰宏

いいエッチをしていると、ふだんが「いい表情」に。「快感で人は生まれ変われる」その具体例をあげて、心を開くだけで、感じられるヒント満載！

全力で、1ミリ進もう。
中谷彰宏

失敗は、いくらしてもいいのです。やってはいけないことは、失望です。過去にとらわれず、未来から今を生きる——勇気が生まれるコトバが満載。

フェイスブック・ツイッター時代に使いたくなる「孫子の兵法」
村上隆英監修　安恒　理

古代中国で誕生した兵法書『孫子』は現代のビジネス現場で十分に活用できる。2500年間うけつがれてきた、情報の活かし方で、差をつけよう！

「長生き」が地球を滅ぼす
本川達雄

生物学的時間。この新しい時間で現代社会をとらえると、少子化、高齢化、エネルギー問題等が解消される——？　人類の時間観を覆す画期的生物論。

放射性物質から身を守る食品
伊藤　翠

福島第一原発事故はチェルノブイリと同じレベル7に。長崎被ばく医師の体験からも証明された「食養学」の効用。内部被ばくを防ぐ処方箋！